数字摄影教程

DIGITAL PHOTOGRAPHY

王 琦 陈 勤 著

全国高校摄影联合会
中国高教学会摄影教育专委会 编

四川出版集团·四川美术出版社

图书在版编目(CIP)数据

数字摄影教程/王琦 陈勤著.—成都:四川美术出版社,2005.9

新世纪高等院校摄影及相关专业通用教材

ISBN 7-5410-2639-5

Ⅰ.数… Ⅱ.①王…②陈… Ⅲ.数字照相机-摄影技术-高等学校-教材 Ⅳ.TB86

中国版本图书馆CIP数据核字(2005)第076426号

《新世纪高等学校摄影及相关专业通用教材》

数字摄影教程 王琦 陈勤 著

责任编辑:李向群
装帧设计:四川新设计公司
责任校对:培 贵 倪 瑶
出版发行:四川出版集团·四川美术出版社
邮政编码:610012
经　　销:新华书店
印　　刷:成都金星彩色印务有限公司
开　　本:787×1092 1/16　　印　张:13
字　　数:20千字　　图　片:100幅
版　　次:2005年9月第1版
印　　次:2007年12月第3次印刷
印　　数:8 001-11 000
书　　号:ISBN 7-5410-2639-5/J·1929
定　　价:30.00元

前　言

我们已经开始步入数字时代,作为数字生活的重要内容之一的数字摄影,现在正以迅猛发展的势头渗透到我们每一个普通人的生活中。作为一个青年学生,应该紧跟先进科技,与时俱进,分享数字生活的快乐,真正成为数字时代的弄潮人。

本书作者均为多年从事专业摄影和数字图像处理的专家,著有多部摄影技术专著,在各级摄影专业刊物中发表了三百多篇摄影技术论文,对传统摄影和数字摄影均有很高的造诣。本书的主要特色:一是紧跟数字时代的步伐,所引用知识和器材都是当前最新的;二是由于作者长期工作在专业摄影的第一线,同时随时关注最新的数字摄影技术进展,因此,不仅具有丰富的摄影实践经验,同时也掌握了最新的数字摄影技术和知识,因此,本书在融汇最新摄影技术知识的同时,也大量引用了作者多年在数字暗房领域潜心研修的成果;三是在较短的篇幅内将数字摄影的基础理论和技术作了全面介绍的同时,还用了不少篇幅详细介绍了数字暗房的基本技术和一定数量的暗房特技处理实例。同学们只需按照书中介绍的数字暗房实例和制作步骤模拟操作,便可轻松制作出出色的暗房特技图像效果。这样详尽实用的内容,在同类书藉中是少见的。

在本书中,作者将与青年学生们一起共同讨论数字摄影的基本知识,并探索数字摄影的奥秘。本书分为八章。分别介绍以下内容:①数字摄影的基础知识;②数字图像处理系统的基本硬件构成;③数字摄影的输入设备,如:数字照相机和扫描仪的性能和使用;④数字摄影输出设备,如:打印机的性能和使用,以及激光数字彩扩机,胶片输出仪和光盘刻录机的使用等;⑤图像处理软件简介,如:Photoshop,ADCsee 等软件的功能和使用;⑥数字暗房的基本技术与技巧介绍;⑦数字暗房特技效果处理方法;⑧数字照片的打印输出,以及网上传送数字照片等。

在全书八个章节中,每一章节的前面都有本章内容提要,以帮助同学们学习和复习本章内容。相信同学们在看完本书后会对数字摄影有一个全面地了解。此外,在本书附录一中介绍了数字摄影的专业术语共 109 个词条,涵盖了数字摄影的主要基本理论和技术问题。读者在阅读本书的时候如果对某些专业术语不了解,可以参阅附录一中相关内容。数字摄影专业术语涉及数字摄影的基础理论和技术,读者有必要认真学习和了解这些术语的内涵,这对读者深入学习和掌握本书内容会有很大帮助。

希望通过本书学习,能帮助你们学习和掌握以下基本知识和技能:①了解数字成像原理;②正确使用数字照相机和扫描仪采集数字图像,③了解 Photoshop 图像处理软件的基本功能,并会使用 Photoshop 编辑、调整和合成数字摄影图像,④学会使用喷墨打印机输出数字图像以及使用互联网远距离传送数字照片。

随着计算机和互联网的普及,摄影已经开始步入数字时代,作为年青人,头脑灵,学习新东西快,具有一定电脑基础知识,更应尽快进入数字摄影领域,赶上时代新潮流。希望《数字摄影基础教程》一书能在较短的时间内指导和帮助广大摄影爱好者学习和掌握数字摄影技术,为推动数字摄影的普及和发展尽一份棉薄之力。

作者

2005 年 8 月

目　录

第一章　数字摄影基础知识

第二章　图像的数字化输入设备

第三章 数字暗房的处理设备和软件

第四章 数字图像的输出设备

第五章　photoshop CS 图像处理软件简介

第六章 数字暗房技术基础

第七章 数字暗房特技

第一章　数字摄影基础知识

本章要点

本章简要介绍了数字摄影的基本概念和发展历史。此外，还将重点介绍数字摄影的硬件系统构成以及与数字图像紧密相关的一些重要概念,如:像素,分辨率,图像文件,图像类型,色彩模式,图像格式等。使读者对数字摄影的基本概念有一个全面了解，并帮助读者进一步学习和掌握数字摄影的基本技术与技巧。

第一节　什么是数字摄影

数字摄影是使用专用的数字图像输入设备(如:数字照相机和扫描仪等),将生活中的各种光影信号转变成能为计算机识别的数字信号,这些数字信号经计算机处理后再通过图像输出设备(如:显示器、打印机和数字彩扩机等)显示或打印成可视的照片。

数字摄影这一新的摄影形式主要具有以下特点:

(1)不用胶卷,无需暗室

数字摄影不用胶卷，记录影像的方式是用数字照相机中的CCD传感器 (或CMOS传感器)感光。CCD传感器根据景物各部位反射光的强弱不同,将景物的光信号转变成为强弱不同的电信号,再经“模/数”转换后,将光信号转变为数字信号,最后将数字信号记录于各式数字存储器中。储存在各类存储器上的数字影像文件可随时输入计算机进行处理，并通过输出设备远距离传输或打印成照片,整个过程不需要暗室。

(2)无需化学冲洗,不污染环境

数字照片的获取过程为一物理过程，不需要传统银盐感光材料的化学冲洗,因此不会污染环境。

(3)处理快捷、多样、精确、无耗

数字摄影与传统银盐摄影相比具有处理快捷,多样,精确和无耗等几个方面。快捷体现在:使用传统加工方法可能需要一天,有时甚至几天才能完成的照片特技加工，现在只需坐在电脑前轻松点击鼠标，便可迅速完成；多样体现在：不仅可以模拟传统暗房技法中的特技加工，而且还可进行许多传统暗房无法完成的特技加工；精确是指：计算机对一幅数字图像的处理过程从本质上看，实际是对数字图像文件中小至每一个具体的像素进行量化处理，所以精度相当高；无耗是指：计算机对数字图像的任何处理都无需耗费任何材料，处理中有任何不理想，都可方便地返回前面任意操作步骤，再重新开始处理，直至满意为止。

(4)复制的无限性和保存的永久性

数字影像是以数字文件形式存在，因而对数字图像无论进行多少次复制都无任何衰减、畸变或失真。保存在各类存储器上的数字影像文件，只要其存储器未遭破坏，就能永久地、无变化地保存。

注：有损压缩文件(如：JPG 格式图像)不能进行多次反复处理和保存，因为有损压缩图像文件每保存一次，图像质量就会损失一次，而无损压缩图像文件没有此顾虑。因此，用数字照相机拍摄的图像(多数为 JPG 文件)在进行后期处理时应当先将原照复制一份，并只对复制图像进行处理并另外备份，而将没有作任何处理的原始图像文件原样保留。

(5)方便地将图文有机结合

在计算机处理数字图像时，能很方便地在图片任何位置加上任意大小，任意形状和颜色的文字。

(6)多种呈现方式

拍摄得到的数字影像文件不仅可以打印成普通照片供人们观赏，而且可以通过计算机屏幕、投影仪和电视机屏幕等方式观看，还可上传互联网，让在远方的亲朋好友在网上看到你的照片和分享你的快乐。

在前几年，数字摄影也有明显的不足。一是数字照相机价格较贵，二是图像质量因设备挡次不同而良莠不齐。不过，随着科学技术的进步，现在数字照相机的分辨率不断提高和摄影功能越来越强，品种非常多，价格也在接近传统照相机，在家用摄影领域，数字照相机已经逐步取代传统胶片照相机。

第二节　数字摄影发展概况

1981 年，日本索尼公司首次推出模拟式(非数字式)电子照相机——玛维卡(Mavica)，在全世界照相器材业界引起了强烈反响。

1986 年，柯达公司发明了世界上第一块对光敏感的 CCD(电荷耦合器件)，用其代替银盐胶片摄取图像，然后将图像转换成数字信号，再经压缩后记录在存储器或硬盘卡内，这预示着数字照相机的诞生。

1991 年,柯达公司推出了世界上第一台数字照相机,宣告数字摄影技术开始走向我们的生活。不过,当时这种数字照相机还没有商品化。

1992 年,柯达公司和菲利浦公司联合推出照相光盘(Photo CD)系统,被人们认为是数字摄影技术的一个转折点。照相光盘(Photo CD)系统可将胶片上的图像信息进行扫描并数字化以后,输入到计算机中。然后在计算机中进行图像处理和保存,最后还可刻制成光盘保存,为摄影消费者在传统照相和电子照相之间架起了一座桥梁。

随后,各种品牌的数字照相机相继问世,如雨后春笋般地进入照相市场。模拟式电子照相机自 1994 年以后就不再生产了。1997 年 10 月,由 Adobe、佳能、柯达、富士、惠普、IBM、英特尔、Live Picture 和微软等 9 家公司成立了数字成像集团,加强开发数字照相技术,制定数字成像标准,以促进现代数字摄影和数字照相市场的发展。此后,数字摄影技术得到迅速发展,1999 年,家用数字照相机的像素数已突破 200 万大关, 制作 10 英寸已内的数字照片, 其影像质量已达到普通银盐照片的标准,而且价格也在不断下降,销量也在逐年增加。数字摄影的技术和器材发展速度大大超人们的预料,使人们不得不对数字摄影技术的发展前景做出更乐观的判断。

图 1–1　世界上第一台电子照相机——玛维卡(Mavica)

第三节　数字摄影的硬件系统构成

传统银盐照片的加工和特技处理,是在全封闭的暗房中进行,并需要经过一系列严格的化学试剂处理。而数字照片的加工、调整和特技处理——数字暗房加工,是通过计算机及图像处理软件来完成的。在这里,计算机代替了传统暗房的职能。因而,人们又形象地将用于数字图像处理的计算机称为——“电子暗房”。

数字摄影硬件系统的构建也继承了传统摄影的基本理论和实践, 由输入、处理和输出三部分硬件设备构成,它们分别承担着影像的录入、加工和打印等工作。

录入设备主要有：扫描仪、数字照相机等；加工设备主要有：计算机和图像处理软件等；打印设备主要有：各式打印机、数字彩扩机、胶片记录仪等。数字影像的输入和输出设备还有很多，详见下图。

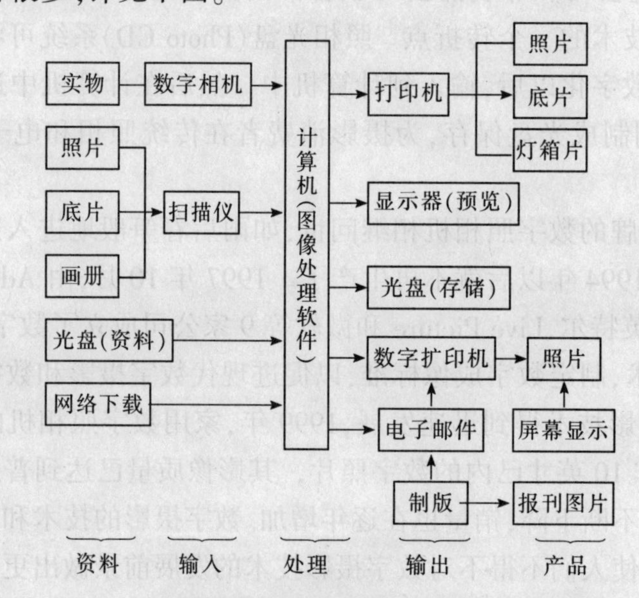

图 1-2　数字摄影方式的基本构成和硬件设备

第四节　数字图像的基本概念

要将计算机用于图像处理，则首先要将可视图像变成一组能为计算机识别和处理的 0 和 1 数据，同时计算机能把这一组数据转换为组成图像的无数小点——像素；像素在图像中的每英寸密度大小又引申出"分辨率"和"图像大小"等概念；像素的灰阶表现(黑白图像)和色彩表现(彩色图像)又引申出"图像类型"和"色彩模式"等概念；最后，同一幅数字图像存储为数字文件后的数据大小又引申出了"图像存储格式"的概念。因此，要学习数字摄影技术，要掌握 Photoshop 图像处理软件，就必须了解这些基本概念。下面就分别加以简要介绍。

一、像素、分辨率和图像文件大小

像素，分辨率和图像文件大小三者的关系可用下图表示：

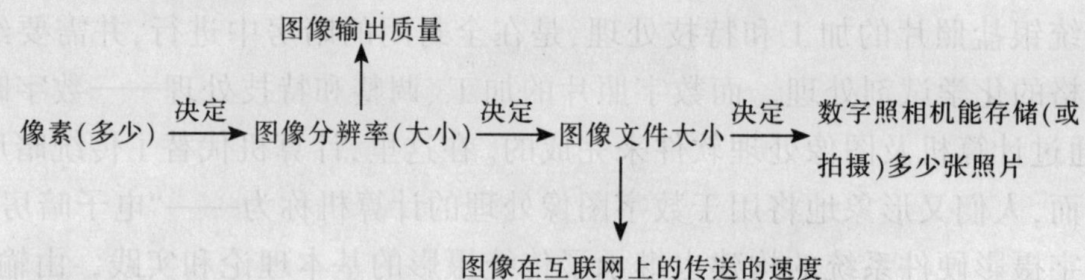

图 1-3　像素与分辨率和图像文件大小的关系

(一)像素

像素是组成图像的最基本元素。像素也是能被计算机识别的最小图像语言单元,英文为“Pixel”。无论是线条图、照片、文字稿、彩色图像等,都是由成千上万以至几百万、几千万个像素组成的。

如果像素非常小,则连续不断紧密排列的微小像素会给人眼造成错觉,使人眼感觉这些由微小像素组成的画面是一个呈现连续影调的画面。一幅照片画面组成的像素越多(分辨率越高),照片的影调和色彩就越丰富,图像清晰度就越高。

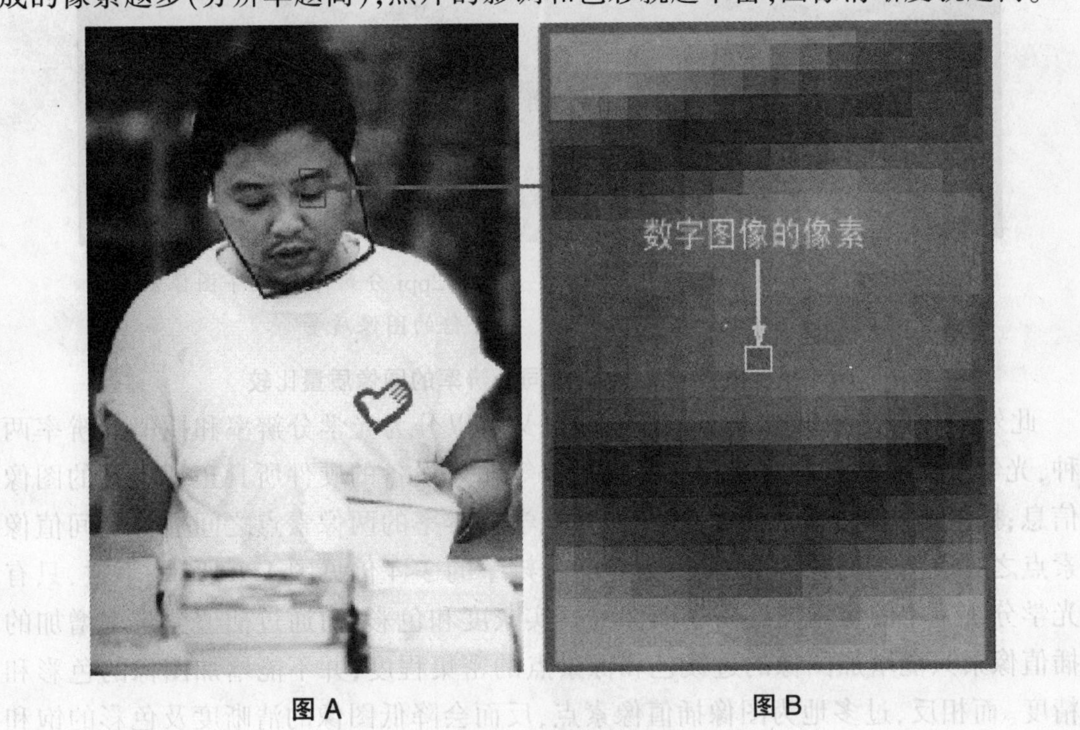

图 A　　图 B

图 1–4　像素的概念

A. 由无数微小的像素构成的人物肖像画面

B. 经高倍放大后的肖像局部(左眼)可看到被放大的像素

(二)分辨率和图像文件大小

从图 1–3 我们可以看出,一幅图像的清晰度与图像的分辨率有关,而分辨率大小又与图像中所含像素的多少有关,而像素的多少又决定了图像文件的大小,图像文件大小又决定了计算机必需具备多大的内存容量和运行速度。下面就将数字图像的“分辨率”和“图像文件大小”分别加以简要介绍。

1. 分辨率

图像的“分辨率”是指图像中每单位打印长度内包含的像素数量,通常用像素/英寸(ppi)表示。一般高分辨率图像比低分辨图像在每单位长度(1 英寸)内包含更多的像素,因而在相同打印尺寸下,高分辨率的图像输出的像素点更密,因此清晰度也就更高。例如,72ppi 分辨率的 1×1 英寸图像包含总共 5184 个像素;同样 1×1 英寸长度而分辨率为 300ppi 的图像则包含总共 90000 像素。

A. 300ppi 分辨率的数字图像放大一倍的图像质量

B. 72ppi 分辨率的数字图像放大一倍的图像质量

图 1–5 相同画幅大小,不同分辨率的图像质量比较

此外, 分辨率根据输入和输出的情况又可以分为光学分辨率和插值分辨率两种,光学分辨率是指数字照相机和扫描仪等输入设备的硬件所真正识别到的图像信息;插值分辨率,是通过软件功能,在光学分辨率的两像素点之间插补中间值像素点之后所产生的分辨率,大约为光学分辨率的 3~4 倍见图 1–6 所示。不过,只有光学分辨率中的像素才代表了图像的真实灰度和色彩,而通过插值分辨率增加的插值像素只能增加图像的过渡色和像素点的密集程度,并不能增加图像的色彩和精度。而相反,过多地为图像插值像素点,反而会降低图像的清晰度及色彩的饱和度。

插图值分辨率可在拍摄时通过数字照相机设置,也可在后期处理时通过图像处理软件(PhotoshopCS 等)进行插值,由于插值分辨率只能提高照片的打印尺寸,照片的打印质量反而会降低,所以在使用数字照相机拍摄时和扫描仪扫描照片时最好不要使用插值分辨率。不过,在后期处理时,如果原始图像文件很小,而又需要输出较大图片时,使用插值法提高图像的分辨率,还是可以明显提高输出照片的整体质量。尤其是对黑白图像进行插值放大效果比彩色图像更好。

2. 图像文件大小

图像大小可用两种方法表示。第一种是图像尺寸(Image Size),指的是图像在计算机中所占用的内存(RAM)大小;第二种则是文件大小(FileSize),是指图像保存为文件后的大小。

通常情况下,数字照相机和扫描仪设置的分辨率越高,所产生的图像尺寸越大。

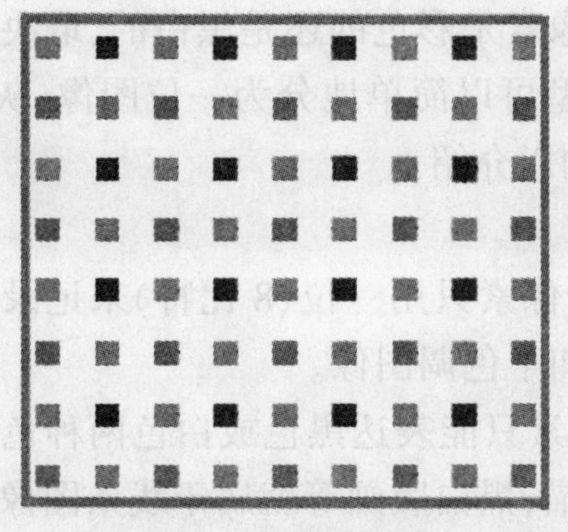
A. 未插值的像素排列

B. 经插值后的像素排列

注：■ CCD 采集的光学像素

● 经插值算法插入的中间值像素

图 1-6　光学分辨率与插值分辨率示意图

像素、分辨率和图像文件大小是数字摄影中使用最多的基本概念,下面将三者的关系和重要性小结于下：

(1)像素的基本组成元素是计算机的最小单位“比特”;像素又是图像的最小单元。

(2)一幅数字图像是由无数像素构成,单位面积中的像素越多,则照片画面的分辨率就越高;反之,单位面积中的像素越少,则照片画面的分辨率就越低。

(3)图像文件大小是由单个像素的大小(色位数)和单位面积内像素的多少(分辨率)决定的,例如：

(4)相同分辨率(即单位面积内像素数相同)时,黑白图像单个像素的色位数较低(8 位),图像文件小;而彩色图像单个像素的色位数较高(24~48 位)图像文件较大。一般相同分辨率的黑白图像文件大小只有彩色图像文件大小的 1/3~1/4。

(5)单位面积内的像素越多,照片分辨率越高,图像文件越大;反之,单位面积内的像素越少,照片的分辨率越低,图像文件越小。

(6)用于输出照片的数字图像,其分辨率不能低于 300ppi(像素/英寸);用于互联网传送(电脑屏幕显示)的数字图像,其分辨率不能低于 92ppi(像素/英寸)。

二、图像类型

图像类型是指数字图像位数的多少。位数越多,图像的灰阶越多,色彩越丰富,图像文件也越大。

我们在计算机屏幕上可看到色彩缤纷的真实图像,但在作为机器的计算机看来,这些人眼所能看到的彩色数字图像不过是一堆 0 和 1 组成的数据,通过芯片的运算,形成无数可表达图像灰度和色彩的像素,无数像素的集合,在计算机屏幕上形成了可视的灰阶或彩色图像。黑白图像是由无数黑灰白像素组成,而彩色图像是由无数不同色彩的像素组成。每个像素是彩色的还是黑白的，取决于图像的数据类型(即图像类型)。图像的数据类型可以简单地分为一位图像、灰阶(8 位)图像和彩色(24 位)图像三种，下面分别加以介绍。

1. 一位图像

一位图像是最简单的一种图像，每个像素只用一位(8 比特)来记录。一位图像又分为两种不同的类型，即：黑白图像和半色调图像。

黑白图像也叫线条图像，它的每个像素只能表达黑色或白色两种色调，例如：用 Word 输入的文字，铅笔或钢笔画的素描，黑白版画等就属于线条图像。一些单一颜色的图像也可以算是黑白图像，例如机械的蓝图或插图等。

半色调图像可产生近似灰阶图像的模拟效果，但实际上它的影调只是由不同密度的黑色和白色像素点间插组成，由于像素点小而密集，在明视距离内，人眼会产生错觉，将这些只有黑白两种色调组成的画面误判为过渡的连续影调。半色调图像在打印时，较暗的区域用较多的黑点表示，灰色区域用较少的黑点表示，而较亮的区域用白点表示。

2. 灰阶(8 位)图像

灰阶图像中的每个像素可能是黑色、白色或不同灰度中的任意一种灰色。当计算机用 8 位二进制数代表一个像素的信息时，8 位灰阶图像中的每个像素有丰富的灰阶(影调)变化，每个像素根据灰阶图像的影调变化，可能是黑色、白色或是灰色。不过在黑与白之间的灰阶变化中有 256(2^8=256)级不同灰度。在灰阶图像中，每个像素如用更多的“位”来表示(如 12 位)，则每个像素记录和表达的层次就会更多。

在图像处理软件中，灰阶图像中每个像素的亮度范围变化在 0(黑)~255(白)之间。0~255 之间的值相当于灰阶上的各个点。灰阶值也可以用黑色油墨的百分比表示，0%代表白色，100%代表黑色，0%和 100%之间的值代表不同的灰阶值(注：在 Photshop 的滤镜对话框中常用百分比来表示图像不同的灰阶值)。

3. 彩色图像

彩色图像包含的信息最为丰富，彩色图像中应用最多的是 RGB 图像和 CMYK 图像。用 RGB(红、绿、蓝)色彩模式表示的图像，叫做 RGB 图像，因为所有颜色都是由红、绿、蓝三原色光以不同强度组合而成的。

在 RGB 图像中，当三原色红、绿、蓝中的一种色彩用 8 位 2 进制数表示时，则图像中每个像素可表达 24 位数(3 原色×8 位)，因此，单个像素可记录 2^{24} 种颜色，即约为 1677 万种颜色变化；当计算机中的每一种色彩用 10 位二进制数表示时，则图像中每个像素的红、绿、蓝三原色分别用 10 位表示，共 30 位，可记录约 10 亿种颜色；同样，当图像中的每一种原色用 12 位二进制数表示时，则图像中每个像素的红、绿、蓝三原色分别用 12 位表示,共 36 位,可记录 687 亿种色彩。当图像中的每一种原色用 16 位二进制数表示时,则图像中每个像素的红、绿、蓝三原色分别用 16 位表示,共 48 位,可记录 281 兆种色彩。可见,图像的每个像素用二进制数表示的位数越多,可记录的色彩越丰富。

以上介绍的就是数字摄影中一个非常重要的概念——“色位数”。数字输入设备(数字照相机与扫描仪)感光器件 CCD 的色位数越高,记录到的色彩越丰富,图像色彩越逼真,当然图像文件也更大。一般普及型数字照相机的色位数大多为 24 位,专业型数字相机可达 32 位;而扫描仪一般都达到了 48 位。

三、图像的色彩模式

色彩模式是根据图像处理的实际需要而定义的颜色算法。如 RGB 模式能定义丰富的颜色,但文件较大,适合照片输出;而索引模式定义的颜色较少,但文件量很小,适合网上发布。要注意数字图像色彩模式和图像类型在概念上的异同,不要混淆。

人们根据实际需要为点阵式彩色图像定义了多种色彩模式,并以各种色彩模式来定义颜色, 如 RGB 模式、CMYK 模式、灰度模式、Lab 模式、位图模式和索引模式等等。每一种模式都有自已的优缺点,都有自已的适用范围,并且各个模式之间可以进行转换。下面就介绍三种最常用的色彩模式:

(1)灰度模式(Gmyscde)

在灰度模式图像中, 每个像素都以 8 位或 16 位表示 (即占用 1 字节或 2 字节),因此,每个像素都是介于黑色与白色之间的 256(2^8=256)种灰中的一种。灰度图像中只有不同密度的灰色而没有彩色,Photoshop 将灰度图像看成只有一种颜色通道的数字图像。

(2)真彩色模式(RGB)

RGB 图像把像素的色彩能力推向了顶峰, 它为编辑制作高质量的彩色图像提供了必不可少的手段。在 Photoshop 里,真彩色模式即是按自然光三色光(红、绿、蓝)原理真实再现自然色彩的数学模式。它利用红(Red)、绿(Green)和蓝(B1ue)三种基本色光,通过颜色的加法进行色彩再现,并组合出肉眼能看到的绝大部分颜色。像彩色电视机的显像管以及计算机显示器,都是以这种方式来混合出各种不同颜色效果的。RGB 图像的颜色是非映射的,它可以从系统的“颜色表”里自由获取所需的颜色,这种图像文件里的颜色直接与 PC 机上的显示颜色相对应。

Photoshop 将 24 位 RGB 图像看作由三个颜色信息通道组成。这三个颜色通道分别为:红色通道、绿色通道和蓝色通道。其中每个通道使用 8 位颜色信息,该信息是由从 0 到 255 的亮度值来表示的。这三个通道通过组合,可以产生 1677 余万种不同的颜色。Photoshop 将 24 位真彩色图像分成三个颜色通道，给图像的加工处理带来了很大的便利。在这里，由于用户可以从不同通道对 RGB 图像进行细致处理，从而增强了图像的可编辑性。

(3)CMYK 模式

CMYK 模式是一种印刷模式，其中的四个字母分别指青、品、黄和黑。CMYK 与 RGB 模式在本质上没有什么区别，只是产生色彩的原理不同。RGB 产生颜色的方法称为加色法，而 CMYK 产生颜色的方法称为减色法。

在处理图像时，一般不采用 CMYK 模式，因为这种模式的图像文件占用的存储空间更大，而且在这种模式下，Photoshop 提供的很多滤镜都不能使用。因此，人们只是在印刷时才将图像颜色模式转换成 CMYK 模式。

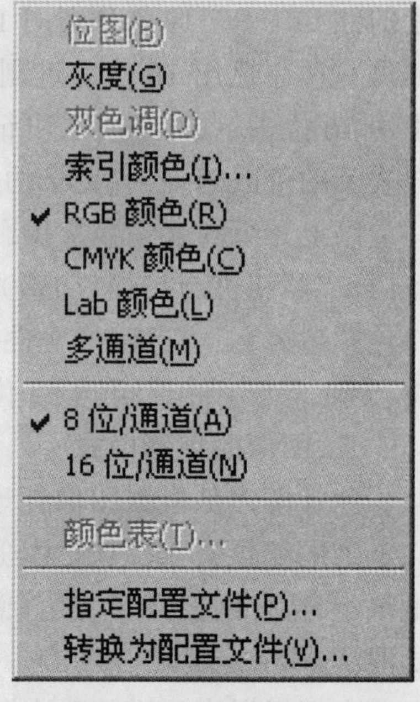

图 1-7 图像模式子菜单

Photoshop 图像处理软件提供的多种色彩模式之间可以相互转换，在图像处理中经常会遇到图像转换问题。例如，有很多菜单命令和调整工具在索引模式下不能使用，而彩色调整命令和工具在灰度模式下也不运用，这时就需要用图像菜单中的子菜单——“模式”命令进行图像格式转换，见附图 1-7。

Photoshop 软件中各模式间的转换主要有以下四种：

①位图模式与灰度模式间的转换；

②彩色模式与灰度模式间的转换；

③RGB 色彩模式转换为 CMYK 色彩模式；

④RGB 模式转换为索引颜色模式。

如果要由位图模式转换为 RGB 彩色模式，则要先转换为灰度模式，再由灰度模式转换为 RGB 模式。

四、图像格式

图像格式是指计算机表示和存储图像信息的文件格式。由于历史的原因，不同厂家表示图像文件的方法不一，目前已经有上百种图像格式，常用的也有几十种。前面介绍过，图像处理软件有多种，但是，一种图像处理软件并不是能处理所有格式的图形文件，例如，Windows98 中的“画图”软件只能处理位图图像(即 BMP 文件)，而著名的 Photoshop 软件也只能处理十几种格式的图形文件。因此，当需要多个软件处理同一图像时，常常要进行图像格式的转换。同一幅图像可以用不同的格式存储，但由于不同格式之间所包含的图像信息并不完全相同，因此，文件大小也有很大的差别。这样一来,用户在使用时应根据需要选用适当的图像格式。例如,当需要高质量图像输出时就应选择没有信息损失的存储格式,如 BMP、PSD、TIFF 等图像格式;而当图像仅用于屏幕显示或网上传送时,则可选择具有压缩文件信息量的图像格式,如 JPEG、RAW 格式等。

下面我们简单介绍五种最为常见的图像格式。

1. TIFF(*.TIF)

这是一种通用的图像格式,几乎所有的扫描仪和图像处理软件都支持这一格式。该格式支持 RGB、CMYK、Lab、索引、位图和灰度颜色模式,有非压缩方式和压缩方式之分,与 EPS、BMP 等格式相比,其图像信息更紧凑。

2. BMP(*.BMP)

它是标准的 Windose 及 OS/2 的图像文件格式,该格式支持 1~24 位颜色的深度,使用的颜色模式可以为 RGB、索引颜色、灰度和位图等模式。

3. PSD(*.PSD)

PSD 是 Photoshop 生成的图像格式,可包括层、通道和颜色模式等信息,且该格式是唯一支持全部颜色模式的图像格式。在保存图像时,若图像中含有层信息,则必须以 PSD 格式保存,若希望以其他格式保存,则必须在保存之前合并层。由于 PSD 格式保存的信息较多,因此,其文件非常庞大。

提示:在使用 Photoshop 进行图像处理时,如果我们的图像处理工作还未结束时,需要临时中断工作,则必须用 PSD 格式存储未完成的图片,以保存图像中包含的层信息和选区信息。这样,当再次打开图像,并重新开始图像处理工作时,则工作将可以从前次结束时开始。否则,用其他格式存储时不能保存图像的层信息和选区信息,当图像在 Photoshop 再次打开时,前次处理中已完成的工作会丢失,一切又要从头开始。

4. JPEG 格式

JPEG 格式不仅能够以任何比例压缩位图图像的大小,而且能保持图像的真色彩,大多数图像处理软件都支持 JPEG 格式,数字照相机中大多数也是采用 JPEG 格式压缩 CCD 所记录的庞大图像数据。因此 JPEG 格式是所有压缩格式中最常用的。尽管它在压缩图像的同时也会造成图像色彩和层次的损失,但它可以选择压缩比率,在压缩图像数据的同时,尽量保持原图像的真实色彩和影调。JPEG 格式是摄影工作者最常用的图像压缩格式,在看图软件和 Photoshop 图像处理软件中都有这种存储格式,如果你需要从网上传送图片投稿,则可选择这种图像格式存储和发送数字照片。

5. Photo CD(*.PCD)

该格式是柯达相片光盘文件,以只读方式保存在 CD 光盘上,它采用柯达专门颜色管理系统控制颜色模式和显示模式，该格式只能在 Photoshop 中打开，而不能保存，如要保存必须以新文件名另外保存。

常见数字图像存储格式及选用见表 1-1。

表 1-1 常见图像存储格式及其选用

应用情况	推荐使用	可以使用
大幅的风景、实物、明星照片	Jpeg，RAW，Tiff	Bmp，Tiff，Pcd
网页上的风景、实物、明星照片	Jpeg	Gif
网页上的 logo、招贴画、窗口画面	Gif	Jpeg
E-Mail 或者软盘传送的图片	Jpeg，Gif，Tiff	经过压缩的其他图像格式
桌面背景图	Jpeg	Bmp，Gif
用画图、金山画笔等程序画的画	Gif，Jpeg	Bmp
数字相机照片或扫描的照片	Jpeg，Pcd，RAW	Bmp，Tiff

第二章 图像的数字化输入设备

本章要点

前面已介绍过,数字摄影的硬件系统(又称数码工作站),是指数字图像的"输入—处理—输出"系统所需的基本硬件设备。本章重点介绍数字摄影系统硬件设备中的图像采集(输入)设备,它们主要是:数字照相机和扫描仪。文中重点介绍数字照相机的成像原理、种类、主要性能指标,使用、选购和保养等青年朋友最想了解的内容。此外还将简要介绍传统银盐照片的数字化工具——扫描仪的原理、性能及使用等。

第一节 数字照相机

数字照相机是采集数字图像最重要的输入设备之一，也是一种新型的照相机。数字照相机的基本结构和外观,以及拍摄方法等与传统胶片相机基本相似,只是成像原理,影像的存储,以及后期处理等与传统银盐胶片摄影有明显区别。因此,在学习数字照相机的结构、原理和使用时,可分成两部分来学习。即将数字照相机与传统照相机相近的内容作为一个知识板块;而把数字照相机与传统照相机相异的内容作为另一个知识板块,并分开来学习。这样即不会出现知识混乱,也不会出现重复学习的情况。所以,只要掌握了电脑的基本原理和操作方法,然后学习和了解一些传统摄影的基础知识和技术,这样再学习数字照相机的原理,掌握数字照相机的使用技巧等,就是一件很容易的事情了。而现在的青少年都具有一定计算机技术基础，学习数字摄影会更容易。

一、数字照相机的成像原理

由于数字照相机要将所摄景物的光影转化为一组可供计算机识别的数据，所以数字照相机的感光材料不是传统的银盐感光片，而是能将景物反射的光信号

图 2-1 数字照相机的感光器件

转换成电信号的光电转换耦合器件(英文缩写为CCD)。而存储影像的也不是感光胶片,而是各式专用磁性存储器。其间CCD产生的模拟电信号还需经"模/数"转换芯片转换成数字信号,才保存至存储器中。数字照相机的工作原理见下图:

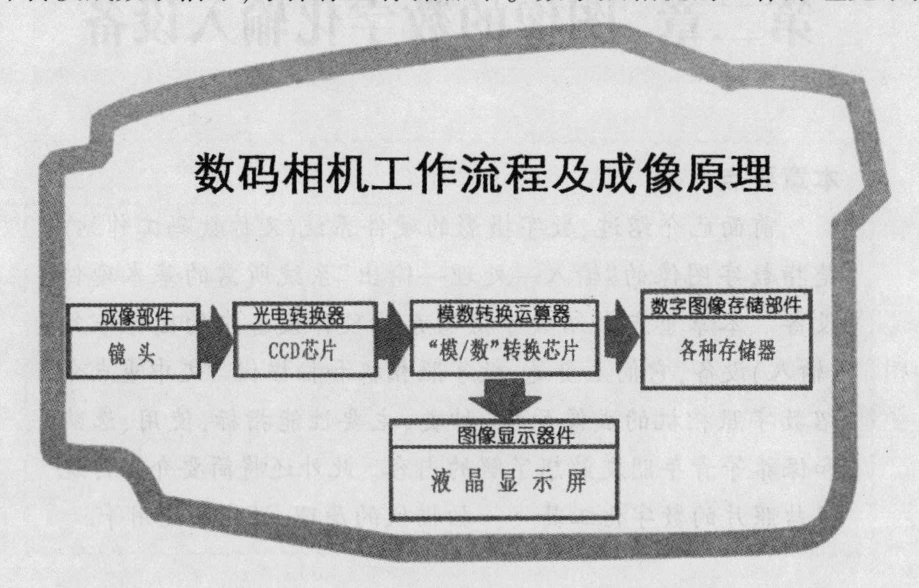

图2-2

数字照相机除了成像器件和存储影像的材料与传统照相机不同外,其光学原理,曝光控制,操作方式及外观造形等都与传统照相机没有多大区别。下面将简要介绍数字照相机的主要特点和种类等。

二、数字照相机的特点

数字照相机与传统照相机相比,有以下几方面的特点:

(1)数字照相机所摄图像信息可随时输入计算机显示、保存,或进行处理和加工等。还可将数字照相机与电视机连接,在普通电视机上显示观看数字照相机拍摄的照片和录像。

(2)数字照相机记录影像的载体——存储器只需一次购买,只要将拍摄的图像存入电脑,再删除存储器上的影像,存储器就又可以记录新的影像了。从理论上讲,一个正品存储器可以反复擦写上万次。因此,虽然首次购买存储器价格很贵,但与长期购买一次性消耗的胶卷来说也是很值的。

(3)所拍影像可立即在数字照相机的液晶显示屏上显示,如果不满意可立即删除也可重新补拍。

(4)数字照相机拍摄的影像可上传互联网,在瞬间将照片传送给远方的同学或朋友。

(5)从拍摄到输出图像,其间不需要经过化学处理,也不需要暗房,因此,不会对环境造成污染。

(6)没有卷片和输片过程,因此拍摄时无噪音和振动。

(7)中档以上的家用型数字照相机还具有录音和录像的功能;而专业型数字相机有录音功能却多没有录像功能。

三、数字照相机的种类

数字照相机根据摄影性能和图像质量,可分为轻便型(傻瓜)数字照相机、135型单反数字照相机、120单反机背型数字照相机和特种数字照相机。其分类方法与普通照相机基本相同,见图2-3。一般适合摄影爱好者购买和使用的主要机型为轻便型数字照相机，在本书中将重点介绍轻便型数字照相机的特点和使用方法。专业型数字照相机与轻便型数字照相机的主要区别只是:轻便型数字照相机继承了传统傻瓜照相机的优点,即:轻便,自动化程度高,价格低廉等;专业型数字照相机的优势在于,CCD具有更高的成像质量，照相机内的数据处理芯片的运算速度更快,瞬间抓拍的能力更强;此外,专业型数字照相机继承了传统专业照相机的外壳设计,因此,具有可更换不同镜头的接口和具有丰富的摄影附件(如外置闪光灯、滤光镜、近摄附件等)。

A. 轻便型数字照相机

B. 135单反数字照相机

C. 120机背型数字照相机

图2-3 数字照相机的主要类型

而特种数字照相机属于用途特殊或外型奇异的机种,如:手机型数字照相机就是将数字照相机集成到手机上,使手机不仅能够接听声音,也能拍摄和传送照片,大大方便了用户;微型数字照相机,如小如口香糖的数字照相机,薄如卡片的数字照相机;还有专用于水下摄影的防水型数字照相机;而内置微型打印机的数字照相机,可立即将刚拍的数字图像直接打印成照片;还有内置无线传输功能的数字照相机,可直接将拍摄的数字照片发送给卫星,再传送到地面接收站,为专业新闻摄影工作者提供了快速传送新闻图片的最佳途径。

(一)轻便型数字照相机

轻便型数字照相机结构紧凑,小巧轻便,平视取景(或LCD显示取景),外观与普通的135型全自动傻瓜照相机很相似。由于所用CCD都很小,又无需卷片机构，给机型设计以较大的灵活性，因而不同厂家设计的数字照相机外形五花八门，形态各异。

轻便型数字照相机的镜头都是固定的，不能拆卸，其CCD的像素数量（图像分辨率）几年以前均在百万左右，分辨率偏低，只能满足屏幕显示要求。而随着硬件技术的不断进步，轻便型数字式照相机CCD的像素量已在300万至500万左右不等，有的甚至达到了800万像素。不过，一般200万像素的家用数字照相机完全能胜任一般家庭的摄影要求（在不压缩拍摄的情况下，图像文件可放大7英寸以下高质量照片），如旅游摄影，户外摄影，普通人像摄影等。现在家用轻便型数字照相机的市场价位在2000元左右，适合一般工薪阶层购买。

下面就以禄莱dp5200型相机为例，介绍轻便型数字相机的主要性能指标，见图2-4。

图2-4 禄莱dp5200轻便型数字照相机的

CCD：400万有效像素；

ISO值：100~400；

镜头焦距：28~90mm，3倍数码变焦；

拍摄模式:共14种。

微距拍摄: 最近5cm；

曝光控制：自动、手动设定，自动白平衡及曝光值锁定；

存储卡：CF卡，SD卡；

电池类型：4颗AA电池；

接口：USB；视频输出；

（二）135单镜头反光数字照相机

135单镜头反光数字照相机的基本结构和外观与传统135单反照相机类似，也可以更换镜头。

早期135单反数字照相机的外形类似于附加有马达输片装置的35mm单反照相机。如柯达DCS 460型单反数字照相机就是在尼康N90机身上外接上数字成像相关部件构成。现在，随着技术的进步，相关数字部件的体积已大大缩小，因

图 2–5　单镜头反光数字相机(佳能 EOS–1Ds Mark II)

此,单反数字照相机的数字处理部分已趋向于与机身一体化,如:佳能 EOS–300D,尼康 D–70 等数字单反照相机等就属于这类新型一体化单反数字照相机。135 单反数字照相机不仅保留了传统 135 单反照相机的基本结构和外形，而且曝光、聚焦等拍摄操作也基本相同。

135 数字单反照相机保留了普通单反照相机的优点，在使用上更加方便,应用范围更广，而且在成像质量和数据处理速度上都比轻便型数字照相机更强大,性能明显优于轻便型数字照相机。目前,135 单反数字照相机的分辨率在 600~800 万像素之间,最高达到了 1600 万像素,如佳能 EOS–1Ds Mark II。被广泛应用于新闻摄影、体育摄影、军事摄影和科技摄影等领域。目前这类 135 单反数字照相机拍摄的图像打印成 18 英寸以下照片时，其成像质量可与传统的卤化银摄影方式相媲美。

由于 135 数字单反照相机保留了传统 135 单反照相机的机身和接口，所以,只要镜头接口相符,传统 135 单反照相机所专用的自动聚焦镜头也可在相同接口的 135 单反数字照相机上使用。这对于拥有多只 135 单镜头反光照相机镜头的摄影爱好者来说，只需购买数字单反照相机机背就可以跨入专业数字摄影行列了,从而省下了大笔购买专业镜头的钱了。现在厂家专为数字照相机设计的所谓数字镜头也已上市。

下面以佳能 EOS–1Ds Mark II 数字单反相机为例,介绍一下数字单反照相机的主要性能指标,见附图 2–5。

佳能 EOS–1Ds Mark II 的主要性能指标如下：

CMOS:约 1670 万像素；

色深度:48；

最大图像文件大小:18MB；

图像格式：JPEG、RAW

ISO:50-3200;

存储卡:Type I 或 II 型 CF 卡,SD 存储卡;

电池:一节 NP-E3 镍氢电池组;

拍摄间隔时间:12 秒;

快门速度范围:1/8000 至 30 秒(以 1/3 级为单位调节),B 门、闪光同步速度 1/250 秒;

声音记录:使用内置麦克风为图像录制语音注释;记录格式:WAV。

接口: IEEE 1394 (用于连接计算机)

USB (用于直接打印)

视频输出(NTSC/PAL)

(三)120 机背型数字照相机

120 机背型数字照相机可以分为两类,一类是只生产数字机背。生产的数字机背可以与大多数品牌的 120 相机交换。如:柯达 DCS pro back,国产超意数码机背等,它们必须配合传统的 120 相机才能使用。机背型数字照相机实际上就是厂家在传统 120 照相机基础上,设计出与 120 型照相机相配接的数字成像机背。数字机背与存放胶卷的机背很相似,可方便地安装在现有 120 画幅照相机上,使普通 120 画幅照相机变成数字照相机。因此,现在使用的 120 型机身可方便地更换存放胶卷的机背和数字机背,实现数字拍摄与传统拍摄方式的方便转换。此外,有的 120 专业照相机厂商还重新研发了专业的 120 数字整机,包括机身与机背都是重新设计的。如 Fleaf 120 数码照相机。

数字照相机机背中的 CCD 面积大,接受的光信息多,成像质量好,而且一般是在室内拍摄,可直接用大容量的计算机存储图像文件,所以,机背型数字照相机主要用于要求苛刻的室内婚纱人像摄影、静物摄影、商业摄影和广告摄影等方面。因为它可获得极高的分辨率——超过 2000 万像素,足以打印出具有 32 英寸幅面的高质量图像。

机背型数字照相机又可分为两种类型,一种是面型 CCD,另一种是线型 CCD (即扫描型)。前者能瞬间完成曝光,可拍运动的物体,但分辨率在 2000 万像素左右;而后者由于采取的是逐行扫描成像方式,所以曝光时间长达几十秒至数分钟,因此只能拍静止的物体,但分辨率可达 9000 万像素,足以打印出具有照片质量的巨型照片。

机背型数字照相机的国外品牌有莱夫、达科美、麦格威申等,某些机型的分辨率已达到 9000 万像素,可与玛米亚、哈苏、禄莱等著名品牌的 120 照相机配合使用。

下面以 Eyelike emotion 机背型数码机为例,介绍一下 120 机背型数字照相机

图 2–6　Eyelike emotion 120 机背型数字照相机

的主要性能和特点。

Eyelike eMotion120 机背型数码的主要性能指标为：

像素：2200 万像；

存储器：内置固定存储器可存储优质图像 140 幅，另可使用 CF 卡作为辅助存储器；

曝光方式：面阵一次曝光成像；

快门速度：1/8000 秒~120 秒，连续可调；

液晶显示器：2.2 英寸的超大液晶屏可令用户观察到 1:1 的实时图像

感光度：16 档，可调；

连拍间隔：0.2 秒；

输出文件：48 位真色彩，80 兆字节，未压缩。

四、数字照相机的主要特点和性能

数字照相机以捕捉瞬间图像为任务，属于照相机的范畴，其基本结构与普通照相机大致相同。但由于数字照相机所使用的成像技术又与传统胶片照相机有着很大差别，因而，衡量数字照相机性能的优劣与档次的高低，应当包括一般照相性能和数字成像性能两个方面的内容。

数字相机的一般照相性能指标与普通照相机相同，如曝光方式、测光方式、快门速度范围、曝光补偿、取景器种类、对焦方式、光圈调节范围、自拍延时、镜头焦距、镜头最大光圈值、变焦范围、镜头可否更换、微距摄影功能、场景摄影模式和内藏闪光灯等。数字摄影性能指标包括：分辨率、CCD 面积、色深度、镜头的实际焦距、连拍速度、存储媒体、存储容量、存储格式、压缩比例、信号传递方式、白平衡调整方式、相当感光度、取景显示方式和输出接口等。关于数字照相机的普通摄影功能在专业摄影书籍中都有详细介绍，下面仅对数字照相机的数字摄影性能作一个简要介绍。

(一)分辨率、CCD面积和色深度

分辨率、CCD面积和色深度三者是描述数字照相机成像质量的最重要的性能指标。其他还包括镜头的光学质量等。

(1)分辨率

数字照相机的分辨率是指数字照相机分辨景物细节的能力,它决定了所拍摄的数字文件最终打印照片的质量和放大尺寸,是数字照相机最重要的性能指标之一。数字照相机分辨率的高低,取决于照相机中CCD芯片上像素的多少。不同档次的数字照相机,其CCD芯片上像素量的多少是不同的。数字照相机的分辨率越高,成像质量越高,输出照片尺寸越大,但高分辨率数字照相机形成的数据文件太大,对加工处理的计算机的速度、内存和硬盘容量以及相应软件都提出了更高的要求。

数字照相机分辨率的高低(即像素水平的高低),与最终所能打印照片的尺寸大小,可用以下方法简单计算:假如你设定的打印分辨率为Ndpi,则水平像素为M的数字照相机所拍摄的影像文件,最大可打印出照片的长度为M÷N英寸。例如:打印分辨率设置为300dpi,水平像素为3600的数字照相机所摄图像文件经打印出来的最大照片为12英寸(3600÷300=12)。数字照相机像素水平(分辨率)越高,画面清晰度就越高,细节表现就越好,色彩还原也越逼真。

需要说明的是,低像素数字照相机所拍摄的数字影像文件,如经适当的插值处理,也能打印出较大幅面的图片,但清晰度往往难以尽如人意,尤其是细节表现很不理想。

(2)CCD面积

决定数字照相机成像质量的因素除了分辨率(像素数)外,还与CCD的单位面积有关。因为,CCD在相同面积时,像素越多(分辨率越高),像素间的电场干扰越大,也就是嘈讯越大,同时由于单个像素的面积减少,像素对弱光的感受能力也越低;反之,像素越少则干扰越少,感光能力就越高。因此,在像素数相同的情况下,CCD的面积将对数字照相机的成像质量产生很大影响。

(3)色深度

色彩深度也是一个反映图像质量很重要的性能指标。所谓色彩深度即单个像素的色彩位数,用位或比特(Bits)来表示。数字照相机的色彩深度指标反映了数字照相机能正确记录色彩的多少。色彩深度值(比特值)越高,在每一个像素上反映的出的色彩就越丰富,就越能真实地还原景物亮部和暗部的细节。一般数字照相机采用每种原色8~12位的色彩深度,而三种原色总的色深度为24位、36位,少数达48位。24位色深度的数字照相机可表现1677万种色彩,而36位色深度的数字照相机可表现10亿种色彩。

关于色位数概念在前面“数字摄影基础”一节中已作过详细介绍,请参阅。

(二)存储器(卡)

存储器是用于存储数字照相机所摄图像的媒体，相当于电脑的硬盘或软盘,功能也相当于传统相机所使用的感光胶片。存储器的容量大小,决定了数字照相机一次能拍摄照片的数量。因此,数字照相机存储器的容量大小也是一个非常重要性能指标。此外,存储器除了有容量大小的差别外,存取数字图像文件的速度也有快慢之别。存取图像速度快的存储器可明显提高数字照相机的连拍速度,而存储器的存取速度主要与存储器的电路设计有关,也就是与存储器的种类和型号有关。数字照相机的存储器可分为内置存储器和外置存储器。内置存储器容量有限,一般只用于低档的网络型数字照相机。如果你经常需要在野外摄影,则最好使用可更换存储卡的数字照相机。现在内置存储器方式基本被淘汰。

数字照相机的外置式存储器有不同的容量,如常见的SmartMedia卡就有8M、16M、32M、64M、128M等多种，如果你只用于上网和屏幕观看照片用,则购机时随机附赠的低容量存储卡就足够了，这类存储卡的容量一般为8M、16M或32M。如果你常需打印一些具有照片效果的5英寸照片,则需要容量在64M以上的存储卡,64M的存储卡在不御载的情况下,一次可以拍摄具有照片效果的5英寸图像32张,足以满足家庭摄影需要。如果你需要输出一些大尺寸照片则最好备配大容量的存储卡,如128M以上的存储卡,或配置多块存储卡。不过,对现在市售的各种存储卡的性价比进行比较后,你会发现数字照相机的专用存储器的容量有限,而价格却很昂贵。因此,如果你需经常到野外摄影,可以另配置一个“数码伴侣”。数码伴侣是一个大容量的多媒体移动硬盘（内置笔记本电脑硬盘)，有独立的电源和多种存储器接口，容量达20-60GB,足以满足专业大分辨率数字相机在野外拍摄时的数据转存,使拍摄工作得以继续进行。

此外,当数字照相机使用新的可移动式存储器时。也必须先对存储器进行格式化(Formating)处理。如果要将存储器上的图像数据全部去除时,也同样可采用格式化处理的方法。数字照相机的格式化处理还可以在数字照相机与计算机相联的情况下,用专用图像软件进行;而有的数字照相机可用照相机操作菜单中的格式化选项进行操作。这里需要注意的是,当存储器被格式化时,上面的所有信息将被删除。一些数字照相机配供的存储器在出厂时已格式化,这样存储器购回后,在初次使用前就不必进行格式化。但当使用非配供的存储器时,同样要先进行格式化处理。

数字相机常见的各式存储卡(器)见图2-7。

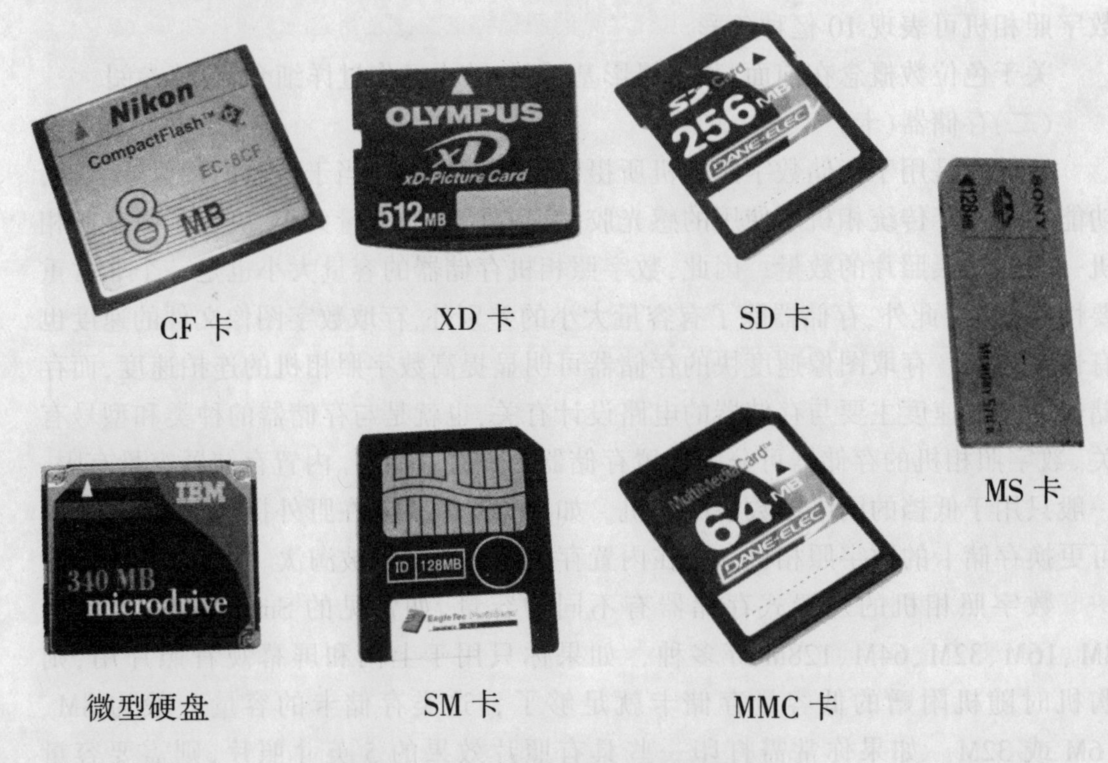

图 2-7 数字照相机的各种存储器(卡)

(三) 图像的压缩与存储

数字照相机所用存储器(卡)的价格较高,而容量又有限。为了在有限的存储空间内存储更多的图像文件,同时又能保证图像的基本质量,目前大多数数字照相机采用了有多种和不同的存储格式不同压缩比例的图像存储方式,供拍摄者选择使用。

数字图像的存储格式非常多,但数字照相机所采用的存储格式最常见的只有三种。这三种存储格式中又可分为不压缩和压缩两类,而压缩格式又分为无损压缩和有损压缩两种,参见表 2-1。

用无损压缩格式存储的数字图像保留了数字相机 CCD 所采集图像的全部光影信息,因此图像质量最好(图像所包含的色阶最丰富)。但是,原始图像文件量很大,如:300 万像素的数字相机用 TIFF 格式存储后的文件量达 8MB,一张 128MB 的存储卡也只能存储十几张照片,太不经济;无损压缩存储格式即能保证图像质量,又能使原始图像文件变得更小,在存储卡中能存储更多图像,但压缩能力仍然有限;而有损压缩存储格式会造成图像原始数据的部分丢失,使图像质量随不同压缩比例而逐级下降,而且丢失的数据不能再恢复。但有损压缩格式也有明显的优势,即压缩比率可以根据用途任意选择,而且能将很大的数字图像文件压缩得非常小。如:300 万像素的数字照相机不压缩存储的文件量达 8MB,如果用照相机默认

表 2–1 数字照相机常见的图像存储格式及用途

数字照相机存储格式	有无压缩	文件大小	照片画质	用 途
TIFF 格式	无压缩	大	优(支持的软件多)	需高画质的图像
JPEG 格式	有损压缩	小	压缩程度小,画质高; 压缩程度大,画质低	家用照片输出,报刊杂志印刷,网上传输等
RAW 格式	无损压缩	中等	优	(处理前需转换格式)需高画质的图像

的压缩格式存储,则可将文件量压缩至 0.6MB。但是,图像经压缩后色彩和影调会有损失,而且无法恢复,甚至图像每保存一次,图像文件损失就会加大一次,图像质量就会更加恶化。因此,在对原始图像进行处理前,应将原始图像复制一份,并用复制图像进行处理,把原始图像仍单独保存,下次需要处理再从原始图像开始。

数字照相机在拍摄时选择什么压缩方式要根据图像的用途进行选择,参见表 2–1。具体运用请参阅后面"数字照相机的使用"一节相关内容。

(四)LCD 显示器

外置在照相机机背上的彩色 LCD 显示器就像一个微型显示屏幕,不仅可以用于取景,而且可用于显示已拍摄的图像,还可同时浏览多幅图像,也可将单幅照片放大观察,看人物的五官是否清晰等,便于人们比较和鉴别,以决定是否删除质量较差,或不清晰的画面。数字照相机的 LCD 显示器还可播放数字照相机拍摄的动态录像画面。具有 LCD 显示器的数字照相机在近距离拍摄时,只要使用 LCD 显示器取景就能保证所拍画面没有视差,因此,轻便型数字照相机也能进行无视差微距拍摄。

利用彩色液晶显示器显示取景的方式也有不足。其最大缺点是目前数字照相机所用彩色液晶显示器的分辨率都不是很高,通过它取景时难以辨别景物中的一些细节,所以专业的 135 单反数字照相机虽然也有 LCD 显示器,但仍采用不需耗用电能,而且能观察到影像细节的传统光学取景,而 LCD 液晶显示屏只用于将已拍摄的影像调出观察和调出操作菜单进行操作功能设置等。此外,彩色 LCD 显示取景器是数字照相机中最耗电的器件,因此在拍摄过程中应尽量减少观察时间,以节约电能。

(五)白平衡与感光度

数字照相机的白平衡和感光度类似于普通彩色摄影中胶片的"色温型"和"感光度"。不过,两者之间也有一定的差异和不同的使用特点。

图 2-8　数字照相机的 LCD 显示器(箭头所示)

(1)白平衡

数字照相机中的白平衡概念与普通彩色摄影中彩色胶片的色温型是相同的，其功能和作用也与彩色摄影时加用色温转换滤光镜提高或降低光源色温的作用相近似。由于光源有色温型的变化，数字照相机一般都具有白平衡调整功能，目的是使所获影像能得到准确的色彩还原。只是数字照相机在进行白平衡(光源色温)调整时无需在镜头前加用色温校正滤光镜，而是采用的集成电路和数据运算方式调整，这比传统彩色胶片的色温调整就方便得多了。数字照相机的白平衡调整分为自动调整和手动调整两种方式。在一般非专业摄影情况下采用自动白平衡方式便可。如果拍摄的数字图像有轻微的偏色现象，可以输入电脑后用图像处理软件调整。虽然数字图像的轻微偏色可在后期用软件调整，但经过任何调整的图像都会有一定光色信息的损失，因此，要求较高的专业摄影最好还是采用手动白平衡调整，如图 2-9 为数字相机的白平衡设置菜单。

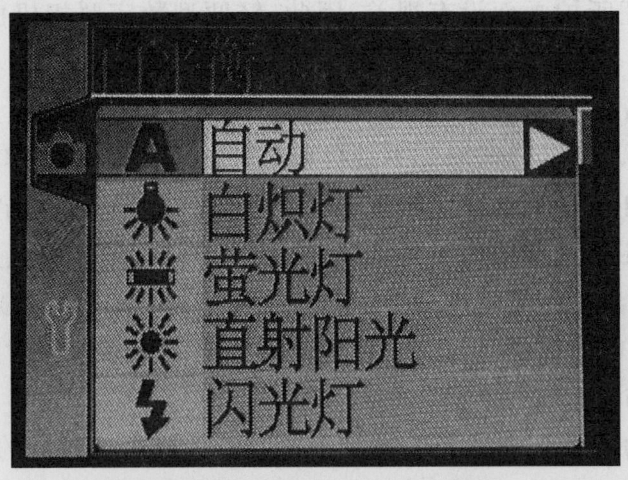

图 2-9　数字相机的白平衡调整菜单

(2)感光度

普通照相机是没有感光度可言的,因为感光度只是由感光材料的感光性能决定的。但是,数字照相机与普通照相机不同,它不是用胶片感光,而是使用固定在数字相机中的感光芯片 CCD(或 CMOS)感光。数字照相机的 CCD 也存在对光线感受能力的变化,因而数字照相机也就有了感光灵敏度高低的问题。用通常衡量胶片感光度高低的眼光来看,目前数字照相机感光度分布在中、高速的范围,最低的为 ISO50,最高的为 ISO6400,多数在 ISO100~400。不过,数字照相机在使用较高感光度时,像素间的电平干扰就会增大,嘈讯也越大,因此,成像质量会下降。所以在实际拍摄中,只有在光线很弱又不能使用闪光灯时,才考虑使用 ISO800 以上的感光度。

数字照相机的感光度也分为自动和手动感光度两种。一般情况下使用自动感光度便可。

提示:数字照相机的感光范围大小与 CCD 上单个像素的面积大小有关,一般单个像素的面积越大(像素量相同的数字照相机 CCD 的面积也越大),能达到的感光度越高,色位数也越高,成像质量也越好。这也是目前随着数字照相机的分辨率不断提升的同时,人们更加重视数字照相机 CCD 面积大小重要的原因。例如,如果数字照相机的像素量提高了,而 CCD 的面积却没有明显提高的话,则意味着 CCD 中单个像素的面积缩小了,像素间的间距也更窄了,则在使用较高感光度时图像质量会明显下降。

表 2-2 常见数字照相机 CCD 面积与相关摄影性能参数关系表

机 型	传感器面积	有效像素	像素尺寸	最高感光度
佳能 ID	28.7mm×9.1mm	405 万像素	11.6μ	ISO3200
佳能 10D	22.7mm×5.1mm	620 万像素	7.4μ	ISO3200
奥林巴斯 E1	18mm×l3.5mm	500 万像素	7.01μ	ISO3200
美能达 7Hi	8.8mm×6.6mm	500 万像素	3.41μ	ISO800

(六)连拍能力和拍摄时滞

在拍摄活动景物并需连续拍摄的场合,也要求数字照相机能提供更短的拍摄时滞和较高的连续拍摄能力。但是,数字照相机拍摄要经过“光信号→模拟电信号→数字电信号→记录在存储器上”的过程,尤其是将数字图像信号记录到存储器时耗时更多。而此过程所需时间长短决定了数字相机的“拍摄时滞”和“连拍能力”,现在,虽然数字照相机上也有存储缓冲器(类似计算机上的缓存),可将尚未存入的图像文件数据暂存在缓存中,以缩短数字照相机的拍摄间隔时间。但由于数字照相机中的存储缓冲器容量比较小,所以数字照相机的连续拍摄能力仍然有限(这里所说的连续拍摄能力是指相邻两次拍摄的间隔时间),一般在连续拍摄3秒左右后必须再过几秒,等已拍摄的图像文件存储完毕后才能继续拍摄。

数字照相机的连拍速度是决定数字照相机摄影性能的一个重要指标,也是专业机型还是业余机型的一个明显标志。最快的专业数字照相机,其连拍速度与传统胶片相机相当,而现在的家用型袖珍数字照相机的连拍速度较慢,每拍摄曝光一次后需要等0.3–3秒左右才能再次曝光拍摄。拍摄间隔时间长短与所拍图像文件大小相关。

(七)数码变焦

数码变焦又称为数字变焦。其原理是将CCD芯片所摄取图像中的一小部分影像加以插值放大,实现用长焦距镜头将远处景物拉近的拍摄效果。从效果上看,数字变焦所产生的图像质量远不如光学变焦。不过,它提供了一种较为方便的远摄取景方式,可以超越光学变焦镜头所能提供的最长焦距取景范围,将主体拉得更近,从而补充了数字照相机镜头的光学"望远"功能。还过,考虑图像的质量问题,一般不主张采用数码变焦取景。

(八)录像功能

现在,大多数家用型数字照相机都同时具有拍摄连续活动画面的录像功能。如,奥林巴斯C-4040数字相机用128MB容量的存储卡,可拍分辨率为320×240的活动录像约9分钟,分辨率为160×120的活动影像约27分钟;如果存储卡容量更大,或有多张可更换的存储卡,则可拍摄时间更长的活动录像。数字照相机拍摄的活动录像可在自带的LCD液晶屏上播放,也可通过专用接口在电脑或电视机上播放。

拍摄活动录像的方法很简单,大多数数字照相机在拍摄活动录像时,只需将模式拨盘定于"录像图标",见附图2–10,用液晶显示屏构图,按下快门钮一直不放,便可连续拍摄活动影像,如果不想再拍了,只需松开快门钮,便终止了拍摄。

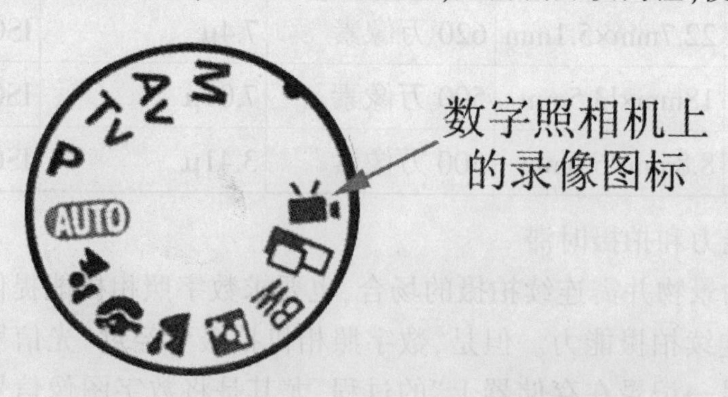

图2–10 数字照相机模式拨盘上的录像图标

(九)声音记录功能

部分数字照相机还有声音记录功能。声音记录功能对新闻摄影记者很有用,利用数字照相机上的声音录制功能,可在拍摄后将有关图片的文字说明连同图像文件一起记录到存储器里。这样,在图片传送的同时,亦将有关拍摄的说明传送给编辑部,便于编辑及时了解拍摄意图以及与图片相关的背景资料,编发图片说明。数字照相机不能直接播放记录的声音,不过,只要将图片输入计算机后便可以播放数字照相机记录的声音文件了。

(十)图像信号输出

数字照相机与计算机的连接,绝大多数是通过带插头的连接电缆直接与计算机的接口相连。早期数字照相机的接口为 RS-232C 接口,但数据传输速度太慢,现在基本被淘汰。目前,家用小型数字照相机的接口多为传输速率更快的 USB2.0 接口。而专业的数字单反照相机除 USB 接口外,还有采用 EEE1394 接口。

大多数数字照相机除了具有与计算机连接的端口外,还有视频输出端口。可将数字照相机的视频输出端与监视器和电视机的视频输入端相接,通过监视器或电视机屏幕观看数字图片和录像。

(十一)Exif 标准

Exif 是一种文件格式,又称为“可交换图形文件”。这个文件格式是专门为数字照相机拍摄的数字照片设定的。这个文件格式可以记录数字照片属性信息,如格式化关联信息;它还能够记录各种拍摄数据,如色彩、色调、曝光时间,是否用闪光灯,使用什么拍摄模式等;此外还记录数字照片打印尺寸,输出数量等信息。这些信息可以输出到兼容 Exif 格式的外设上(如照片打印机和数字彩扩机等)。从而实现由数字相机直接控制打印机输出数字照片。

Exif 标准是在 1996 年制定出来的,当时日本电子和信息技术协会(JEITA)决定为数字相机厂商制定一套标准,最后的结果就是产生了 Exif 1.0。到了 1998 年,数码相机的发展取得了新的成就,数码相机的普及趋势越来越明显,于是 JEITA 决定升级 Exif 标准,于是推出了 Exif 2.1,新标准中增加了一些新的规定,包括对音频文件的支持,能够对照片进行更复杂的色调采样,并且规定缩略图也必须包含在图像头中。到了 2002 年 3 月份,JEITA 再次发表了 Exif 标准的最新版本,增加了一些有利于照片打印的参数支持。此外,打印机生产厂家爱普生还独自提出了一个可交换文件标准,缩写为 PIM。

(十二)直接打印功能

直接打印是指不需要通过计算机就可以把数字照相机和打印机连接起来,并用数字照相机直接驱动打印机输出数字照片。一般来说,具有直接打印功能的数字照相机对打印机有一定的要求,即打印机必须具有支持与数字照相机相匹配的同一的标准协议,目前常用的有 EXIF 和 PIM 两种标准。数字照相机每拍摄一张照片,就将协议标准记录在图片的信息记录文件中,只要打印机能识别此标准协议,数字照相机便可直接驱动打印机输出你想要的数字照片。现在支持数码照片直接打印的打印机多为热升华打印机和高档喷墨打印机。在打印之前,还可通过数字照相机对打印尺寸,打印张数,文字,日期等信息输入到存储卡中,打印机便可按你所设置的要求打印出照片及在照片上打印相关文字信息。

图 2-11 用数字相机直接驱动打印机输出数字照片

五、数字照相机的选购与保养

(一)数字照相机的选购

数字照相机属于高科技产品,品种繁多,而且更新换代快,选购时要从用途、价格、品牌以及时尚等诸多方面加以综合考虑。

1. 用途和价格

用途是你购买数字照相机的主要原因,因此,考虑用途是你购机的首选指标。例如,如果你购买数字照相机的主要目的是用于自己在计算机屏幕上娱乐和上网等,则购买一台价格最便宜的网络型数字照相机或可拍照手机均可,分辨率大约在 80~100 万像素,网络型数字照相机的价格约在 300 元~1000 元之间;如果你除了想拍摄一些用于上网和屏幕显示的图片之外,还想使用数字照相机拍摄一些家庭旅游或纪念照,则可考虑购买家用型数字照相机,家用型数字照相机的分辨率大约在 300~500 万像素,所拍数字照片在不压缩的情况下可扩印或打印成 10~16 英寸幅面以内的精美照片,价格一般在 2000~3000 元左右。如果你还想偶尔拍一些艺术或新闻照片,用于小型影展或投稿等,可考虑购买准专业型数字照相机,价格在 4000~5000 元左右,如美能达 7Hi 型数字照相机。如果你是一个专业型发烧友,又有一定经济实力,可考虑购买 135 单反数字照相机,其优秀的像质和快速反应能力都是消费级数字照相机所不能比拟的。这类相机的价格在 6000 元~10000 元以上,如尼康 D70 相机。此外,由于数字照相机不需要胶卷,因此体积可以设计

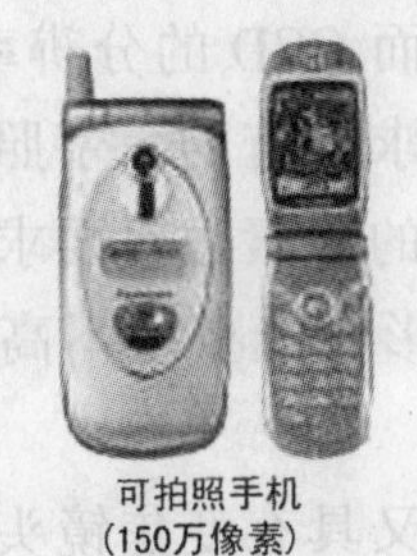

可拍照手机
(150万像素)

A. 手机型

联想 DC-800型数字
相机 (80万像素)

B. 网络型

禄莱DP-5200型数字相机
(400万像素)

D. 家用型

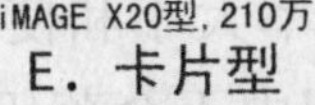

卡片式数字相机
(DiMAGE X20型, 210万像

E. 卡片型

佳能EOS-1Ds Mark ll型数字照相机
(1670万像素)

F. 135单反型

Eyelike eMotion机背型数字照相机
(2200万像素)

G. 120机背型

图 2-12 各式数字照相机

得很小,很薄。目前最小的消费级数字照相机与打火机的外型和大小相仿,如果你是玩酷的时尚一族,也考虑买一支来玩玩,这种照相机也能拍出高质量的照片。

2. 性能与价格比较

数字照相机的价格与整机的基本性能有直接关系,如分辨率大小,拍摄间隔时间长短,摄影功能的多少,是否带变焦镜头,是否能自动对焦等。家用型数字照相机的分辨率较高,摄影功能也多,而且能自动对焦和变焦,还具有微距摄影功能等,但是,价格也相对较贵。因此,厂商为了降低成本,适应不同用户需要,在数字照相相的机型设计时,强调某一些功能,而简化另一些功能,从而即满足了不同用户群的特殊需求,又把价格降了下来。如,有的数字照相机为了降低成本,去掉了昂贵的液晶显示屏, 对于不需要近摄和现场观察已拍图像的一般消费者来说,完全是可以接受的。而专为公务人员设计的数字照相机,则强调了数字照相机的摄影功能,如变焦、近摄、自动白平衡和自动曝光等,而CCD的分辨率并不高,这样即降低了价格,又满足了网络和办公一族的拍摄需求。有的数字照相机有较高的像素(分辨率),却只有一个焦点固定镜头。而较高的像素数对要求将数字照片打印成照片的用户来说很重要，这对取景构图等摄影性能要求不高的家庭用户来说,也是一个省钱的选择。

总之,如果你手中的钱多,可以买像素较高,而又具有变焦镜头和多种摄影功能的轻便型数字照相机,并配上较大容量的存储卡;如果你手中钱不多,可根据自已需要,买一款功能虽不完善,但基本功能可以满足你拍摄需要的数字照相机。

3. 选择品牌

在数字照相机领域,柯达、尼康、佳能、索尼、奥林巴斯、富士等品牌处于较优势的地位,而且产品已成系列,型号齐全,售后服务好,因此,购买时也应考虑品牌这一因素。此外,因数字技术更新换代快,购买时应考虑目前流行的数字照相机品牌和性能指标,如分辨率大小和使用存储器的种类和价位等,以使自己所购买的数字照相机在一定时期内不会落伍。

4. 注意技术指标

购买数字照相机除了要考虑以上因素外，还应详细阅读照相机的说明书,对数字照相机的性能和技术指标等进行了解,并作为购机参考。

分析数字照相机的性能和技术指标主要应从以下两个方面入手,一方面是了解数字照相机中的一般摄影功能,如镜头质量,有效口径,变焦范围,最近拍摄距离,快门速度范围,最大闪光距离等;另一方面是数字照相机的数字成像功能,如照相机的分辨率,色深度,图像压缩率,存储器容量,有无液晶显示器,有无自动白平衡功能,每张照片拍摄的时间间隔长短等。

5. 选择配件

数字照相机的功能复杂,用途广泛,因此配件也很多,见附图2-13。其中USB电缆、视频电缆、充电电池和充电器是必备的附件。此外,由于厂家随照相机提供的存储卡容量较小,一般在16~32MB以下,只能满足网络和视频显示图像的拍摄存储,如果要想经常用家用打印机输出照片,则可再配置一枚128M或更大容量的存储卡。如果你经常需要在野外拍摄照片，可考虑购买一个存储容量达20~40GB的数码伴侣(相当于移动硬盘)。

(二)数字照相机的维护和保养

与传统照相机一样,数字照相机也存在防水、防尘、防震等问题,对于日常的维护知识一定要加以了解,并对照相机平时的保存和养护等给予足够的重视。

数字照相机除了需要像传统照相机一样维护外,还需要一些特殊的维护。

1. 严格按照说明书操作

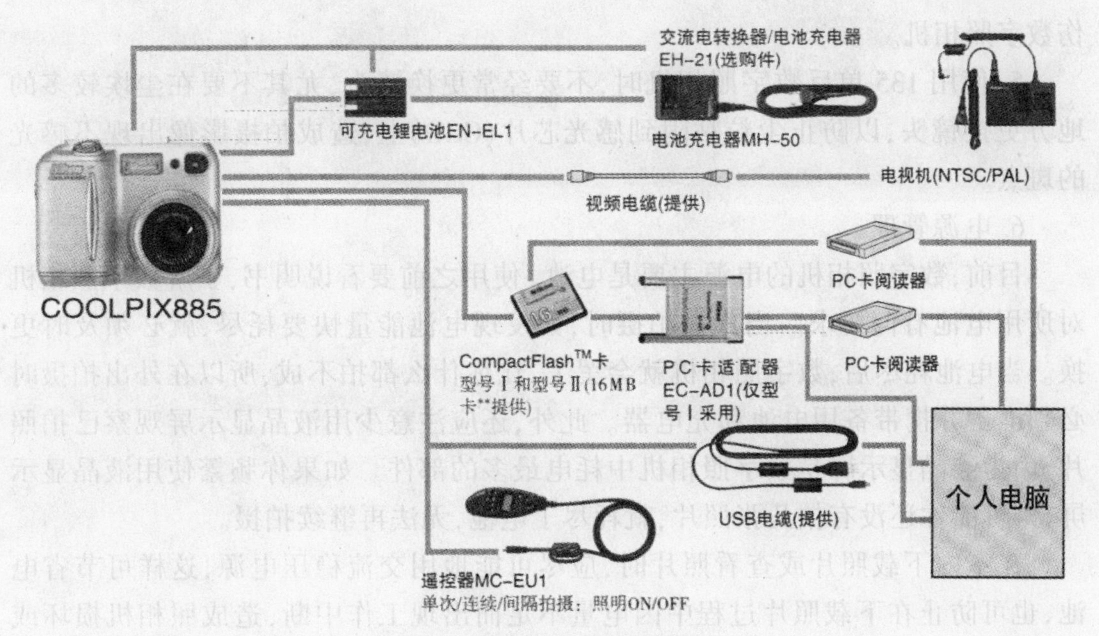

图 2-13 数字照相机常用配件

数字照相机是一台精密的微型电器，操作复杂。因此，必须严格按照说明书中的要求进行操作，否则极易出现故障和死机等情况。

2. 保护存储卡

大多数数字照相机的存储卡都很小而且簿，如记忆棒等，极易折断。其上的接口金属片也容易被污染而接触不良，或划伤，所以最安全妥帖的办法就是将存储卡放入专用存储盒内或照相机内。平时一定要将可移动式存贮卡保存在干燥环境中，已存有图像文件的存储卡还要尽可能避磁、避高温存放。

使用可移动式存储器要注意的是：存储器插入照相机时要插到位，从照相机中取出存储器时又要防止它滑落。一旦存储器滑落掉到坚固的地面上，有可能损坏已存储的数据文件，甚至使存储器受损而报费。与计算机用的磁盘相似，当存储器正在机内"读/写"数字影像文件时（注：数字照相机在存储图像数据时，相机后面的读卡指示灯会不停地闪烁），切勿试图将存储器从机内取出。如强行取出，必将损坏已拍摄的数字影像文件，甚至损坏磁头和存储器。

3. 保护液晶屏

大多数数字照相机都有液晶显示屏，在使用过程中，它可能会粘上一些不易拭去的指纹或者其它污渍，除了用软布轻轻擦拭外，也可把 PDA 上用的透明粘贴纸贴在液晶显示屏上。以免屏幕被刮伤而影响图像观察。

4. 连接计算机时要断电操作

在将数字照相机中已拍摄图像下载到计算机时，需要将数字照相机与电脑用导线连接起来，在连接之前一定要关闭数字照相机电源开关，以免带电操作而损伤数字照相机。

5. 使用 135 单反数字照相机时,不要经常更换镜头,尤其不要在尘埃较多的地方更换镜头,以防止尘粒粘附到感光芯片(CCD)上,造成拍摄影像出现不感光的斑点。

6. 电源管理

目前,数字照相机的电源主要是电池。使用之前要看说明书,了解数字照相机对所用电池有何要求。当你在拍摄时,如发现电池能量快要耗尽,就必须及时更换。当电池耗尽后,数字照相机就会罢工,让你什么都拍不成,所以在外出拍摄时必须准备并携带备用电池和充电器。此外,还应注意少用液晶显示屏观察已拍照片,因为液晶显示屏是数字照相机中耗电最多的部件。如果你频繁使用液晶显示屏,则可能你还没有拍几张照片,就耗尽了电池,无法再继续拍摄。

在室内下载照片或查看照片时,应尽可能地用交流稳压电源,这样可节省电池,也可防止在下载照片过程中因电量不足而出现工作中断,造成照相机损坏或破坏存储卡上存储的照片数据等。

六、数字照相机的主要功能和用途

数字照相机是随互联网诞生的高科技产品, 最初的数字照相机分辨率很低,只能用于屏幕显示和网上传送。随着技术的不断进步,数字照相机的分辨率不断提高,数据处理速度越来越快,存储器的容量也越来越大。因此,数字照相机拍摄的数字图像完全可以满足精美大幅照片的输出,也能在低照度下准确曝光,像质也更加接近传统照片,因此,数字照相机的应用范围也越来越广泛。此外,数字图像的运用范围已远远超出了传统照片的运用范围。例如:数字图像还可以屏幕显示和网上远距离传输,也可录制声音和动态画面,后期利用软件对图像进行复杂的编辑与处理等等。下面就简要介绍一下数字照相机的主要特点及用途。

1. 拍摄图像

数字照相机最基本的功能就是拍摄你所需要的静止图片,因此,数字照相机的拍摄功能与传统胶片照相机是完全相同的。所以,传统照相机的基本摄影功能在数字照相机上都得到了继承和运用。例如:全自动曝光,变焦镜头,各种自动曝光模式,微距拍摄,内置或外置闪光灯等等。

2. 浏览图像

数字照相机与传统照相机在外观上一个很大的区别是, 数字照相机机背上一般都有一个彩色液晶显示屏。数字照相机上的彩色液晶显示屏不仅可以用于取景,而且还可用于回放显示已拍摄的图像,并可将显示出的不理想图像立即删除,这样可以及时释放出存储卡上有限的存储空间,继续拍摄更完美和理想的照片。此外,数字照相机的彩色液晶显示屏还可用于显示和执行数字照相机复杂的操作菜单命令。

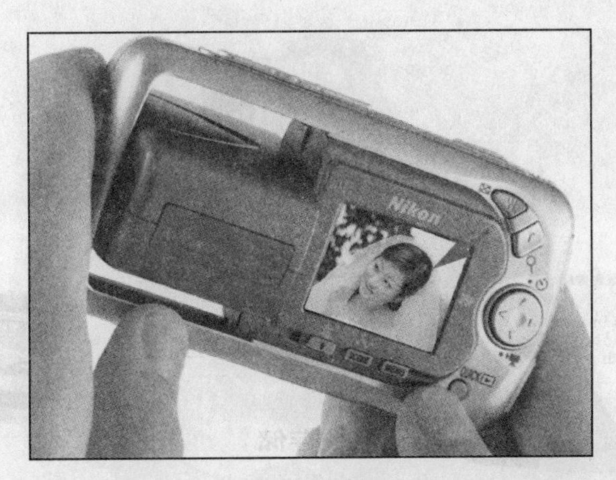

图 2–14 用数字照相机彩色液晶屏回放刚拍摄的图像

3. 保存图像

用数字照相机拍摄的图像先保存在磁存储器中，当存储器容量用完后，或拍摄任务暂告一段落后，应及时下载到计算机硬盘或数码伴侣中保存。下载图像到计算机时，首先要在计算机中安装数字照相机的随配驱动软件，然后再用数据传输电缆(如 USB 接口导线)把数字照相机与计算机连接起来，便可将数字照相机中拍摄的数字图片下载到电脑硬盘中。数码伴侣有多种数字相机存储器的插孔，只需将存储有数字图像的存储器从数字相机中取出，并插入数码伴侣上的相应插孔便可将数字图像输入数码伴侣中。

4. 分享图像

传统照片只有图片一种显示方式，而数字照相机所拍摄的图像却有更多、更精彩的显示方式和更快捷的传送方式。

①通过互联网，用电子邮件(以附件方式)，可在瞬间将你的图片发送到地球上任一角落，使你的亲朋好友分享你的快乐与幸福。

②通过家用打印机，可以及时将你的数字图像打印成照片，与家人共赏。

③可以用数字照相机的随配软件，或专业电子相册制作软件，将你拍摄的数字图片编辑成可连续放映，并有背景音乐伴奏的电子相册或卡拉 OK 相册。如果把电子相册的文件记录成 VCD 格式，并刻录成光盘，便可在普通电视上播放你的作品。

④用专门的软件将你喜欢的照片制作成精美的贺卡，用电子邮件寄给远方亲友。

⑤用数字彩扩机将你拍摄的数字照片扩印成普通照片。

⑥用数字照相机的随配软件，可以在电脑屏幕上浏览你所拍摄图像的缩览图，方便你查找、编辑和删除数量众多的图片。还可用随配软件对已拍摄的图像进行剪裁，调整色彩，调整对比度等。用一些家用或专业用图像处理软件还可对图像进行更多的处理，如：几张照片的合成，特殊效果的处理，给照片加字等等。

数字照相机的基本功能和用途参见图 2–15。

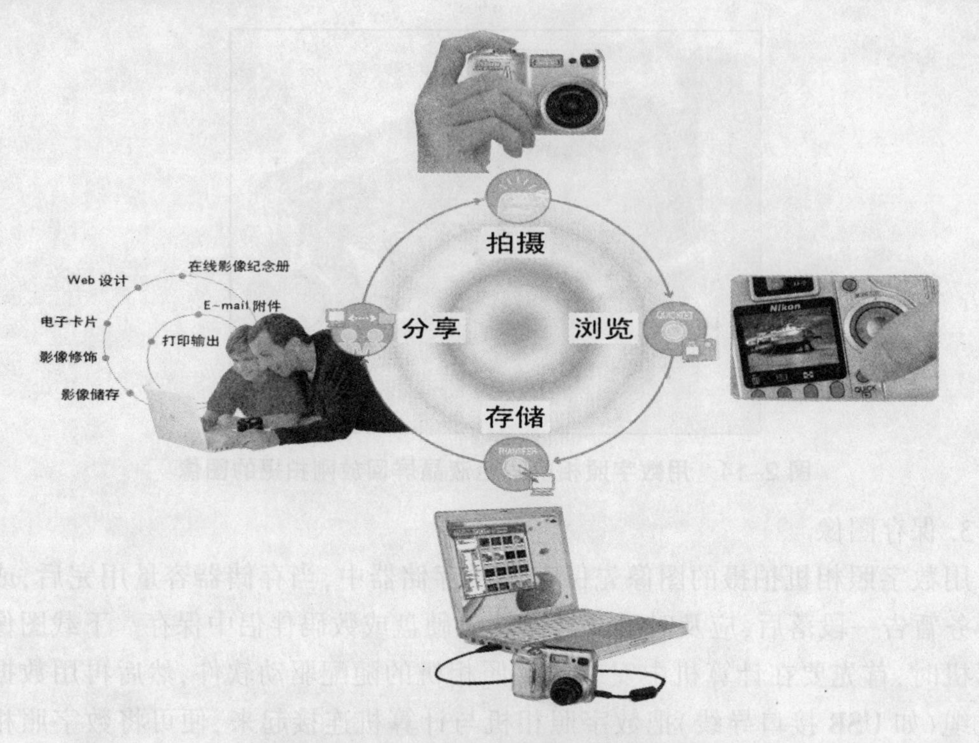

图 2-15 数字照相机的基本功能和用途

七、数字照相机的使用

由于数字照相机的运用范围比传统照相机更广,功能也更强大,因此操作也更为复杂。要让普通消费者能很快掌握功能如此复杂的数字照相机并非易事,因此,厂商将数字照相机的这些复杂功能分成两大类。一类是常用的基本摄影功能,另一类是不常用的特殊摄影功能。并按照这种功能分类分别将常用功能以按钮方式设置在便于操作的照相机机身上,不常用功能设置在内藏操作菜单中。此外,数字相机生产厂商为精简机身上的按钮,将许多相近功能设置在同一按钮上。下面将以"按钮"操作和"菜单"操作为例分类介绍数字照相机的操作和使用方法。

(一)数字照相机的操作功能

前面已介绍过,数字照相机的操作功能可分为两类。

第一类是最常用的摄影功能,如:电源开关,摄影模式,取景,测光,曝光,闪光,变焦,微距,液晶屏的图像显示,操作菜单的选择,图像删除等,这些常用功能多以按钮形式设置在机身上,方便摄影者随时启用和操作。

第二类是那些不太常用的功能, 它们以菜单形式显示在照相机的液晶屏幕上,供摄影者查找和选用。如:录音,图像质量(分辨率),白平衡,感光度,图像的显示、删除及图像的打印等功能等多安排在可通过液晶屏显示的菜单中。只要打开液晶显示屏和数字照相机的操作菜单,再利用相机上的"十字键"和"OK"便可完成菜单命令的选取和确认。

此外,厂商为了方便不懂摄影的人在不需专门学习的情况下,举机便能拍出漂亮的照片,将数字照相机最常用的摄影功能设为默认状态,摄影者只要打开照相机电源,照相机就处于最常用的全自动拍摄状态,如:自动聚焦,自动曝光,自动闪光和常用图像压缩格式(可输出 7 英寸以内的高质量照片)等。这样,数字照相机就可以让懂摄影的人或不懂摄影的人都能随意地拍摄出质量满意的照片。

数字照相机的操作在设计上还有一个特点,就是最基本摄影模式选项一般都集中在数字照相机上靠近快门按钮附近的一个圆形模式拨盘上,见图 2-16。在模式拨盘上印满了不同的模式图标,如:各种曝光模式(程序快门,光圈和快门先决,夜景模式等),微距模式,录像模式,显示模式和输出模式等等。因此,同学们在学习数字照相机的操作和使用时,应首先从拍摄模式的功能选择入手。

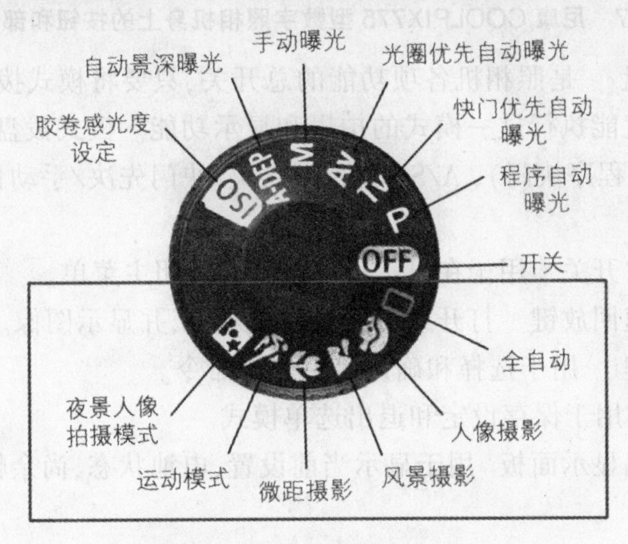

A、框中为创意摄影模式

B、框上方为全自动和手动摄影模式等

图 2-16 数字照相机上的模式拨盘

综上所述,在学习数字照相机的使用时,我们可以将数字照相机的基本操作功能分为"按钮操作"和"菜单操作"两个板块来进行学习,从中可摸索出数字照相机使用的一般方法和规律,并逐步掌握在拍摄过程中常需要手动调整的基本设置。

(二)数字照相机的按钮操作和菜单操作

1. 按钮操作

如前面所述，数字照相机一般把最常用的摄影功能安排为按钮操作，如:曝光,闪光拍摄,微距拍摄,变焦,图像的回放与删除等操作。这样不仅能使这些常用操作更为方便快捷，而且也不需打开液晶显示屏，更节省电力。下面以尼康 COOLPIX775 型数字照相机为例,介绍数字照相机的按钮操作方法,请参见图 2-17。

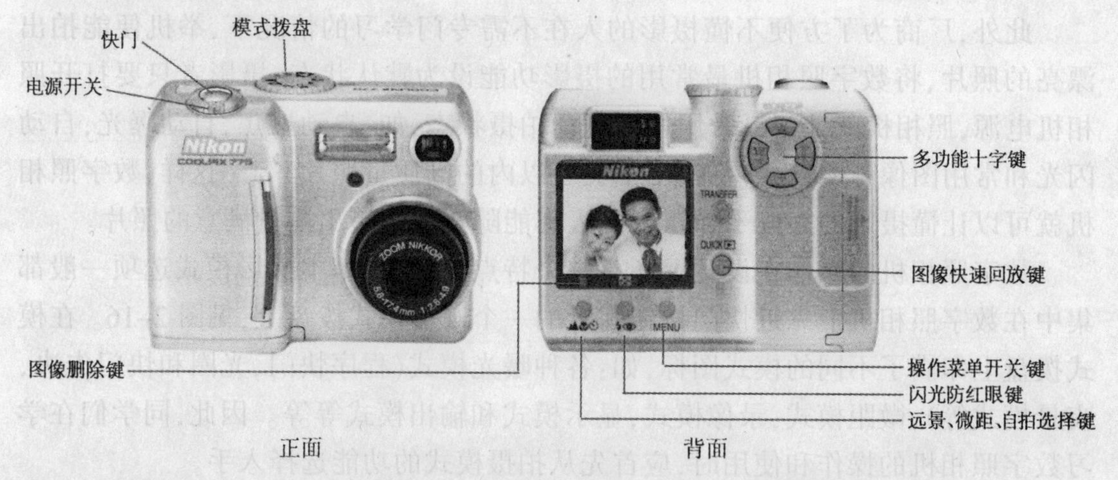

图 2-17 尼康 COOLPIX775 型数字照相机身上的按钮和部件名称

(1)模式拨盘　是照相机各项功能的总开关,只要将模式拨盘的开关置于相应模式,照相机就能执行这一模式的拍摄和显示功能。模式拨盘上的基本拍摄模式主要有 P(普通程序快门)、A/S/M(光圈先决/快门先决/手动快门)、录像、显示模式等。

(2)操作菜单开关　用于在显示屏上打开和关闭主菜单。

(3)图像快速回放键　打开或关闭液晶显示屏,并显示图像。

(4)多功能键　用于选择和确认菜单操作命令。

(5)OK 键　用于保存设定和退出选单模式。

(6)黑白液晶显示面板　用于显示当前设置,电池状态,尚余帧数等(多见于单反数字相机上)。

(7)闪光模式切换/消除键　用于四种闪光模式的切换和删除单幅画面。

2. 操作菜单

为了简化数字相机上的操作按钮,生产厂商将数字照相机中复杂的摄影功能操作设置成内置软件菜单命令，并可在数字照相机的彩色液晶屏上翻页显示,使用者只要按动照相机上的“选单键”便可打开照相机的操作命令菜单。在学习数字相机操作菜单命令的使用时,可以打开说明书,并按电脑软件菜单命令的操作思路去学习和体会,就能很快掌握数字照相机菜单命令的操作和使用。

例如,奥林巴斯 C-3030 数字照相机可看成一台微型电脑,这台微型电脑有显示器(液晶屏),键盘(十字键、OK 键),还有软件(操作菜单)。照相机的几乎全部摄影功能都可通过十字键,在照相机的彩色液晶屏所显示的操作菜单上选择,然后用 OK 键确认或执行,参见图2-18。

(三)使用数字照相机时常需进行哪些设置

前面已经介绍过，数字照相机是传统照相机与数字成像技术相结合的产物。

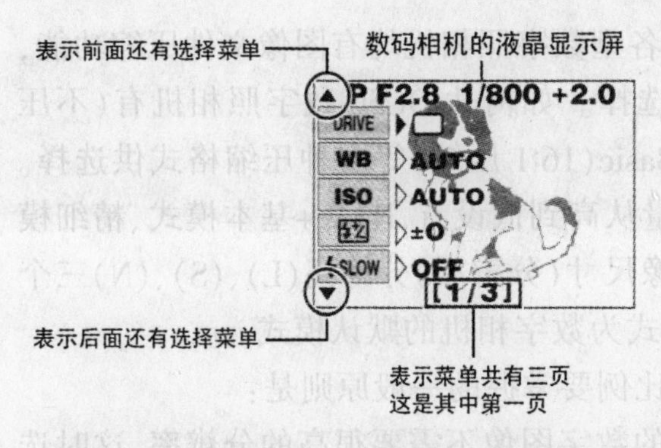

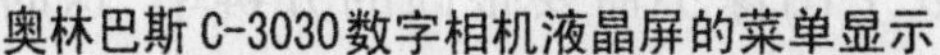
奥林巴斯 C-3030数字相机液晶屏的菜单显示

尼康数字相机彩色液晶屏正在显示操作菜单

图 2–18 数字照相机液晶屏的菜单显示

因此,在使用数字照相机时,不仅要进行一般摄影功能的设置,还要进行数字摄影功能的设置。此外,数字照相机不仅需要在拍摄前进行各种摄影功能的设置,而且在拍摄过程中也需要进行某些摄影功能的调整,下面就分别加以介绍。

1. 数字照相机在拍摄之前所需设置

使用数字照相机拍摄之前需要进行的基本设置包括基本摄影功能的设置和特殊摄影功能的设置。

(1)基本摄影功能的设置

数字照相机的基本摄影功能大部分都安排在照相机快门按钮附近的模式拨盘上,并以形象的图标形式注在模式拨盘上(请参见图 2–16)。这其中包括:各种曝光模式(如:P 标准程序、A 光圈优先、T 快门优先、微距摄影、风景程序、肖像程序、动态程序等)和录像程序等等。此外,内藏闪光灯的闪光模式一般有四种,即:AOUT 自动闪光、强制闪光、禁止闪光和防红眼模式等,在拍摄中也经常需要切换,因此也多以按钮形式安排在照相机的显著位置。为了方便使用,数字照相机最常用的基本摄影功能操作,大都可以通过数字照相机上的功能按钮来实现,请参见图 2–17。

(2)特殊摄影功能的设置

前面提到,数字照相机在开机状态下默认为全自动曝光,中等像质的设置。因此,数字相机在默认(开机)设置状态下,任何一个不懂摄影的人都能拍摄出 6 英寸以下的高质量照片。如果需要更高或更低的像质,或近距离拍摄,或在特殊光源和暗弱光源下拍摄时,在摄影之前则需进行以下一些特殊摄影功能的相应设置或调整。

①正确选择数字图像的像质(存储格式)

前面谈到数字照相机存储器的容量有限,价格昂贵。所以,为了在有限的存储空间内存储更多的照片图像,往往需要将数字照相机 CCD 所形成的图像文件先进行压缩,然后再存储在存储卡上。一般各型数字照相机均有图像文件压缩功能,而且根据需要,还有多种压缩比例可供选择。如柯达 DC50 数字照相机有(不压缩)、Fine(4:1 压缩)、Nonnal(8:1 压缩)、Basic(16:1 压缩)等多种压缩格式供选择。又如:尼康 D70 数字相机的图像压缩质量从高到低设有,RAW+基本模式、精细模式、一般模式、基本模式和 RAW 等。图像尺寸(分辨率)分为高(L)、(S)、(N)三个尺寸。其中 RAW 为不压缩格式,标准模式为数字相机的默认模式。

在数字相机上选择数字图像的压缩比例要掌握的一般原则是:

a、仅供屏幕显示观看或需网上传送的数字图像不需要很高的分辨率,这时选择的压缩比例可高一些,这虽然会导致图像画质降低,但用于计算机屏幕全屏显示是没有问题的。因为电脑屏幕的分辨率有限,数字图像的分辨率超过了屏幕的分辨率后,并不能提高屏幕显示效果。而相反,图像分辨率过高,会占用更多的存储空间。因此,如果你拍摄的图像是用于制作电子相册(或屏幕显示),则可将分辨率设置低一些。

b、如果你拍摄的数字图片主要用于输出打印成高质量彩色照片时,则以不压缩或用低比例压缩为好。如奥林巴斯 C3030 数字照相机如果要输出照片,则应选择 SHQ 格式(最低压缩比率)或 TIFF 格式(不压缩)。

不过,现在数字照相机的各式大容量存储卡的价格已比较便宜,又有可海量存储数字照片的数码伴侣可随身携带,因此,没有特殊的拍摄需要,一般使用数字照相机的默认分辨率和存储格式设置便可。这样所拍数字图像不仅可以输出照片,而且在你需要网上传送或屏幕显示时,也可用图像处理软件将数字图像压缩后再发送。不仅可两相兼顾,而且可免除了复杂的图像分辨率(画质)设置。

注:这里需要提醒的是,同样容量的内置或外置存储器,如果压缩比设置越低(即分辨率越高),则一次能拍摄的照片数量就越少,如用 16M 的存储卡,奥林巴斯 C3030 数字照相机的 TIFF 格式只能拍 2 张照片,SHQ 格式可拍 6 张照片;反之,如果压缩比率越小,如用 SQ2 压缩格式,则一次可拍 165 张照片(用于屏幕显示)。

关于数字相机存储格式(压缩比率),分辨率及相同容量存储媒体拍摄画幅数等参数见表 2-3。

②白平衡设置

前面已介绍过,轻便型数字照相机的白平衡调整与普通感光材料的色温校正功能相似,它对真实准确地再现所拍景物的色彩具有重要的作用。因此,数字照相机的白平衡调整功能又被称为色温补偿模式。在使用数字照相机时,应在拍摄前根据拍摄现场的光源色温事先将它调整设定好。

一般家用型数字照相机有五种白平衡调整方式,分别为自动白平衡、阳光、阴天、白炽灯、荧光灯等。大多数情况下用照相机默认的自动白平衡方式(AUTO)便

表 2-3 奥林巴斯 C-3030 数字照相机的压缩格式参数表

拍摄模式		像素数	资料	记忆容量					
				2MB	4MB	8MB	16MB	32MB	64MB
TIFF		2048×1536	TIF	0	0	0	1	3	6
		1600×1200		0	0	1	2	5	11
		1280×960		0	1	2	4	8	17
		1024×768		0	1	3	6	13	27
		640×480		2	4	8	17	34	68
SQH		2048×1536	JPEG	0	1	3	6	13	27
HQ		2048×1536		2	4	10	20	40	81
SQ1	HIGH(高像质)	1600×1200		1	2	5	11	22	45
	NORMAL(普通)			3	7	16	31	64	128
	HIGH(高像质)	1280×960		2	4	8	17	34	70
	NORMAL(普通)			5	12	24	49	99	199
SQ2	HIGH(高像质)	1024×768		3	6	13	26	53	107
	NORMAL(普通)			9	18	37	76	153	306
	HIGH(高像质)	640×480		7	16	32	66	132	226
	NORMAL(普通)			20	40	82	165	331	665

可，这时照相机可在自然光色温值上下一定范围内自动调整照相机的白平衡，以适应一定范围内的光源色温变化要求。不过，数字相机自动白平衡范围有限，当色温变化超过自动白平衡范围后，如在室内白炽灯照明下，还是需要进行白平衡手动设置(如选择“白炽灯”平衡)。

③感光度设置

数字照相机感光度设置与普通照相机感光度设置的意义是相同的，不过，数字照相机调整感光度是通过直接调整 CCD 的感光能力来实现的。

在光线较暗的室内，有时不允许使用闪光灯，如在博物馆和体育馆内，此外，在较暗的光线下作近距离拍摄也不能用闪光灯。这时如果仍用照相机默认的感光度(ISO100)拍摄，照相机就会自动选择很低的快门速度，从而造成手震，拍出模糊的照片。因此，这时应将数字照相机的感光度设置为较高的感光度，这样数字相机便可自动选择更高的快门速度拍摄，得到清晰的照片。

低档数字照相机一般只有 1~2 种感光度，而大多数数字照相机具有多种感光度设置，如奥林巴斯 C3030 数字照相机就具有自动感光度、ISO100、ISO200 和 ISO400 等四种感光度设置，专业数字照相机的感光度甚至高达 ISO3200。一般情况下选用照相机默认下的感光度设置，即自动感光度(AUTO)便可，需要精确设置感光度时，可打开数字照相机内置操作菜单对照相机的感光度进行选择设置，参见图 2-19。

提示：在设置数字照相机的感光度时应注意，感光度设置较高时，CCD 的燥讯会迅速提高，图像质量会明显变差，如出现影像粗糙等现象。所以，没有特殊情况，一般普及型数字照相机最好不要选用高于ISO200以上的感光度值；而专业型数字照相机不要选用高于ISO800以上的感光度值。

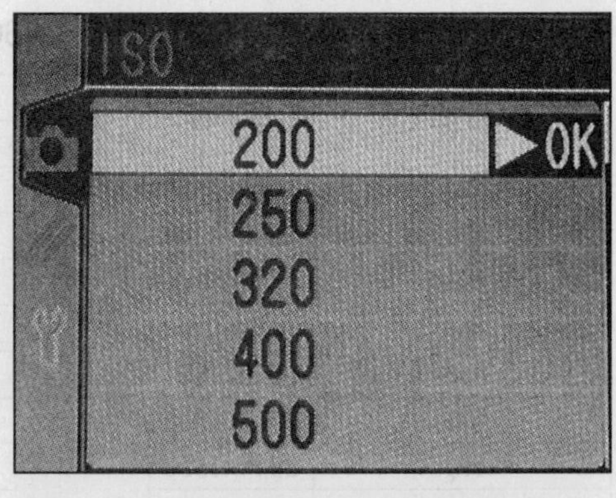

图 2-19 数字相机的感光度调整菜单

2. 在拍摄过程中经常需要进行的设置

在摄影过程中，拍摄对像和拍摄条件都在不断地变化，因此，在拍摄过程中还需经常进行以下一些设置和操作。

(1)根据拍摄需要换用不同曝光模式

大多数数字照相机都有多种曝光模式可供选择，如：标准程序、光圈先决、快门先决、录像模式、连拍模式、自动闪光和禁止闪光，微距摄影等等。我们在拍摄过程中应根据拍摄对象的变化(如运动中的物体或是静止的物体，需要大景深或是小景深，在夜晚拍摄，或需禁止闪光的场合拍摄等)随时对照相机的拍摄模式进行调整，以达到最佳的拍摄效果，或达到自己的预期效果。

(2)中途显示已拍摄图像

数字照相机大都具有液晶显示屏，如果想中途打开已拍摄的照片观看拍摄效果，则可先将模式拨盘上的“显示图标 ”拨到打开的位置，(更多的数字相机在机身上设有“图像显示”按钮)便可在彩色液晶屏上显示出刚才拍摄的照片。再按动翻页按钮(如：十字键)，便可翻页观看已拍摄的全部照片，甚至可以自动播放全部已拍摄图像。如果想快速浏览已拍摄照片，还可设置为多页显示，这样便可在液晶屏上同时显示4~9幅已拍照片，以缩短预览时间，减少电池消耗。如果我们需要观看图像是否清晰，眼睛闭上没有等，还可以将显示屏上的图像放大，如图2-20。

单幅浏览

四幅浏览

九幅浏览

全幅浏览

放大浏览

图 2-20 数字图像在彩色液晶屏上的多种浏览方式

(3)删除不满意的图像

传统的摄影方式是使用胶片拍摄,如拍摄失误就意味着胶片报费,而数字照相机则不同,如果摄取的图像不满意,可以随时从数字照相机的存储器中删除。删除不满意图像的目的是为了释放出被删除照片所占用的存储空间,从而使容量有限的存储卡能继续记录新的影像。外出拍摄时,用这种方法可以让容量有限的存储卡完成更多的拍摄任务(不过这也会消耗更多的电力)。同时,这一功能还可让你在精彩镜头出现的时候放心地大量抓拍,保证不丢失任何精彩瞬间。当存储卡容量用完后可打开液晶显示屏观察,你会发现刚才拍摄的大量镜头可能只有1~2张较为满意,那就把其他图像都删除掉吧。而删除后留出的存储空间可以让你继续拍摄。

除了低档数字照相机以外,一般中、高数字照相机都有影像删除功能。删除的方法一般是先把模式拨盘中的显示图标拨至打开挡, 这时图像出现在液晶屏上,按动选单键便可翻看已拍摄的照片,如看到不满意的图片,可用照相机上的删除按钮将照片删除。也可在多页显示的情况下,同时选中你要删除的多幅照片,再用删除按钮加以删除。如果要删除全部已拍照片,则可选择数字相机操作菜单中的格式化命令对存储卡进行格式化,便可快速删除所有已拍照片。如果你觉得某图像很有价值,但不知是否清晰,人物眼睛是否睁闭等,这时你可以使用数字照相机上的图像放大功能,将液晶屏上微小的图像局部放大,便可作出更正确的判断,避免误删除需要的照片。

(4)声音记录功能的使用

大多数数字照相机都有声音记录功能。借助于声音记录功能,拍摄者可随时将与照片画面有关的信息用口述的方式录在存储器中,便于以后的图片编辑和使用。不过,在实际拍摄中,既要充分利用数字照相机的声音记录功能,又要注意记录的声音将同样占用存储器的有效存储空间。由于存储器的容量有限,因而不要记录无关紧要的声音信息。不过,一般数字照相机都限定了单幅照片可录音的时间。

使用数字照相机记录声音的一般方法是:打开机背上的话筒钮,口离机内话筒15cm左右讲话。解说结束时,关闭话筒钮,此时指示灯闪烁,表示正在往存储器上存储已记录声音。

绝大多数有声音记录功能的数字照相机没有声音还原功能,要播放已录制的声音文件,必须将记录的图像和声音文件下载到计算机中,再通过计算机的声音软件来播放所录制的语音信息。

3. 使用数字照相机应注意的事项

(1)安装电池

首先要阅读说明书,了解数字照相机可使用哪些型号的电池,不能使用哪些型号的电池。安装电池时，数字照相机的电源开关应处于关闭状态下，电池的正负极要安装正确。

数字照相机的电池仓盖开启动作较为复杂，应详读说明书，正确开启电池仓盖，决不能强折硬开。

(2)熟悉操作模式和“菜单”

为了方便用户使用，中、高档数字照相机都提供了一些预先设定好的拍摄模式，并分别以模式拨盘的形式设置在机身上，或以菜单形式显示在照相机的液晶屏幕上，供摄影者查找和选用。因此，在买回照相机后，要根据说明书的操作说明，将数字照相机上所有按钮的位置和功能，以及菜单操作命令的功能等逐条逐项进行练习。在正式拍摄时才能全身心地投入拍摄中，不会被复杂的操作弄昏了头。

(3)近摄时注意视差

用普及型数字照相机近距离拍摄时，不能用照相机的平视取景器取景，而必须启用照相机上的液晶显示屏取景。因为液晶显示屏上的影像是通过镜头所成影像，没有视差，能保证所拍影像的完整。

(4)曝光宁欠勿过

与传统感光片相反，用数字照相机拍摄时，曝光宁可欠曝也不要过曝。这是因为在曝光轻微不足的情况下，数字图像能取得充足的色彩和影调信息，而图像反差低弱等问题可以通过数字照相机的随配软件及其它专业图像处理软件进行简单的修正便可。而曝光过度时，数字图像的高光部位常常会损失掉所有的色彩和层次(称为“高光溢出”)，并且无法用电脑软件恢复景物亮部损失的色彩和层次。因此，在使用数字照相机拍摄时，避免曝光过度是很明智的选择。

(5)感光度设置不宜过高

前面已介绍过，数字照相机在使用高感光度设置时，CCD会产生燥讯，使所拍图像像质粗糙劣化。所以，在低照度时最好使用闪光灯补光，而不要随意提高数字相机的感光度。

(6)注意前后两次拍摄之间有时滞

数字照相机所摄图像需要存储在磁卡(存储器)上，存储过程需要一定时间，只有在前面拍摄的图像完全存储在磁卡上后，才能继续下面的拍摄。数字照相机从按动快门曝光到图像存储完毕所需要的时间称为数字照相机的“时滞”。数字照相机“时滞”的长短与数字照相机性能有关，也与所拍图像的分辨率大小有关，分辨率越大，“时滞”就越长。数字照相机的“时滞”0.5~10秒不等，这与所拍图像的分辨率大小有关。在数字照相机“漫长”的存储图像期间，照相机上的图像存储指示灯会不停地闪烁，直至图像存储完毕才熄灭。在图像存入磁卡期间，不能进行任何操作，更不能取出存储卡。

(四)将数字照相机中的图像输入计算机

前面已谈到,要将数字照相机所拍图像下载到计算机中,首先要安装数字照相机专用驱动软件。每一种品牌和型号的数字照相机都有自己的专用驱动程序,并保存于随数字照相机附赠的光盘中。驱动程序安装好以后,再将数字照相机随配的USB电缆将数字相机与计算机连接好,便可打开计算机和数字照相机的专用驱动程序软件,并用这一软件将数字照相机中的图像数据下载到计算机中。

数字照相机的驱动程序一般有两种形式。

1. 内置在随机附赠的图像处理软件中

奥林巴斯C3030型数字照相机属于这种图像下载方式。电脑只要安装了数字照相机的随配软件,就可使用软件下载照相机中的图片,同时还可用该软件进行简单的图像处理,如色彩和影调调整,电子相册编辑,浏览图片等。

2. 以移动磁盘内置在Windows的资源管理器中

目前大多数最新型号的数字相机均采用这种更简单易学的图像下载方式。首先也需要先在计算机中安装数字相机驱动程序,然后用USB电缆将计算机与数字相机连接起来,接通电源后,在计算机的资源管理器中便会出现一个标有"可移动磁盘X"的新驱动器盘符,其中的X盘符可以是任何英文字母,现在大多数数字照相机都以移动磁盘的方式出现在Windows的资源管理器中。下载图像时就像操作计算机硬盘一样方便。这种下载数字图片的方法类似于现在流行的"优盘"移动存储器,数字照相机只要与计算机连通,就可以在计算机桌面的"我的电脑"中出现一个新的"可移动磁盘",双击"可移动磁盘"的盘符,便可打开数字照相机中的图像文件,用拖移复制的办法便可将数字照相机中的图像转移存储到计算机硬盘中。当然,采用"移动磁盘"方式下载数字图像的驱动程序只有单一的下载功能,不能对图像进行简单处理,不过,厂家在附赠光盘中一般都会再赠送一个家庭版图像处理小软件,你可能用它对下载的图像进行加工处理,当然你也可以用精典图像处理软件PhotoshopCS进行图片处理。

此外,专用读卡器也可下载数字相机拍摄的数字图片。方法是:将读卡器的USB端口与计算机连接,然后将数字相机中存满图像的存储卡取出,并正确插入相应插口,这时计算机的Windows资源管理器中也会出现一个可移动磁盘盘符(Win98版本需安装驱动程序),下载图片操作与Windows资源管理器的磁盘操作相同,非常简便。而且用读卡器下载数字图像的最大好处是,可以在任何一台安装有Windows XP版本操作系统的计算机上下载图像,而不需安装数字相机专用驱动程序。

第二节 扫描仪

扫描仪和数字照相机(还有摄像头)均被称为计算机的第三代外部输入设备(第一代为键盘,第二代为鼠标),被形象地称为计算机的眼睛。扫描仪能将各种图像信息(从最直观的图片、照片、透明胶片到各类图形、图纸、文字资料等)通过逐行扫描后转变成数字信号,并输入计算机,然后,通过计算机完成对图像信息的处理、管理、使用、存储和输出等工作。

一、扫描仪的结构和原理

扫描仪获取影像的原理与数字照相机相同,其成像部件也是光电转换装置,即CCD(或CIS)半导体感光元件。置于扫描仪内部的CCD感光单元(像素)通常排成一个线性的阵列,随着扫描光源与被扫描材料的相对运动,完成整个图像的扫描。图片经逐点光照扫描后产生图片的模拟信号,再经A/D转换(即"模/数"转换)后生成计算机能识别和处理的数字信号(即数字图像文件)。这些图像的数字信号通过扫描仪与计算机的接口直接输入计算机。

二、扫描仪的分类

扫描仪根据成像芯片、结构和用途的不同,大致可以从以下几方面加以分类:

(1)按成像光电器件分类

扫描仪多数均采用CCD作为扫描成像芯片,1998年以后,又出现了以CIS(接触式图像传感器)为成像芯片的扫描仪。故扫描仪根据成像芯片的不同分为CCD型和CIS型扫描仪。

(2)按扫描运动方式分类

扫描是在扫描光源与被扫描材料之间作相对运动的过程中完成的。按照其相对运动的方式不同,扫描仪可分为平板式扫描仪、手持式扫描仪和滚筒式扫描仪。

①平板式扫描仪的扫描幅面通常为A4幅面(210mm×297mm)、Legal幅面(216mm×356mm)和A3幅面(297mm×420mm),其中以A4幅面的扫描仪应用最为广泛。一般办公和家用扫描仪均为A4幅面的扫描仪,见附图2-21中A图。平板式扫描仪是原件静止,而扫描头移动。

②手持式扫描仪是由人手持握并移动扫描头。手持式扫描仪价格低廉、体积小、电池供电便于携带,但扫描幅面小,精度不高,一般不能用于图像扫描,而主要用于图书馆和商店购物时扫描书或商品上的条码。

③滚筒式扫描仪在扫描过程中扫描头静止不动,而通过滚筒卷动被扫描材料来完成原件扫描。滚筒式扫描仪面积大,扫描速度很快,但价格昂贵,适合于扫描大型平面原件和有大量扫描业务的商家使用。

(3)按被扫描材料分类

按被扫描材料的不同，扫描仪又可分为反射式扫描仪和透射式扫描仪两类。这两类扫描仪在结构上的区别是：反射式扫描仪的光源和CCD是位于被扫描材料的一侧(即为反射光)照明,而透射式扫描仪的光源和CCD是分别位于被扫描材料的两侧(即为透射光)照明。

反射式扫描仪主要用于普通照片，画册和文稿等不透明平面原件的扫描;而透射式扫描仪主要用于底片、反转片、幻灯片和X光片等透明原件的扫描,透视式扫描仪见附图2-21中B图。

现在专业平板式扫描仪只要安装一个透射适配器以后，也可进行透射式扫描,但扫描精度远不如专业的透射扫描仪。

A、平板扫描仪

B、胶片扫描仪

图2-21 常见扫描仪

三、扫描仪的主要性能指标

扫描仪的主要性能指标如下：

1. 分辨率

扫描仪最高分辨率值决定了扫描仪的扫描精度。扫描仪的扫描精度主要由光学分辨决定的。家用平板扫描仪的光学扫描精度一般在600dpi以上;专业平板扫描仪的光学扫描精度一般在2400dpi以上.

2. 色彩位数

色彩位数是用来表述扫描仪的色彩分辨能力。用于图像扫描的扫描仪,其色彩位数应在36bit以上。而现在市售的扫描仪的色彩位数一般都达到了42位或48位。

3. 动态范围

动态范围的概念与传统胶片性能中的宽容度大小相类似。动态范围越高,扫描仪对图像灰阶层次的表现力越强,所扫描的图像层次越丰富。配置用于图像扫描的扫描仪,其动态范围应在2.8以上。

4. 扫描速度

扫描速度决定了扫描仪的工作效率。一般扫描仪的扫描速度与扫描仪接口的传输速度有关。现在市售的扫描议均为USB接口,早期的USB1.1传输速率较慢,现在升级为USB2.0,传输速率大大提高(达480Mbps),此外还有使用IEEE1394接口,其传输速率与USB2.0接口相当。不过,在实际使用中,扫描速度与被扫描图像的精度有更多的关联。即:图像的扫描精度(分辨率)设置越高,扫描速度越慢;图像的扫描分辨率设置越低,则扫描速度越快。

5. 扫描幅面

扫描仪的扫描幅面有多种规格,如 A4(相当于扫描 A4 纸幅面),和比 A4 纸幅面大一倍的 A3 幅面扫描仪.更大的扫描件需要专业的滚筒式扫描仪。

6. 其它功能

现在的扫描仪将复印,发送电子邮件,传真等功能以按键的形式集成在扫描仪上,使扫描仪具有多种数字化办公功能。如果你是办公用,可选择这种多功能扫描仪,如果你是家庭用,则可选择只有单一扫描功能的扫描仪。因为其它功能都可通过电脑代劳,而不必为其它并不十分有用的功能买单。

7. 软件功能

扫描仪的硬件功能是基础,但是,扫描仪的软件功能也非常重要。如:扫描仪的软件界面不仅能设置扫描图像的分辨率、色彩类型、图像尺寸等,而且还可以直接调整扫描图片的反差和色彩等,使批量扫描的图像保持相同的扫描结果,避免后期再使用图像处理软件对大量扫描图像重新进行反差和色彩的校正;扫描仪软件的插值功能可使小尺寸照片获得超过扫描仪光学分辨率的更多像素,这样可在后期输出比原件大得多的图像;高挡的扫描仪甚至可以通过软件功能处理掉扫描原件上的划痕和微小污斑等。扫描仪上的滤镜功能还可以将扫描图像直接变成单色画面及浮雕等特殊画面效果。

市售的扫描仪与数字照相机都是图像的录入设备,但是,数字照相机的价格很贵,而且录入图像的精度远不如扫描仪;此外;扫描仪价格非常便宜,一般价格在 400 元左右的家用扫描仪,其扫描精度就与现在市售上万元的专业数字照相机的录入精度相当。所以,如果你手中没有数字照相机,而又想使用计算机处理图像,可考虑购买一台普通的家用扫描仪。利用这台扫描仪便可将你手中积累的大量照片或图片资料扫描成数字图像,输入计算机后便可用各种图像处理软件进行各种特效及合成处理。此外,使用紫光汉字识别系统或尚书五笔汉字识别系统还可将扫描的中文文字表格等印刷稿件转换成可用电脑重新编辑的电子文本。如果原稿质量较好,系统的识别率可高达 98%。此外,用扫描仪扫描图片和表格不会有图形畸变(如影像变形)发生,而用数字相机作相同工作,会因镜头光学畸变导致扫描图像有桶形或枕形畸变的情况。因此,扫描仪是数字照相机无法代替的,广泛用于办公、科研、教学、出版、广告、摄影和家庭等领域的电脑基本外设,在数字摄影中扫描议承担了相当于传统翻拍摄影的任务。

四、扫描仪的使用

(一)安装扫描仪

目前,新生产的扫描仪一般均采用USB接口,这种接口能够带电拔插,而且传输速度更快,其连接方法很简单。首先将12伏特的直流电源插头连接至扫描仪,然后用USB电缆线将计算机与扫描仪连接起来。

安装扫描仪驱动程序的方法与安装一般计算机外设基本相同。将计算机打开,然后把扫描仪驱动光盘放入光驱中,计算机扫描光盘后屏幕出现添加新硬件向导对话框,进而出现扫描仪安装界面,只要按照安装界面的提示操作便可顺利完成扫描仪驱动程序的安装。

在计算机和扫描仪的使用过程中,经常可能遇到软件故障,而这些故障多为驱动程序故障,只需将驱动盘重新放入光驱,专门安装扫描仪的驱动程序便可解决故障。

(二)扫描仪的使用

使用扫描仪时最重要的操作是在正式扫描前,需根据原件的色彩(黑白原件还是彩色原件)、大小、用途和输出尺寸大小等要求,进行图像类型,分辨率和放大倍率(其它设置还包括色彩和影调的调整、去网纹、特殊效果扫描等)。下面就将图像类型,分辨率和放大倍率等基本设置方法简介于下:

1. 图像类型的设置

扫描图像的类型很多,如黑白照片和彩色照片,黑白文字和表格及彩色文字和表格等等,在扫描前要对图像类型作出选择;而胶片扫描仪通常还需进行胶片种类的确定(如135胶片或120胶片等)。

一般情况下,图像按其本身的类型进行扫描,例如:如果扫描原件是单一颜色的黑白图像,就选用"黑白图像"类型扫描;如果扫描件是黑白照片,就用"灰阶图像"类型进行扫描,可得到更多的层次及较小的图像文件;如果图像是彩色照片,也可用"RGB图像"类型进行扫描;如果扫描件是文本文件和表格,则用"黑白二色",或"线条稿"类型扫描图像。

2. 缩放倍率的设置

很多情况下,我们扫描的图像往往较小,而准备输出的图像却很大。这时,在扫描图像之前,可根据所扫描照片最终打印尺寸,在扫描仪驱动软件设置窗口中的"缩放倍率栏"进行百分率设定,就可直接得到实际打印输出所需尺寸照片。例如:如果原照片边长为5英寸,输出照片的边长也是5英寸,则缩放倍率为100%;如果原照片边长仍为5英寸,而输出照片的边长为20英寸,则缩放倍率应设为400%,则扫描后得到的图像面积放大了八倍;如果缩放倍率设置成50%,则扫描后得到的图像尺寸缩小一倍。

3. 扫描分辨率的设置

扫描分辨率与数字照相机的分辨率(或图像尺寸)设置很相近,它决定了扫描图像的放大倍率和像质精度。扫描分辨率的设置要综合考虑扫描图像的用途，打印照片尺寸等因素来确定。

扫描图片的用途主要有两个方面，一是用打印机等外设输出普通照片，二是用于计算机屏幕显示。下面就分别将设置"照片扫描分辨率"与"屏幕扫描分辨率"的计算公式介绍于下：

①照片显示扫描分辨率的计算

如果所扫描的图像是用于输出照片，则应按下面的公式1计算扫描时应该使用的分辨率：

公式1：照片扫描分辨率(ppi)=最终打印图像长度÷扫描图像长度×打印分辨率(dpi)

例如：将标准的5英寸（长边12.7cm）彩色照片扫描进计算机处理后，用300dpi的打印分辨率打印出长边为50cm的大幅图像，则扫描仪的分辨率应为：(500÷127)×300=1200(dpi)，即扫描时应该将扫描分辨率设置在1200dpi上。计算式中的127是指5英寸照片的标准长度127mm。

②屏幕显示扫描分辨率

如果所扫描的图像仅是通过计算机显示屏显示观看，则应按下面的公式2计算扫描分辨率：

公式2：屏幕扫描分辨率=屏幕宽度方向上的分辨率÷扫描原件横向的图像宽度

例如：扫描大小为4英寸×3英寸的图像，并只要求在计算机屏幕上显示整个图像，显示屏的分辨率为800×600，则理想的图像扫描分辨率为：800÷4=200(dpi)

4. 扫描仪的使用

扫描仪的使用主要是扫描参数的正确设置，只要正确设置了各项扫描参数，按下面图2-21所示步骤，便可顺利完成扫描任务。

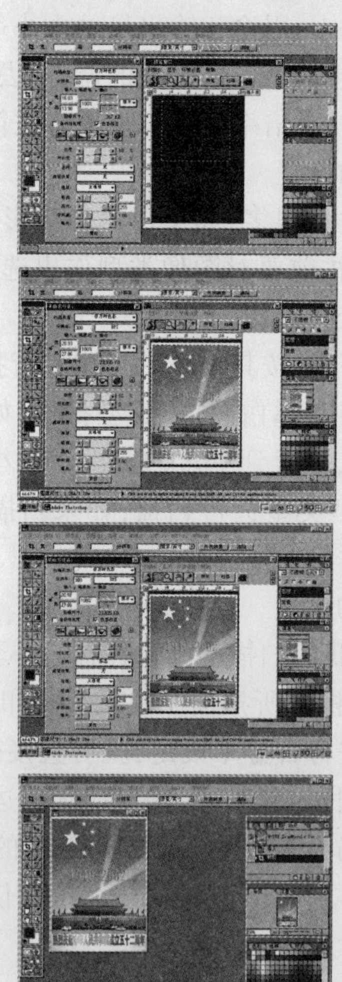
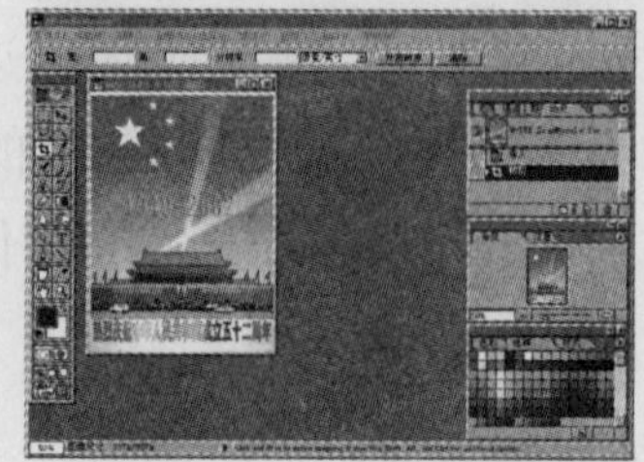

图2-21 扫描仪的使用方法和步骤

第三章　数字暗房的处理设备和软件

本章要点

前面介绍过,传统照片处理是在暗室中用放大机和化学试剂完成;而数字照片却是在明室中用计算机和图像处理软件来完成。因此,本章重点将介绍数字图像处理系统中的核心设备——计算机及常用移动存储器;同时简要介绍数字图像处理时所需的常见图像处理软件。而作为数字摄影图像处理的王牌软件 Adobe PhotoshopCS 将另章专门介绍。

第一节　计算机的基本配置

由于数字图像的文件非常大,而早期的个人计算机(简称 PC 机)硬盘容量和运算速度都无法满足数字图像文件的运算处理，因此也没有相应的图像处理软件。所以，早期的数字图像处理计算机基本上都采用 IBM 生产的价格昂贵的 Macintosh 计算机(简称苹果机)。如今,PC 机的运行速度和内存容量等硬件指标均支持数字图像这类大型数字文件的运行和处理,而且像 Photoshop,ADCSee 等能在 PC 机上运行的大型图像处理软件也运应而生,从而使数字图像处理成为普通百姓也能玩得起的时尚消费,同时也大大推动了数字摄影的快速普及。

由于数字图像的文件很大,因此对计算机的硬件也提出了较高要求。具体要求有:

(一)CPU

对用于图像处理的计算机,其 CPU 一般要求最好是奔腾Ⅲ级以上(即 586 以上)档次,时钟频率在 1GHz 以上。

(二)内存

一般运行 PhotoshopCS 版软件处理数字图像,要求计算机至少要有 128MB 的内存,要处理大型数字图像文件,则对内存要求更高,一般要达到 256MB,甚至 512MB 现在也很平常了。

(三)硬盘

现在 PC 机中的硬盘容量一般都在 40GB 以上，完全能够完成各种大形图形图像的存储任务。不过现在硬盘价位已很低,可配置 80GB 或更大容量的硬盘。

(四)光驱

数字图像处理本身并不直接需要光盘驱动器(CD-ROM),但是现在许多软件都是以光盘形式出售,若无光驱,就难以在计算机中安装这些软件。此外,在数字图像处理时,经常要欣赏它人的佳作以及调用光盘上的图像作创作素材。因此光驱是必备的。

(五)显示器

数字影像处理用计算机所配置的显示器档次要高,图像的显示质量要高,以便于在处理数字图像时,能观察到图像加工处理的真实效果和质量。一般可选用 17 英寸的纯平显示器,因为在图像处理时经常需要打开多幅图像和软件同时操作,宽大的屏幕可以容纳更多画面,方便操作。

现在液晶显示器异军突起,图像显示质量也不断提高,已完全可以满足图像处理的需要,只是价位还偏高。

此外,显示器显示色彩的多少,既取决于显示器种类,又取决于所用"显卡"显示色彩的位数。数字图像处理一定要用真色彩显示器,并将显示卡设置在真彩色显示状态,真色彩显示器是 24 位或更高的显示器,最多可显示出 1670 万种或更多的颜色。显卡又称为显存,要求显存在 32 位以上。

垂直扫描频率又称刷新频率,是指显示器所能完成的每秒钟从上到下扫描显示屏的次数。刷新频率越高,则显示器的图像就越稳定,闪烁感就越小。数字图像处理显示器的刷新频率应设置在 85Hz 以上,刷新频率低于 85Hz,则会因屏幕出现闪烁感而损伤眼睛。现在有的大屏幕彩色显示器的刷新频率高达 270Hz。

(六)光盘刻录机

光盘刻录机是一种读写两用型光驱,大小和外观与普通光驱相同。作为图像处理的 PC 机应当作为输出设备配置。因为数字图像的文件较大,无法保存在软盘

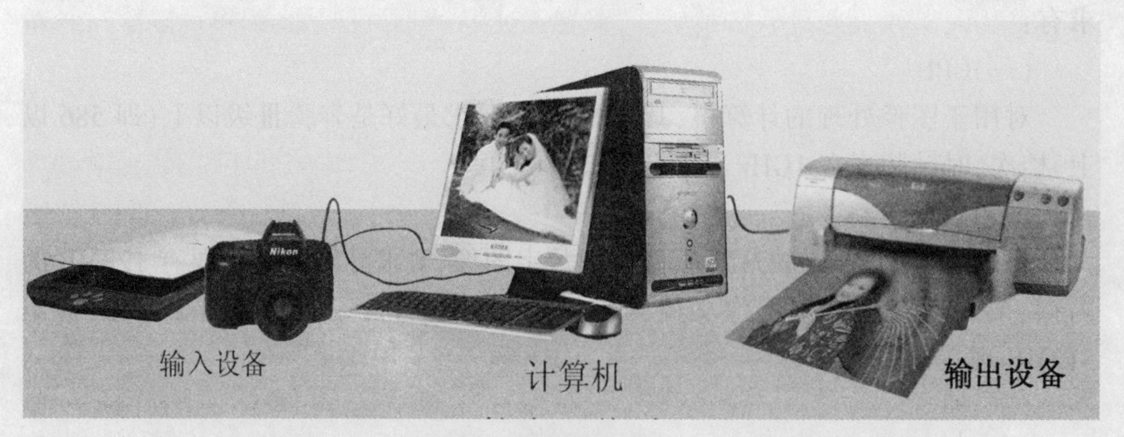

图 3-1 数码工作站

上,而光盘刻录机可以将你处理好的大量图像保存在廉价的塑料光盘中,方便数字图像的保存和转移。同时也可作普通光驱用,读取光盘中的数字信息。现在光盘刻录机已非常便宜,约在400元左右,对于经常需要处理和输出数据量很大图像文件的摄影爱好者来说,应该及时配置。你可以随时将你处理制作的数字图片刻录在成本很低的空白光盘上长期保存。

第二节 可移动存储器

经计算机处理完成的数字图片文件要随时存入计算机硬盘中。不过,我们经常需要将处理好的数字图像转移到可移动的存储器中,以便于将图像文件转移到其它计算机中作进一步处理,或到数字彩扩店扩印成数字彩色照片,或用大型喷绘机打印成大幅照片等等。与计算机有专用接口配置的可移动存储介质主要有以下三种。

1. 3.5英寸软盘

大家都知道,3.5英寸软盘的容量有限,只有1.44MB。不过,数字照相机所摄的仅用于屏幕上浏览的图片文件也并不很大,可用于数字照片的少量转移时使用。

3.5英寸软盘可存储用于电脑屏幕显示的数字照片10~20张，而用于存储可打印5英寸以下尺寸的照片时只能存储2张压缩文件。

2. 光盘

硬盘可以海量存储数字照片,但不能将数字照片很方便地移动到其它计算机中。3. 5英寸软盘虽然可以将数字图片转移到其它计算机中,但存储数字照片的容量很小。而一张光盘有700MB的数据存储容量,可以海量存储数字照片,不过,要将数字照片保存到光盘上,电脑必须配备光盘刻录机。现在一张700MB容量的空白光盘的价格与普通3.5英寸的软盘差不多，但容量却是软盘的400多倍,性价比相当高。而且通过软件设置,一张普通光盘(非可重写光盘)可以多次写入新文件,直至写满为止。

3. 优盘

这是一种体积小巧,携带方便,而容量较大的可移动存储器,直接安插在计算机USB接口上,安装驱动程序后,计算机便能自动识别,并以一个临时磁盘图标显示在浏览器中,只要按Womdows的磁盘文件操作,便可方便地存取数据。按程序要求拔下优盘后，插入其它有优盘驱动程序的计算机便可将优盘中的图像调出,进行打印或数字扩印等输出。一个128MB的优盘约一百多元,并可反复擦写使用,如果你并不需要经常处理数字图像,配置一个128MB容量的优盘也是不错的选择。

4. 数码伴侣

数码伴侣实际上是一块自带电源并有多个不同存储卡插口的移动硬盘,它可以在室外没有手提电脑和电源的情况下帮助你把数码相机存储卡中的图像拷贝到内置的微型笔记本硬盘上,以解决用户外出拍摄时,数字相机存储卡容量不足的问题。数码伴侣内置大容量可充电电池,并有多种数码相机存储卡接口,如 CF 卡、SD 卡、SM 卡、索尼棒等,只要将数字相机中装满图像的存储卡取出,插入数码伴侣的相应插口中,点按相应按钮后便可将存储卡中数字图像输入到数码伴侣中。数码伴侣的存储容量高达 20-40GB,而重量不到 500 克,因此,方便携带,并能满足室外大容量数字照片的临时转移存储,保证数字相机在任何情况下都不会因存储容量有限而终止拍摄。

数码伴侣在早期只能存储照片等各种数字文件,后来功能不断增加,如:添加了 MP3 音乐播放功能;增加了 LCD 液晶屏幕后又增加了播放静止图像和动态电影等功能,从而使数码伴侣变成了一个具有多媒体功能的移动硬盘,在外出拍摄时你可以用它看小说,听音乐,看图片和录像等。目前市场上有多种数码伴侣产品,在价格和性能上也各有差异,摄影爱好者可根据自已的经济能力和需要选择。

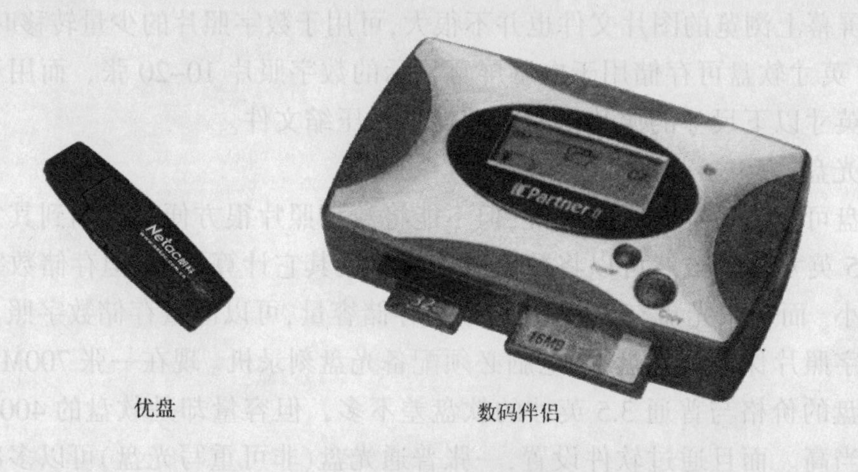

图 3-2 优盘和数码伴侣

第三节 常见图像处理软件简介

计算机只是硬件,要让它为你处理数字图像则必须在计算机中安装相应的图像处理软件。

目前处理数字图像的软件很多,各有不同的工作重点,能满足数字图像处理的不同的需求。如有专门用于处理和编辑数字图像的 Adobe Photoshop 软件,也有专门用于图像管理和浏览的 ACDsee 看图软件,还有其它专门用于某项商业摄影服务的专用软件，如：婚纱制作软件，电子相册制作软件，贺卡证件照制作软件，VCD录像软件，卡拉OK相册制作软件等。下面就将常见的几个很有特色的图像处理软件简介于下。

1. Adobe Photoshop 软件

这是为专业摄影师、设计师和出版商设计的图像处理软件，也是开发最早的软件之一。Photoshop 软件功能非常强大，对图像合成、编辑、修饰等均可得心应手。在这个软件中，人们可以用工具箱、调色板和操作菜单等方便地去除画面的污点，调整色调，裁切画面。还可以通过浮动面板、图层及通道等手段进行图像合成，利用滤镜菜单可获得如马赛克、浮雕、版画、水彩画、追随拍摄等效果，实现传统摄影暗房可以做到的或做不到的任何一种特殊画面效果，使人们的创意达到无限的境界。

由于 Potoshop 软件功能强大，操作方便，被绝大多数数字影像处理人员所采用，是市场占有率最高的图像处理软件。它经历了1.0、2.0、2.5、3.0、3.5、4.0、5.0、6.0、7.0 和现在的 8.0 等版本，摄影爱好者可根据自己的需要和计算机配置等情况选用不同版本。

2. Adobe Photodeluxe 软件

这是 Adobe 公司专为家庭用户和业余数字影像处理爱好者所设计的图像处理软件，与该公司的 Photoshop 软件相比，具有简单易学的界面和简易适用的图像处理功能，如有消除红眼、叠印标题、暗房特技、影像合成、日历和贺卡设计等。有很多数字照相机会随机附赠该软件。

3. Live Picture 软件

Live Picture 软件也是一个优秀图像处理软件，但它与 Photoshop 软件处理方法迥然不同。Photoshop 是直接在原文件上工作，而 Live Picture 则是采用了 Fits 技术，它以屏幕解析度的图像为处理目标，一切改变指令都会先储存在一个算术功能表上，最后才把二者应用到原有的高解析度图像上。由于每次进行图像处理时，Fits 是先在 72dpi 的显示器上工作，所以处理效率高，又因为 Fits 是以数学功能记录下每次的修改，所以 Fits 可以有无限次重复操作。Live Picture 有工作速度快，能处理特大照片和具有 48 位真彩色等特点，工作效率比 Photoshop 高出几倍。

4. 看图软件 ACDsee6.0

一般专业的图像处理软件，如 Adobe PhotosohpCS 的主要功能是图像处理，但不适宜对大量素材照片的快速浏览、查找和管理等。而以 ACDsee6.0 为代表的专业看图软件却具有非常强大的图像查询和浏览功能。当我们有大量图像需要处理，或需要查找许多素材照片时，ACDsee 软件是最好的帮手。而且，只要在打开图像处理软件（如 Photosohp 软件）的同时，打开 ACDsee 看图软件，便可在两者间切换,可方便地在图像处理的同时,及时查找所需素材图像。

ACDsee 软件同时还具有一些基本的和常用的图像处理功能，可对图像进行简单的优化处理,如简单的色彩调整,亮度和对比度调整,图像翻转,图像剪裁等;此外,ACDsee 软件还可以自动播放数字照片，还可播放连续的动画和伴音等,成为一款具有多媒体播放功能的图像管理软件。在图像处理方面,ACDsee 软件还有一个非常重要的功能就是，可对图像进行批量格式转换和文件压缩等。因此，ACDsee 软件是摄影爱好者需要认真学习并掌握的一个重要图形图像管理软件。

5. Image Ready 软件

这是一款与 Adobe Photoshop 捆绑在一起的网页图像制作软件，可以很方便地在 Adobe Photosohp 之间切换,并把用 Adobe Photoshop 强大图像处理功能制作的特效图片压缩简化为网页图片。

图像处理软件非常多,并且不断推陈出新,在网上也能方便下载。但是,作为一个摄影工作者,主要应掌握 AdobePhotoshop 软件和 ACDsee 看图软件,其它专业性很强的商业性软件，如有兴趣可了解一下，不必花费太多时间。因为 AdobePhotoshop 软件和 ACDsee 看图软件可以完成其它小型商业软件所能完成，或不能完成的任何任务,而且可操作性很强,能帮助你实现自己想要的任何一种创意和构想。

第四章　数字图像的输出设备

本章要点

在第一章中介绍过，存储于计算机硬盘及各式移动存储器中的数字图像，只是一组人眼无法识别的，由0和1组成的数据文件，要把这些数据转变成用人眼能观察到，并有色彩和影调的可视图像，则需要相应的输出设备。数字图像的主要输出设备有：计算机的显示器、电视屏幕、各式打印机和数字彩色扩印机等。本章重点就是介绍数字图像的主要输出设备及其用途和性能等。

第一节　各种数字图像显示器

一、计算机显示器

计算机都有显示器，我们操作计算机的软件界面要在屏幕上显示出来，这样我们才能执行各种操作命令；我们编辑和处理的各种图形和图像，也必须以人眼可识别的图形图像显示在电脑屏幕，这样我们才能对各种图形和图像进行编辑和处理，得到我们需要的最终效果。因此，电脑显示器是我们必须接触的第一个电脑输出设备。所有的数字图像(如数字照片，电子相册，VCD和DVD视屏录像等)都可以在电脑屏幕上演示和观赏。

我们用数字照相机拍摄的大量数字照片，大多都不必花重金加工成幅面很小的5英寸照片，而是直接输入计算机，在15英寸以上的计算机屏幕上观看。我们拍摄的比较满意的数字照片可以通过互联网远距离传送到远方亲朋好友的电脑上，通过电脑屏幕观赏你的照片，与你分享欢乐。只用于电脑屏幕显示和网上传送的数字照片不需要很高的分辨率，一般只需1024×768像素的分辨率便能满足满屏显示高质量的数字图像。因此，用于屏幕显示的数字照片文件数据量一般都很小。

二、电视屏幕

普通电视屏幕也可显示数字照相机拍摄的图像。不过，由于电视屏幕只能显示模拟信号，因此，数字照片必须先通过“数/模”转换(与数字照相机的“模/数”转换刚好相反)，变成模拟信号的图像，才能在电视屏幕上播放。此外，在进行“数/

模”信号转变时,还要注意转换图像信号的制式,一般中国的电视制式是 PAL 制;而美国和日本等国家电视的制式为 NTSC 制。

大多数数字照相机都有与电视机连接的端口,只要用导线将数字照相机与电视屏幕连接起来,进行适当的设置,便可在电视屏幕上观看用数字照相机拍摄的图片和录像。

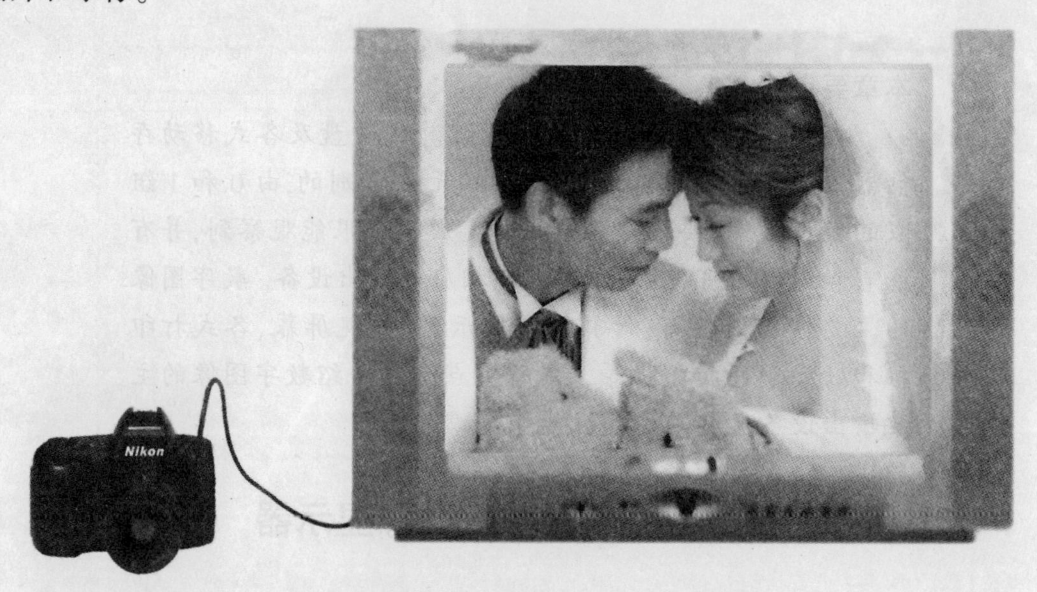

图 4-1 用电视机观看数字照相机拍摄的图片

三、液晶显示器

液晶显示器又称为 LCD 显示器。它是利用特殊的液晶状态的物质在电极作用下产生规律的运动而显示彩色影像，它与传统的阴极射线显示器有明显的区别,几乎没有幅射,也没有闪烁感,体积和重量都很小,除了运用于数字照相机的液晶显示屏等外,现在已大量用于电脑和电视屏幕,大有取代传统阴极射线显示器的趋势。它大量地运用于数字照相机和各种手持式移动多媒体工具,如手机和数码伴侣等。由此可以看出,液晶显示器已成为一个重要的大众化数字图像显示工具。

第二节 各式打印机

数字影像的输出方式很多。不过,要制作成普通纸质照片,目前,打印机是主要的输出方式之一。

数字影像的打印输出是用打印机将计算机处理的数字图像打印成照片或幻灯片等。打印机的种类很多,常见的打印机有针式打印机(一般不能用于数字照片输出)、喷墨打印机、喷蜡打印机、激光打印机、热升华打印机和热转印打印机等。不同

的打印机,其打印原理、打印质量和市场价格均不相同,下面就分别加以介绍:

一、喷墨打印机

喷墨打印机价格低廉,使用最广泛,是目前用于数字照片输出的打印机中性价比最高的一种。喷墨打印机又分为普及型和专业型打印机两大类,而且都能打印出质量较高的数字照片。不过,普及型喷墨打印机分辨率偏低(1400×800dpi),墨盒数量少(一般为四色),所打印的影像有粒状感,再现色彩层次少,照片色彩有失真现象;而专业喷墨打印机由于分辨率高(4800×2400dpi)墨盒数量多(一般为六色,有的甚至达到八色),打印照片的中间层次明显增多,因此,输出照片的色彩和层次非常丰富,色彩更接近传统照片的画质。

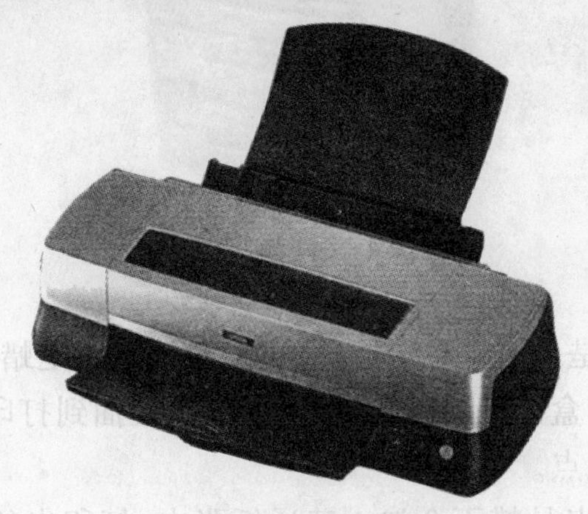

图 4-2　喷墨打印机

喷墨打印机的种类和型号非常多,要达到输出照片的打印质量,其打印分辨率必须在 720dpi 以上,不过现在低端喷墨打印机的分辨率都超过了这个最低值。但是,分辨率的提高并不能增加照片的中间层次,因此,厂家通过让单点喷墨量可变化,以及在原有的黑、黄、品红和青四色墨盒基础上,增加了淡绿、淡橙色、灰色等墨盒,使打印照片的层次更加丰富,完全可满足照片效果输出。此外,还开发出防水照片级打印纸,使打印照片具有普通彩扩照片一样的光泽感和防水功能。

喷墨打印机的正品耗材价格较高, 如四种颜色的墨盒价格就高达数百元,专用照片输出纸张也很贵。不过,现在喷墨打印的耗材有很多兼容产品,如乐凯,清华紫光等国产品牌,不仅价格便宜,而且质量也不错。如果你还想降低成本,还可购买兼容喷打墨水,自己给打印机的墨盒加墨。

二、激光打印机

激光打印机无论是黑白的还是彩色的,在数字影像输出方面都有很好的表现力。黑白激光打印机只能打印黑白照片,但它打印黑白照片具有以下优势:一是所打印的照片能表现出黑白照片应有的黑度,而且影调细腻;二是打印黑白照片的成本较低,普通 A4 纸也能打印出接近照片效果的图片。

彩色激光打印机打印速度快,输出的彩色照片分辨率高,视觉效果好,而且耗材成本低。但彩色激光打印机的价格太高,虽然已大幅降价,但通常价格也高达5000~20000元之间。彩色激光打印机也有幅面大小和分辨率高低之分。

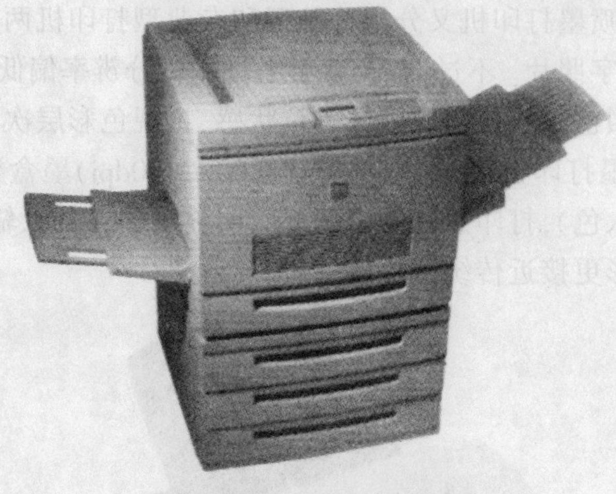

图 4–3 激光打印机

三、喷蜡打印机

喷墨打印机喷的是水溶性墨水,而喷蜡打印机喷的是蜡质墨色。喷蜡打印机在打印时,蜡块在储蜡盒内受热融化,融化了的蜡被抽到打印头内,打印头将蜡喷出,射到纸上冷凝成色点。

喷蜡打印机的特点是蜡不会渗入普通纸张内,打印出的色彩饱和鲜艳,打印质量明显优于喷墨打印机,但价格太贵,耗材价格也很贵,现在已淡出市場。

四、热升华打印机

热升华打印机是数字影像打印设备中档次最高的,它标称分辨率不高,只有300dpi左右,然而输出的影像无论在色彩还原,还是层次表现方面都几乎是无可挑剔的。

图 4–4 家用热升华打印机

为什么热升华打印机的标称分辨率很低，而输出影像质量却惊人地好呢？这缘于两个方面：一是它的每一个点都能真实再现数字图像中每个像素的色彩和亮度差别；二是它不留“点”的痕迹，更不会产生喷墨打印洇纸的现象。

目前，如果要得到最高质量的数字影像输出，非热升华打印机莫属。但热升华打印机同样存在价格太高，耗材也很高的情况，而且打印速度慢，输出一张10英寸照片需要一分钟左右。现在打印设备厂家开发出小型家用数码照片热升华打印机，体积小巧，配合数字照相机的直接打印功能（打印机支持EXIF或PIM标准），只要与数字照相机相连接，便可直接输出6英寸以内的小尺寸数字照片。操作非常简单，很适合家庭照片输出以及专业证件照输出时使用，目前单幅输出价格仍高于数字激光彩扩照片。随着家庭数字照片输出的普及，相信这种操作简单，输出质量优秀的打印机价格会降下来的。

五、染料热转印打印机

染料热转移打印机与热升华打印机的打印原理相似，都是将彩色染料通过某种手段转移到打印介质上形成图像，因而它也有着与热升华打印机差不多的优点，打印效果同样的出色。染料热转移打印机也有价格高，耗材贵的问题。

除了以上几类打印机外，现在还有可打印特大幅画的喷绘仪，用喷绘仪可打印出宽度在一米以上，长度为几米，甚至几十米的大幅画面，多在商业和广告业中运用，见图4–5。

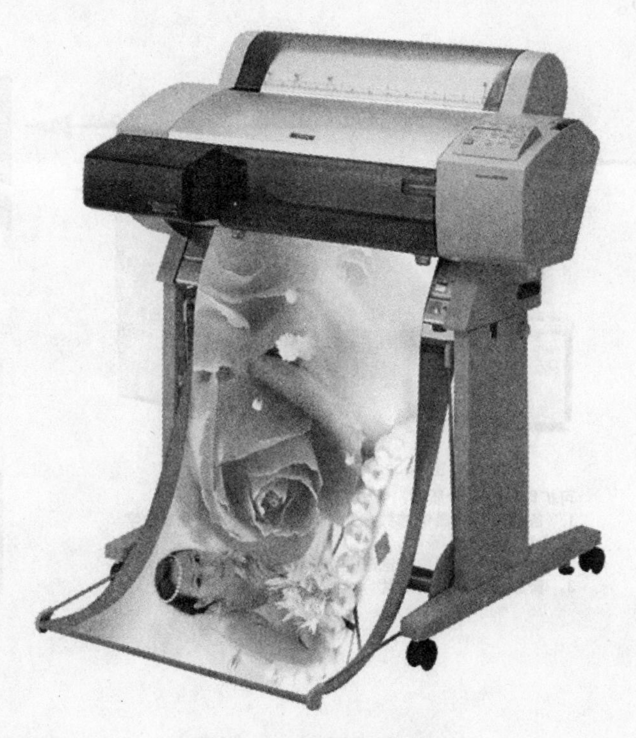

图4–5　宽幅打印机

第三节　传统银盐照片输出设备

普通感光胶卷和照相纸经过百多年的发展和改进,质量已相当高,而且随着机械化冲洗加工的普及,成本也非常低。于是厂商开发了将数字图像与传统彩色扩机和胶片冲洗机结合在一起的数字彩扩冲印设备,使数字图像实现了利用传统银盐感光材料输出的新途径。这样,数字照相机拍摄的图片不仅可以用打印机打印照片,而且也可用专门的数字彩色扩印机和胶片记录仪等输出设备,以更低的价格制作出普通银盐照片和透明正片。下面就分别加以介绍。

一、数字彩扩机

目前,数字彩扩机包括主流的数字激光彩扩机和数字液晶片夹投影彩扩机两种。

数字冲印是使用数字彩色扩印机，将存储在各式存储媒体上的数字图像文件转化为光信号(如激光信号),再投射到普通银盐彩色相纸上曝光,从而获得相片的一种办法。它使用的“底片”就是我们所拍摄的数字图像文件,这些文件存储在各式存储卡,如 CF 卡、SD 卡、SM 卡、CMM 卡、微型硬盘和软盘及光盘中。除此之外,传统底片、反转片、成品相片通过扫描系统转换成数字图像也可以被冲印成照片,见图 4-6。

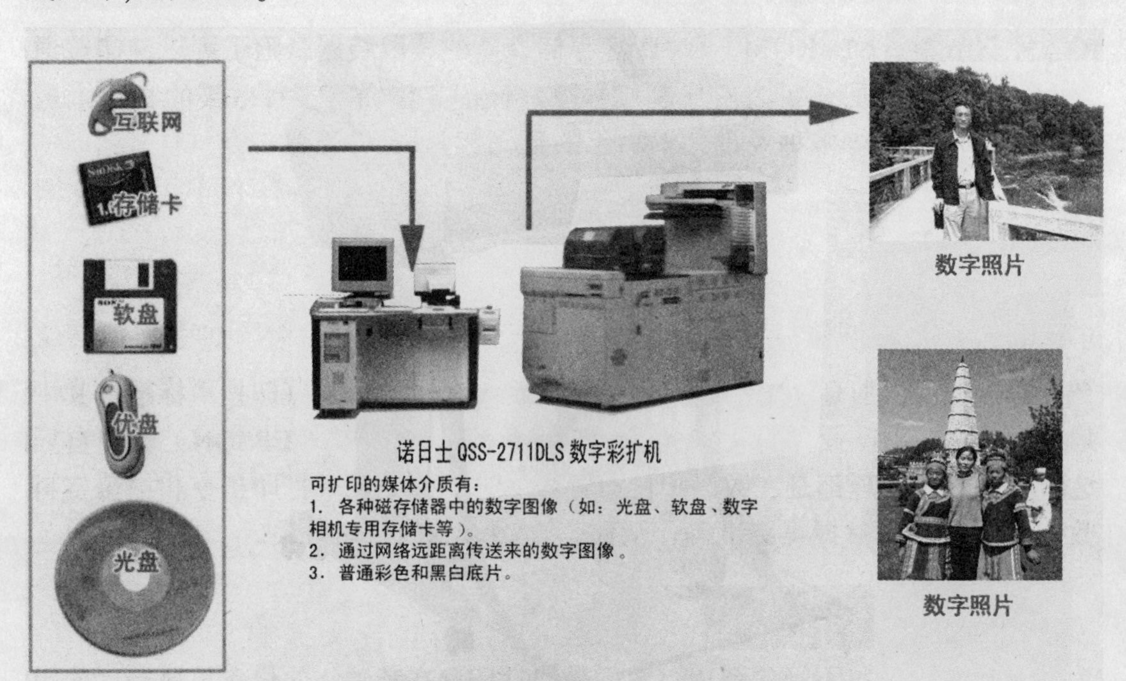

图 4-6　数字彩扩机及能输出的各种图像存储媒体

目前,能扩印数字图像的数字式彩扩机已经进入我国的大、中城市。当然,扩印照片的幅面大小及照片质量,与数字照相机所拍图片的分辨率有关。分辨率越高,扩印照片的清晰度越高,色彩越逼真。

数字照片的冲印主要有两种方式,一是直接将数字相机或数字相机的存储卡送到彩扩部冲洗,二是通过互联网将数字照片文件发送到彩扩部冲洗。

1. 去数字冲扩店冲印

目前,数字照片加印的途径之一是直接去数字扩印店冲印相片。这时,只需带上存好数字相片的存储卡,确定好出片的尺寸即可。一般数字冲扩店里都配备有CF卡、索尼记忆棒、3.5英寸软盘、优盘、光盘等存储介质的读取装置。除了可以冲印普通规格的数字照片外,数字冲印店还可为用户制作浮雕、怀旧、黑白等多种效果的相片,也可以制作索引片、年历及贺卡等多种经过艺术加工的数字相片。

2. 通过网络冲印

对熟悉计算机的朋友来说,网上冲印是一种操作方便的冲印方式。当然,前提是必须拥有方便的上网条件,然后只需通过彩扩店的客户端程序将数字相片上传至数字冲印网站指定的服务器空间,选择好冲印规格、数量,并确定收货方式与其他相关信息,再选择一种付费方式(通常采用银行提供的网上收费方式),冲印店就会将冲印好的相片寄给你或者送到你的手中。还可以将数字相片印在茶杯、T恤上,制作十分个性化的产品,使自己足不出户,尽享数字冲印的乐趣。

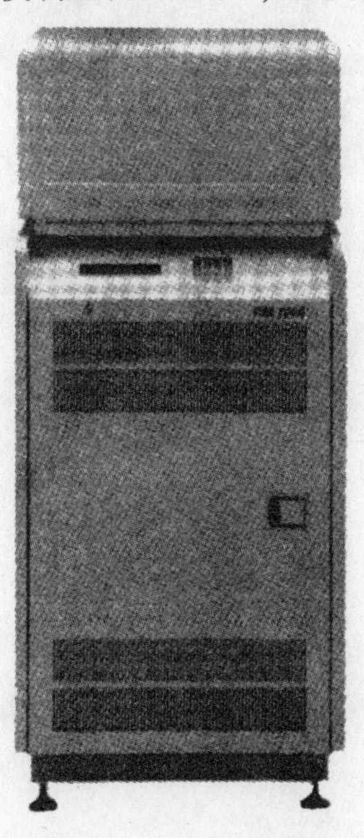

图 4–7 胶片记录仪

网上冲印的网站很多,如著名的迪派冲印网、易拍网等,建议选择当地信誉比较好的网站。

网上冲印省去了店面的开销,价格可能会比数字冲印店更加优惠,而且一些网站还提供了交互式的选择, 可以轻松地选择各种模板将自己的照片加上相框、背景等,再交付店家冲印。喜欢网上冲浪的朋友们可不妨一试。

二、胶片记录仪

计算机处理的影像也可呈现在普通银盐感光片上。目前已经开发有多种可将数字影像转换成高质量、高精度的感光底片或反转片的胶片记录仪,解决了将数字图像转化为普通感光片的问题,使数字图像既可用普通彩扩机扩印照片,也可以输出为用普通幻灯机放映的透明正片。

用胶片记录仪实现数字图像的胶片化可获得很高的图像质量,但由于胶片记录仪价格很昂贵,只有一些大城市的大公司才具这种设备。不过,还可采用屏幕拍摄的方法将数字影像转化为感光片。此法花钱最少,但影像质量不高(因为屏幕影像的像素较少)。

第五章 Photoshop CS 图像处理软件简介

本章要点

数字摄影最大亮点之一就是让摄影的后期加工走出了黑暗潮湿,污染严重的传统暗房;而另一大亮点就是降低了摄影暗房的技术门槛。对于不太懂摄影暗房的年轻人,只需坐在电脑前轻松点击鼠标,便可在 Photoshop 等图像处理软件的帮助下瞬间完成非常复杂的数字照片加工和处理工作,此外,运用数字暗房技术,还可以将一幅很平淡的图片,按你的想像力处理成任意的画面效果,具有化平淡为神奇的超凡能力。

当然,谈到数字图像的处理除了电脑等硬件设备之外,还需要各种图像处理软件的帮助。数字图像的各种软件在前面已经作过简要介绍。在本章中将主要介绍数字摄影暗房处理中,最常用的专业平面图像处理软件——PhotoshopCS 的主要功能特点和使用技巧,以及在数字摄影暗房中的应用。

第一节 Photoshop CS 的主要功能和特点

Photoshop 是目前众多图像处理软件中一个功能最强大的图像处理软件,也是数字摄影暗房首选的图像处理软件,它的主要功能和特点概括起来主要有以下几个方面:

一、支持多种图像文件格式和颜色模式

Photoshop 软件支持各种高质量和应用广泛的图像文件格式,而且本软件还可以将一种图像格式转换为另一种图像格式保存,以适应并支持数字图像在不同软件平台间相互转换,满足对图像的不同处理要求。此外,它也支持多种扫描仪文件格式。

Photoshop 也支持多种颜色模式,包括位图、灰度、双色调、索引颜色、RGB 和 CMYK 等。

二、可以任意调整图像的尺寸大小和分辨率

用户可以利用"图像/调整"菜单中的"图像大小"命令，在不改变分辨率的情况下任意调整图像尺寸，或在不影响图像尺寸的情况下改变图像的分辨率。这个功能在图像的输出中非常重要。如将小尺寸图像的分辨率和图像的长宽尺寸增加，以保证图像的分辨率能支持打印输出更大的图片，或将大尺寸图像的分辨率调整小，使之文件量变小，适合在网上传送，或屏幕上显示等。

三、可分层编辑图像

利用 Photoshop 的图层功能可以很容易地进行图像合成，其主要特点如下：

①一幅图像中可以有多个图层，图层之间可以合并、合成、翻转、复制和移动。

②可在部分或全部图层上应用滤镜，进而产生更多的滤镜特效。

③利用文本层可以在图像上任意添加和修改文字。(注：文本层是特殊图层，必须经"图层/栅格化"命令处理，转变成普通层后才能运用滤镜功能。)

四、绘图和路径

Photoshop 提供了丰富的绘图功能，其中包括：

①加深和减淡工具　可以有选择地改变图像局部的曝光度(即密度)。

②海绵工具可以有选择地加强和减弱图像局部色彩的饱和度。

③模糊、锐化和涂抹工具　可使图像的局部产生相应的模糊、锐化及柔和过渡等变化。

④钢笔工具　可绘制路径，然后可以沿路径进行颜色填充或描边，同时，还可将路径转换为选择区域。

⑤渐变工具　可以产生任意色彩和灰度的渐变效果。

⑥印章工具　可以修饰图像上的斑点或复制图像部分内容到其他图像的特定位置。

⑦拥有多种绘图工具，如铅笔工具、喷枪工具、画笔工具和直线工具。主要用于照片的局部画面修饰。

⑧文本工具T主要用于在照片中录入文字。

⑨可通过工具任务栏(位于菜单栏下方)自行设定绘图工具的笔刷形状、压力感应、笔刷边缘和笔刷大小等。

五、具有多种区域选取方法

在 Photoshop 中，无论是调整颜色、执行滤镜，还是执行简单的复制、粘贴和删除等操作，都与区域选择有关。因此，Photoshop 提供了丰富的区域选取功能，其中包括：

①使用钢笔工具和路径面板选择区域。

②使用矩形和椭圆形选取工具　能够确定一个或多个规则形状的选择区域。

③使用曲线套索工具和多边形套索工具，可以选择具有任意形状的区域。利用磁性套索工具，可精确定位不规则选区边界。

④利用自动选取工具(魔棒)，只需对容差参数进行适当调整，便可通过单击鼠标自动选中画面中有大面积相同或近似颜色的范围，如无云彩的天空就可以使用魔棒工具快速加以选中。

⑤利用“色彩范围”命令可以将特定的颜色范围选为选区。常利用这一工具快速选择照片中的文字。

⑥可使用工具箱中的快速蒙板工具精确确定不规则的选区。

⑦可以将选区任意移动、扩大、缩小、变形等，并可将常用的选区保存在通道面板中供下次使用(注：要保存通道中的选区必须将图像保存为 Photoshop 专有的 PSD 格式)，

六、可方便地调整图像的影调和颜色

①可调整图像的整体或选定区域的对比度和亮度。

②可调整图像整体或局部的色彩、色调、饱和度和明暗度。

③可利用吸管工具从图像中选定颜色，以设置当前色，然后用绘图工具修饰画面中与吸管选择颜色相邻或相近的不良画面，可保证修饰部份的颜色与周围颜色完全一致。

④可置换颜色、去除彩色、反转颜色、调整色彩平衡等。

七、图像旋转和变形

①可以按固定方向或角度进行图像翻转和旋转；

②可以将图像任意拉伸、倾斜和自由变形；

③改变图像分辨率使之符合输出要求。

八、丰富的滤镜

有近百种制作特技效果的标准滤镜，包括艺术效果、清晰效果、柔化效果、灯光照明效果、风格化效果、变形效果等。同时，还可使用 Photoshop 的动作面板自行编制特技处理效果或使用第三者提供的外挂特殊效果滤镜。

第二节 Photoshop 的三大功能模块介绍

Photoshop 由简单到复杂有多种版本，功能十分强大，但是它的全部操作功能都分布在“操作菜单”，“工具箱”和“调整面板”三大功能模块中，见图 5-1。下面就根据这三大功能模块对 PhotoshopCS 软件作一个简要介绍。

一、操作菜单

Photoshop 的操作菜单位于 Photoshop 窗口的标题栏下面，共有 9 个菜单项，

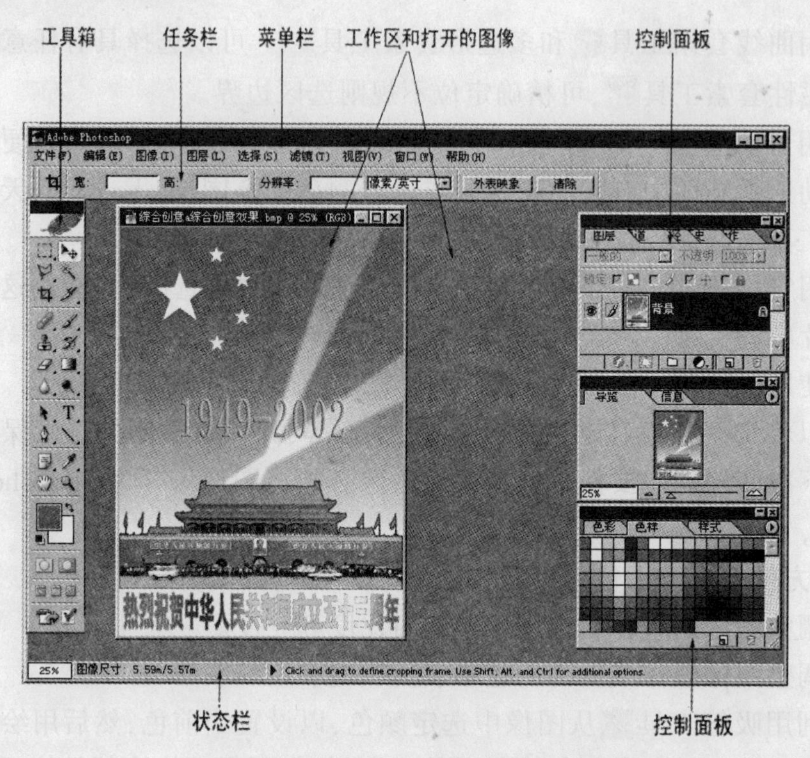

图 5-1 PhotoshopCS 的操作界面

每一个菜单项对应一个下拉菜单，下拉菜单中又有若干子菜单。单击这些命令便可直接执行相应的功能，或者单击命令后，先打开一个对话框，再根据图像效果需要，调整对话框中的各项参数，最后确认并执行对话框所设置的参数效果命令。下面就将这九个菜单的主要功能作一个简单介绍。

1. 文件(File)菜单

在文件菜单中是一些文件操作的命令，例如打开文件、保存文件、输入文件和打印文件等，它们的用法与在 Windows 应用程序中的用法基本上是一样的。文件菜单中的输入命令能将扫描仪、数字照相机等输入设备捕获的数字图像，输入到计算机中存储或处理，见图 5-2。

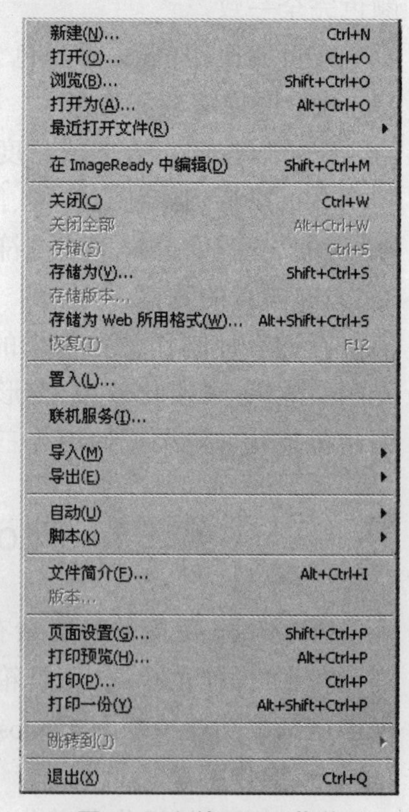

图 5-2 文件(File)菜单

2. 编辑(Edit)菜单

编辑菜单用于复制图像，或移动图象全部或部分(选区范围)至另一幅图像中去,即照片合成。编辑菜单还可将图像旋转、扭曲变形、缩放等。用于照片合成的命令主要包括“剪切”、“拷贝”、“粘贴”和“粘贴入”等命令;用于图像变形等处理的菜单命令集中于“变换”命令下,见图 5-3。

还原矩形选框 Ctrl+Z
向前(W) Shift+Ctrl+Z
返回(K) Alt+Ctrl+Z
消褪(D)... Shift+Ctrl+F
剪切(T) Ctrl+X
拷贝(C) Ctrl+C
合并拷贝(Y) Shift+Ctrl+C
粘贴(P) Ctrl+V
粘贴入(I) Shift+Ctrl+V
清除(E)
拼写检查(H)...
查找和替换文本(X)...
填充(L)... Shift+F5
描边(S)...
自由变换(F) Ctrl+T
变换(A)
定义画笔预设(B)...
定义图案(D)...
定义自定形状(O)...
清理(R)
颜色设置(G)... Shift+Ctrl+K
键盘快捷键... Alt+Shift+Ctrl+K
预设管理器(M)...
预置(N)

图 5-3 编辑(Edit)菜单

3. 图像(Image)菜单

图像菜单集中了 Photoshop 中的全部影调和色彩调整命令，主要用来改变图像的色彩模式和调整图像的影调与色彩等。例如:调整图像的色彩平衡、亮度、反差等,也可设置图像的分辨率和打印尺寸。图像菜单集中了 Photoshop 中最重要的图像调整命令，读者应认真学习并掌握,见图 5-4。

调整图像色彩、反差和亮度等的菜单命令集中左“图像”主菜单中“调整”命令的子菜单中。

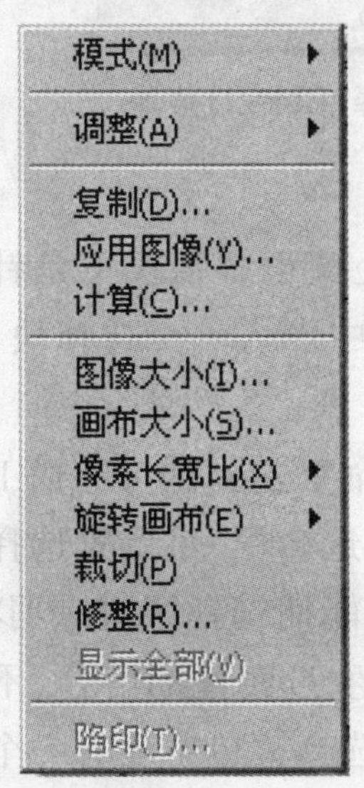

图 5-4 图像(Image)菜单

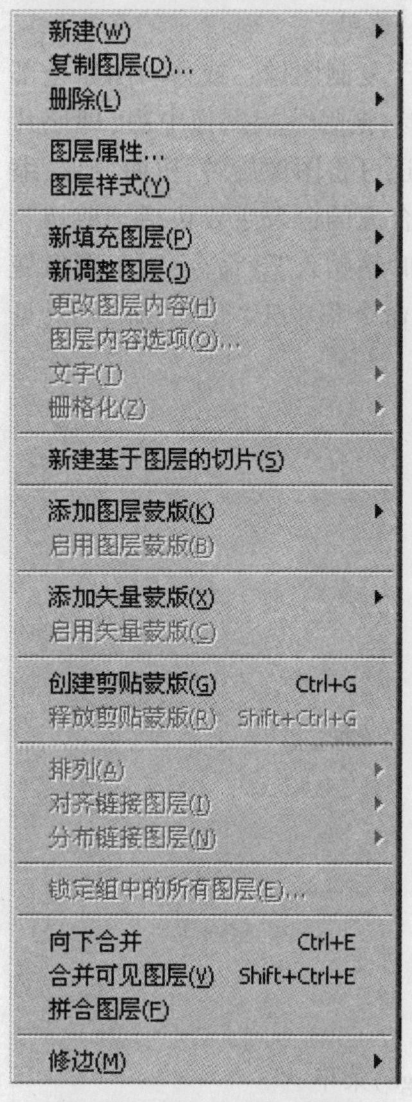

图 5–5 图层(Layer)菜单

4. 图层(Layer)菜单

图层菜单的操作对象是某一图层中的图像或选择区。图层操作是 Photoshop 软件的核心操作之一，主要用于将不同的图像素材合成为一个新的画面，即图像合成。图层菜单的内容主要为图层的建立、显示、合并和删除等，见图 5–5。

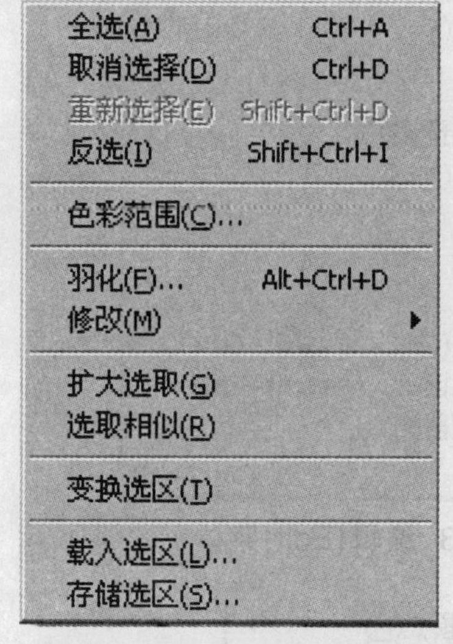

图 5–6 选择(Select)菜单

5. 选择(Select)菜单

通过前面的学习我们会知道，Photoshop 中的图像处理很多情况下是针对图像的部分区域进行的，而“选择菜单”就是帮助你在画面中加入一个选择块，或帮助你修改画面中已经存在的一个选择块。

工具箱集中了大部分选区工具，而“选择菜单”中的命令主要是与选择工具配合使用，从而使选择操作更加灵活。“选择菜单”中的“反选命令”可倒置选择一个选择区，使原来未被选中的部分成为选择区；“羽化”命令能使选择区边缘羽状化，从而可柔化选区边界，使选区经处理后能与周围画面产生过渡性的溶合，不会出现生硬的边界。因此，“羽化”命令在图像合成中很有用。选择菜单中还有一个重要的菜单命令就是“色彩范围”命令，选择菜单见图 5–6。

6. 滤镜(Filter)菜单

滤镜菜单产生的图像效果就像摄影师的滤光镜所产生的光影效果一样，而且变化更多,更复杂。你可使用各种滤镜让一幅图像或一幅图像的某个部分变得清晰或模糊，产生浮雕效果和各种变形效果，还可以用滤镜改变画面的灯光照明效果等。例如:用“像素化”滤镜可将图像处理成色块，就像马赛克组成的图案;用“风格化”滤镜可产生各种绘画风格的画面,如水彩画、油画和铅笔画等,见图5–7。

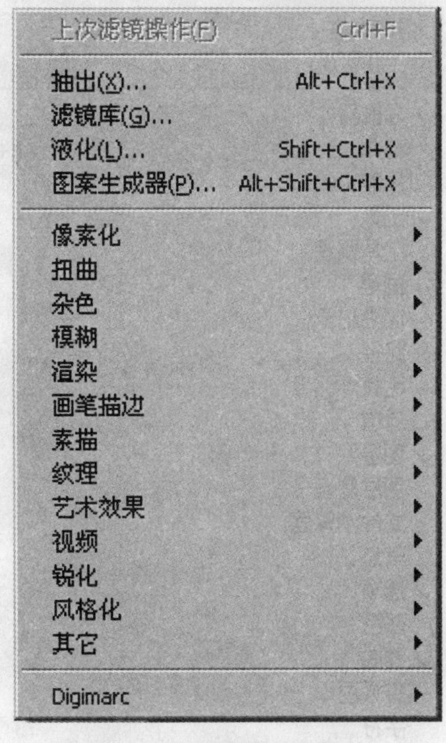

图 5–7 滤镜(Filter)菜单

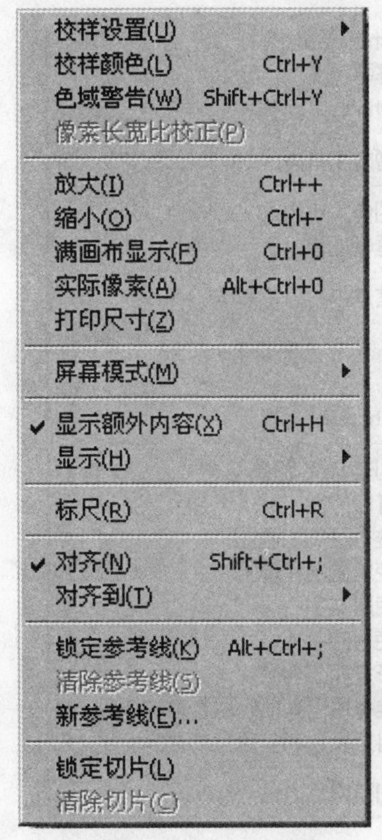

图 5–8 视图(View)菜单

7. 视图(View)菜单

通过视图菜单中的各项命令,你可以从各个角度或以多种方式观察图像的处理效果。

视图菜单还可以将图像文件放大或缩小,显示或隐藏标尺等。以不同比例来观看同一图像,见图5–8。

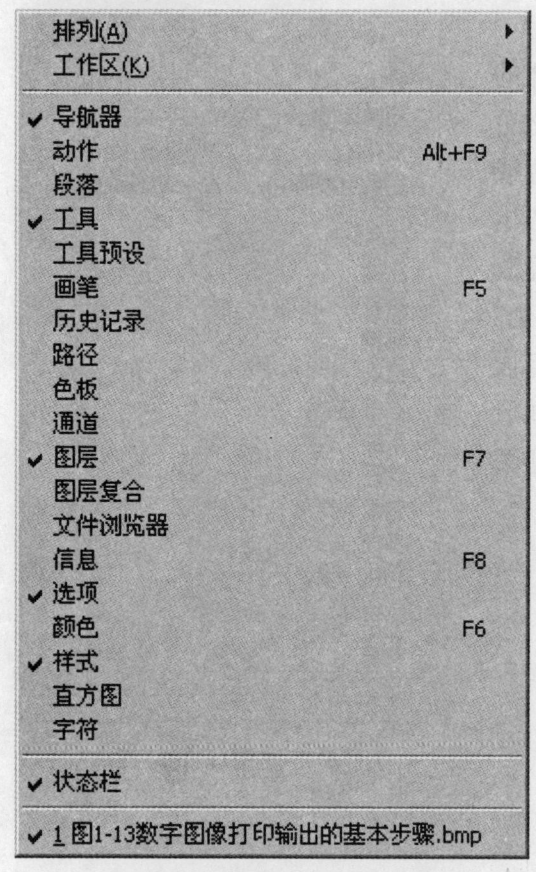

图 5-9 窗口(Window)菜单

8. 窗口(Window)菜单

窗口菜单允许你在屏幕上从一个文件移到另一个文件，窗口菜单还允许你打开和关闭 Photoshop 的所有调色板及状态栏。还可为同时打开的多幅图像选择排列方式，如层叠、并排等，见图 5-9。

9. 帮助(Help)菜单

帮助菜单允许你快速访问有关 Photoshop 的功能和命令的信息，它为你提供了一个 Photoshop 的使用手册，见图 5-10。

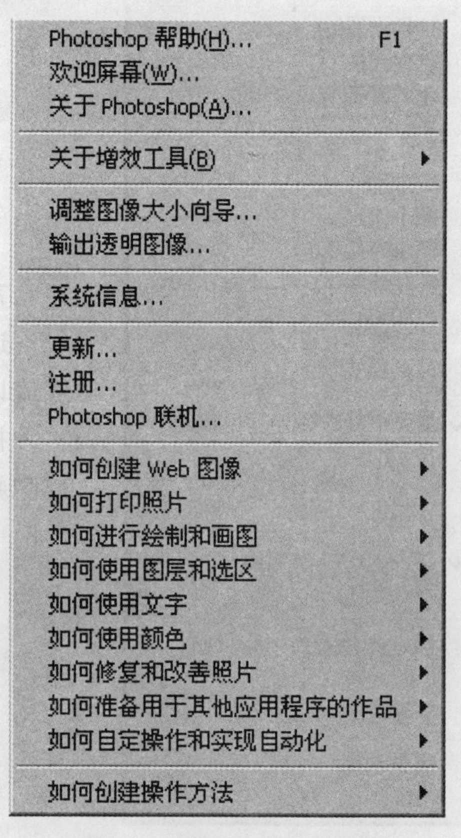

图 5-10 帮助(Help)菜单

在使用 Photoshop 图像处理软件的操作菜单时应注意以下几点：

①菜单命令后面若有省略号，则表示：当执行了这项命令，就会打开一个对话框。例如“文件”主菜单中的“新建”命令后有省略号点击“新建”命令，就会出现一个新建命令对话框，见附图 5-11。

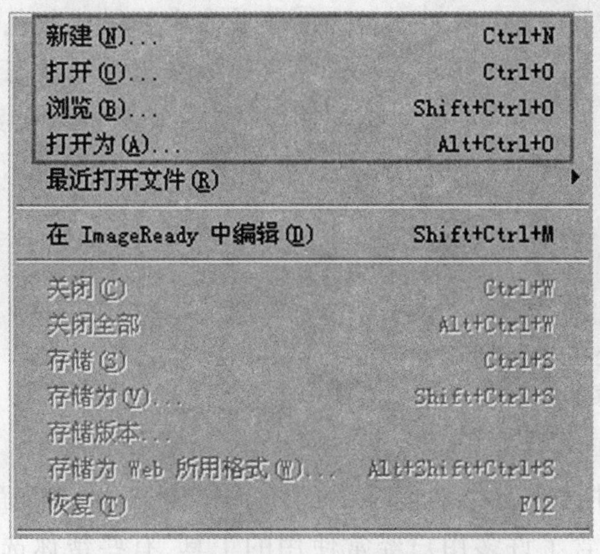

图 5-11 方框中 4 个命令后有省略号

②菜单命令后面有英文字母，如 Ctrl+L 等，说明此菜单命令可以用英文字母所表示的快捷键来执行该菜单命令，使图像处理的速度大大提高。菜单命令后面有黑色三角形符号者，说明该菜单命令下面还有子菜单，如图 5-12 所示。

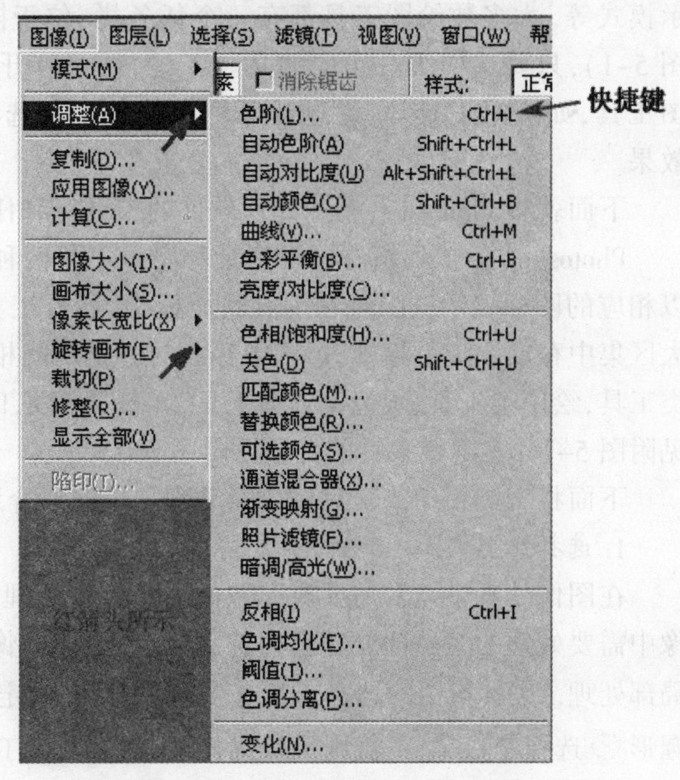

图 5-12 菜单中 2 种提示符号的含意

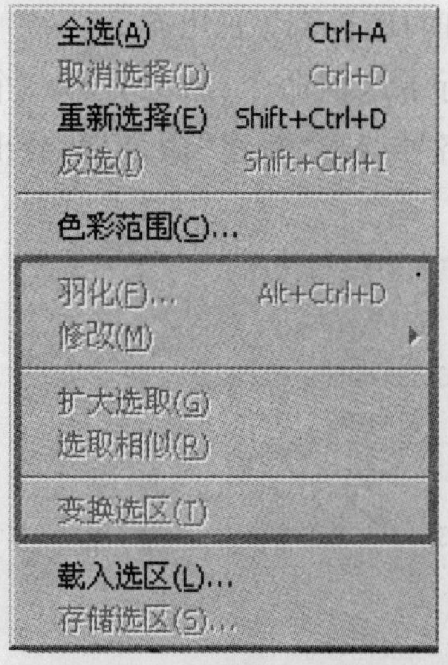

图 5-13 还处在未激活状态的菜单命令

③菜单命令如果成灰色显示,则表示该命令还处在未激活状态,目前还不能使用,见图 5-13 方框中的菜单命令。

二、工具箱

Photoshop 软件拥有一个功能强大的工具箱,位于操作界面的左侧,请参见图 5-1。工具箱包含了许多用户经常使用的工具,有些帮你选择,描绘,编辑和查看图像;有些帮你选取背景和前景色;有些帮你创建快速蒙板和更改屏幕显示模式等。大多数绘图工具都有一个任务栏,位于操作界面的菜单栏下(请参见图 5-1),只要选中工具箱中的某一工具,便可打开该工具的任务栏。相关的绘图工具,如画笔工具等,通过任务栏中的各设置选项可设定工具的描绘和编辑效果。

下面就将 Photoshop 图像处理软件的工具箱和任务栏分别加以简要介绍。

Photoshop 的工具箱有可视工具和隐藏工具两种, 这些工具根据其功能特点以相应的图标显示或隐藏在工具箱面板中,所有工具又根据功能的相近性,分四大区集中存放在工具箱中,每区中存放的都是功能相近的工具。它们分别是:选择类工具,绘图类工具,颜色设置类工具,屏幕显示类工具等。PhotoshopCS 的工具箱见附图 5-14,其隐藏工具的打开见附图 5-15。

下面将工具箱中的工具按功能分别加以简要介绍。

1. 选择工具

在图像处理中经常需要对图像的局部进行处理,这时就需要用选择工具将图像中需要处理的某一部分选择为选区,然后再用图像处理命令对选区内图像进行局部处理。工具箱中的选择工具有多种主要有,固定形状选择工具,如矩形,椭圆形选择工具等;不规则形状选择工具,如魔棒工具和套索工具等。可根据画面情况选择一种或多种最易于操作的选择工具来选择选区。

图 5-14 工具箱

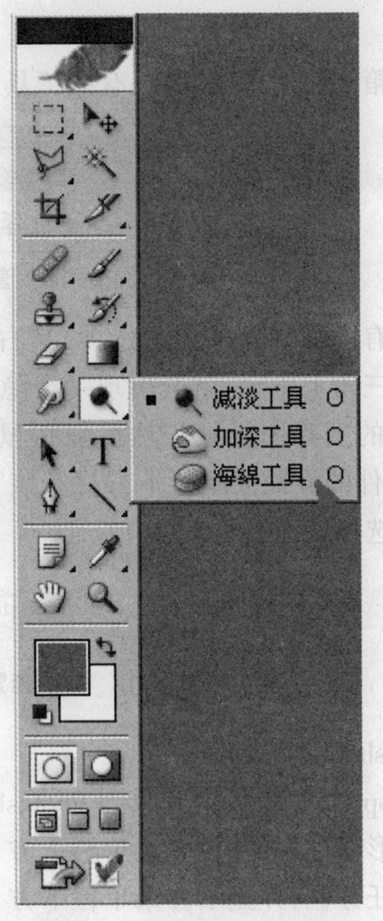

图 5-15 工具箱中的隐藏工具(以减淡与加深工具为例)

(1)绘图工具

绘图工具有十多种,如喷枪工具、画笔工具、油漆桶工具、铅笔工具和钢笔工具、文本工具等。主要用于图片的修饰、描绘、美化和添加文字等。

(2)编辑工具

编辑工具也有十多种,主要有图章工具、橡皮擦工具、渐变工具和效果工具组。主要用于图片的修饰和复制等。

(3)其它工具

其它工具主要包括移动工具、缩放工具和取样工具,以及色彩控制工具(拾色器)、蒙板工具、视图切换工具和快速 ImageReady 工具等。主要用于移动图像,缩放图像,使画面快速进入蒙板状态(用于建立复杂的选区)和选取用于修改图像的颜色及改变屏幕显示等。

提示：

①工具箱在使用中应注意，有些工具选项中还有隐藏工具，如附图 5-16。

套索工具 L
多边形套索工具 L
磁性套索工具 L

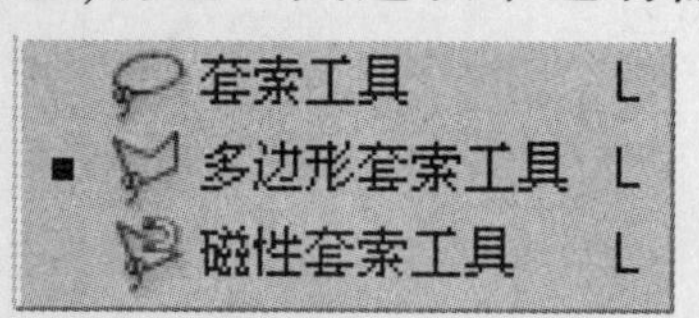

图 5-16 套索工具集

②凡是有隐藏工具的工具选项，其右下方都有一个黑色的小三角形，只要将鼠标移至小三角上不动，就会出现一个隐含工具选项菜单，如上图 5-16。将鼠标移至你选择的工具图标处，然后点按鼠标，便可打开你选中的工具，同时在 Photoshop 软件的界面菜单栏下方打开该工具的任务栏（其中有许多决定该工具编辑性能的选项设置），见图 5-17。

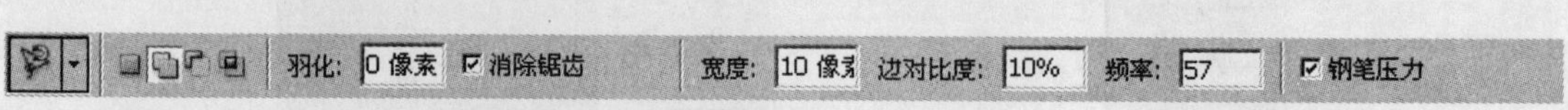

羽化: 0 像素
消除锯齿
宽度: 10 像素
边对比度: 10%
频率: 57
钢笔压力

图 5-17 磁性套索工具的任务栏

2. PhotoshopCS 的任务栏

Photoshop 从 5.02 版本升级到 Photoshop6.0 以上版本后，任务栏由长方形面板改为长条形任务栏，并位于菜单栏下方，只要选中工具箱中的任一工具，便随即打开相应的任务栏，并显示在菜单栏下方，见前面图 5-1。

任务栏实际上是相对应工具的属性面板，任务栏中有该工具各项属性的设置选项，如选择颜色、选择画笔尺寸和着色浓度，设置渲染效果，输入和编辑文字，确定羽化程度，设置透明度，显示信息等等。通过任务栏中各项工具属性参数的调整，使所选工具更适合当前图像修饰和编辑的不同需要，例如画笔、喷枪和橡皮擦等工具的任务栏上有定义画笔大小和着色浓淡等选项，可定义这些绘图工具的大小和边缘的软硬等，以适应画面修改和描绘的不同需要。如：当处理大面积画面时可以选用较大画笔，以提高处理效率；当处理很小的画面局部时（眼睛等），应选择较细的画笔，以便于作更精细的处理；如果被处理的画面局部是过渡色时可选择较软的画笔；而被处理画面的局部影调简单时，可以选择较硬的画笔。见附图 5-18。

三、控制面板

PhotoshopCS 的控制面板有 12 个，其中比 Photoshop5.0 版本新增了风格面板和字符面板，同时也减少了选项和画笔两个面板（选项面板和画笔面板在 Photoshop6.0 版本时已变成了位于菜单栏下方的"任务栏"）。下面就分别加以简要介绍。

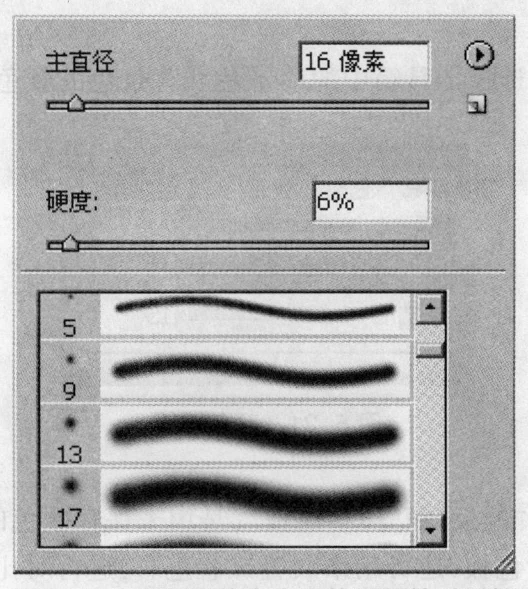

图 5–18 定义画笔大小和软硬属性对话框

1. 导航面板

“导航面板”主要用来快速放大图片的任意区域,以便于对画面的局部进行精确的修整或选择,还可显示当前图像窗口在整个图像中的位置,并可以按照精确的比例缩放图像,见图 5–19。

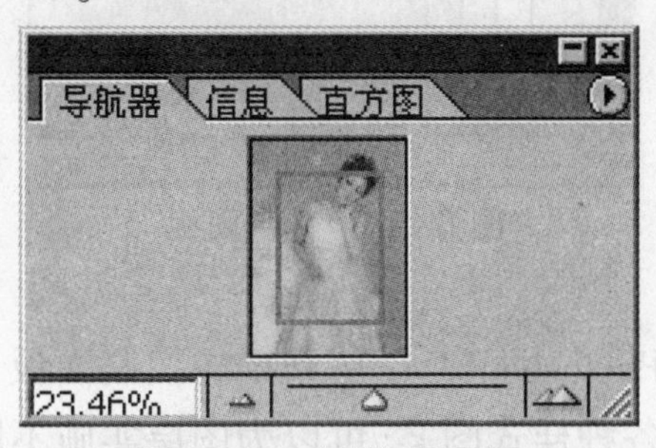

图 5–19 导航器面板

2. 信息面板

“信息”面板主要用来显示当前鼠标所在点的信息, 包括 RGB 色彩信息和 CMYK 色彩信息,还有鼠标相对于当前图像左上角的坐标,以及当前选择区的长和宽等信息,见图 5–20。

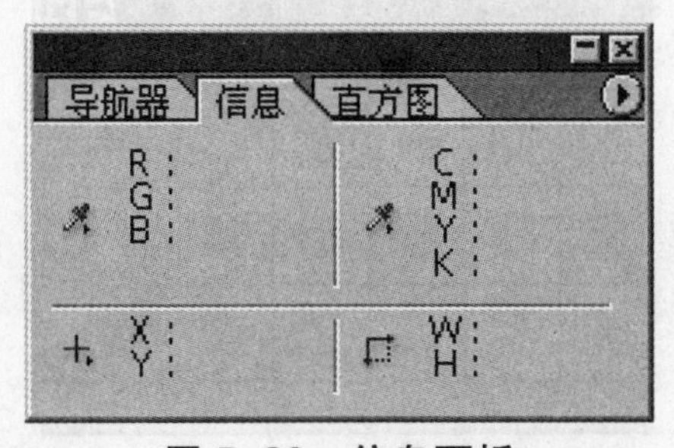

图 5–20 信息面板

3. 颜色面板

“颜色”面板用来选择工具箱中的前景色和背景色的颜色，以用于修改和描绘照片，见图 5-21。

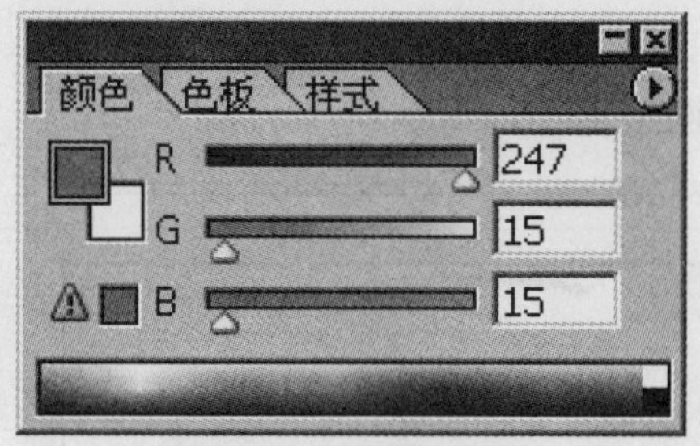

图 5-21 颜色面板

4. 调色面板

“调色面板”又称“色板”和“样本面板”，是用来保存颜色的样本。也是用来选择前景色或背景色。“色板”还可用来放置试验色彩，进行对比调色，功能类似于画家的调色板，见图5-22。

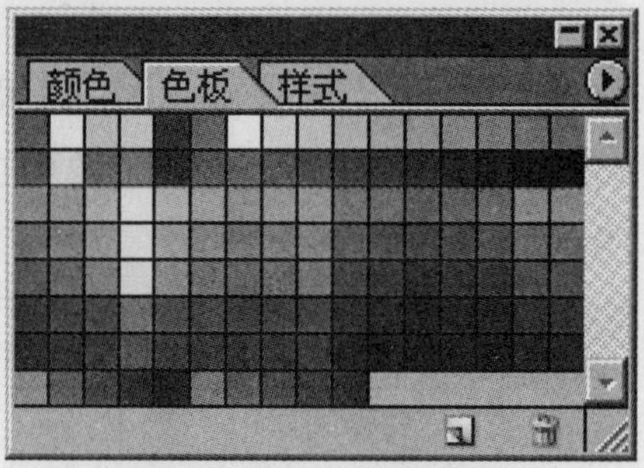

图 5-22 调色面板

5. 风格面板

又称为样式面板，是 Photoshop6.0 以后新增的控制面板，其中的图案是系统预订的基本样式缩略图，使用各种样式图案，可以为图层实施不同的处理效果，如把照片变成按钮，图案及不同材质效果等，在制作按钮和图案时很有用。用户也可以通过风格面板中的菜单选项把自己制作的新样式导入系统中备用。此外，风格面板只能处理矢量图形和图层，因此要先将需处理的图像拷贝为一个新图层后，才能使用风格面板处理。这一点需要注意，见图 5-23。

图 5-23 风格面板

6. 图层面板

图层就像一块或多块透明的醋酸纤维纸，能够相互覆盖和重叠，并且能在一个平面上同时看到所有纸张中的图像。因此，在某一图层（纸张）中的对象能独立于另一图层（纸张）而移动、缩放及进行各种效果处理，这样就为单独处理组合图像中的每一个图层和预览图像的组合效果等提供了一种方便而有效的平台。因此，图层操作在图像合成中发挥着很重要的作用。

图层面板可将一幅图像的每一个图层以小样同时显示出来，与图层菜单配合使用，可合并、添加、删除、移动、粘贴、复制和存储图层，使照片的合成操作变得非常直观而简单。

此外，用文字工具输入图片中的文字是一个独立的图层，并可在图层面板中显示，如果用右键单击该文字图层，可打开一个快捷菜单，再单击其中的“图层样式”菜单，便可打开一个对话框，可用对话框对该文字图层进行描边、浮雕等特效字体处理。图层面板见图 5-24。

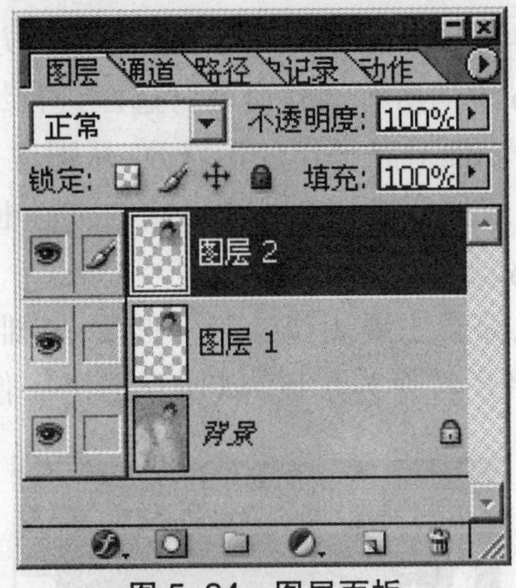

图 5-24 图层面板

7. 通道面板

Photoshop 中的通道就像商业印刷中的一个印版。不同的色彩模式（如 RGB、CMYK、Lab 等模式）都有若干数量不等的颜色通道。

通道面板使你能够很容易地察看到任何一个色彩模式的全部通道，并能分别对任何一个通道进行单独的编辑处理，如改变颜色等。通道面板中还有一个 Alpha 通道，Alpha 是将选区作为 8 位灰度图像存放并被加入到图像的颜色通道中。Photoshop 就是以上面两种方式使用通道，即一种是用颜色通道存储和编辑图像的颜色信息，另一种是用 Alpha 通道存储和编辑选择区域。用 PSD 图像格式存储未编辑完的图像，可以完整保存 Alpha 通道及其选择区域，这样再次打开图像继续编辑时就不用再进行复杂的选区操作了。这一功能在黑白照片变彩色照片等需要多次复杂选取的照片处理时很有用，通道面板见图 5-25。

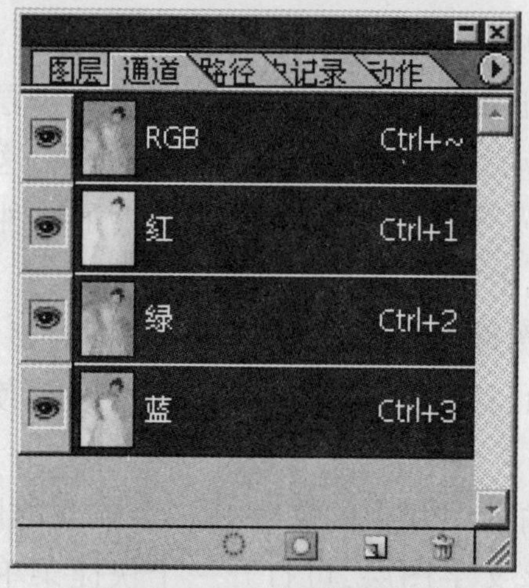

图 5-25 通道面板

8. 路径面板

路径面板拥有一套自己的描绘工具，即钢笔工具组。钢笔工具组用于描绘路径，钢笔工具在图像上描绘的路径可以利用路径面板下方的选区按钮转换为选择区，从而可以用Photoshop 中的所有调整命令对选区进行编辑。使用路径面板也可以将选择区转换为路径，以便对路径作变形修改，从而改变选区形状和范围；或进行描边处理，使选区的蚂蚁线变成一个线描形状的空心框；或进行色彩填充，使之成为一个具体的单色形象。

在数字摄影暗房中，路径主要用作绘制外形复杂，难以用选择工具精确选取的选择区边界，然后将路径转换为选区，以便对选区图像作进一步的处理，见图 5-26。

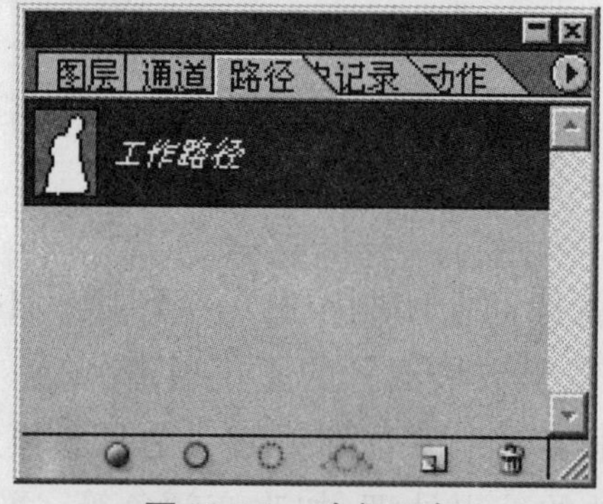

图 5-26 路径面板

9. 历史面板

历史记录面板是用于记录图像编辑全过程中的每一步操作，并分别记录在历史面板中。当图像的某步操作不成功时，只要打开历史面板，用鼠标点击误操作步骤以前的任何一步操作，便可立即返回到以前曾处理过的任意一个步骤的画面效果，重新完成不满意的操作，大大地方便了图像编辑的修改操作。

历史面板在复杂的图像处理中经常需要用到，因为我们在图像处理过程中，经常会尝试不同的画面处理效果，如果不满意可用历史面板轻松返回前面的操作，再尝试新的处理方法。

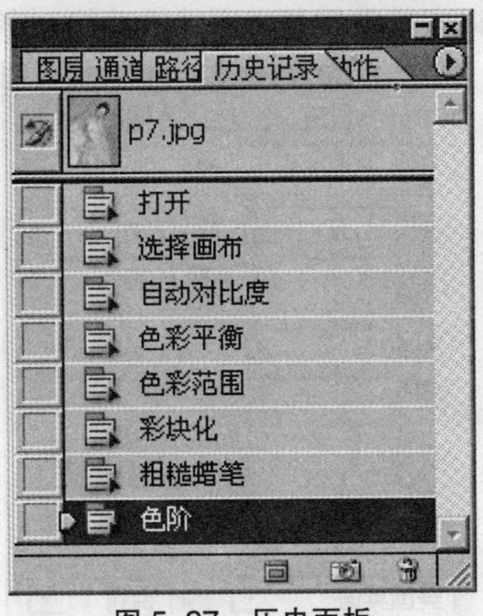

图 5-27 历史面板

10. 动作面板

用户在进行图像处理时，可能经常需要对某一类图像进行相同的处理，如图像格式转换，图像大小和分辨率改变；数字照片的色彩调整，某一种滤镜效果等等。如果每次都要重复这些步骤，就显得太繁琐了。为此，Photoshop 以动作面板这个平台，为我们提供了一种自动化批处理功能。用户可以利用动作面板将编辑图像的许多步骤录制成一个动作(这个动作由一个"按钮"或快捷键来控制)，执行该动作(或命令)，就相当于执行了多条编辑命令。因此，"动作"面板又称为"批处理"面板。动作面板见图 5-28。

图 5-28 动作面板

11. 字符和段落面板

字符和段落面板是Photoshop6.0以后才新增的面板，用于编辑文本。字符和段落面板的使用方法与Word文字处理软件中的字符和段落编辑的功能差不多，只要对Word软件熟悉，就很容易掌握其文字编辑功能。字符面板见图5-29。

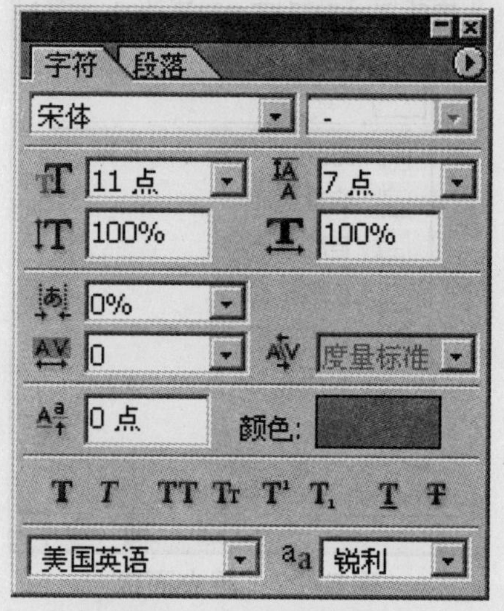

图5-29　字符与段落面板

由于新增了字符和段落面板，Photoshop的文字处理功能更加强大。利用Photoshop字符和段落面板上的选项，不仅可以调配字体大小、类型和色彩，还可对字符进行排版和变形等处理。此外，字符和段落面板在文本任务栏中也可以下拉菜单的方式打开，其操作方法与Word中的工具箱完全相同。

四、PhotoshopCS常用的快捷键

在运用Photoshop软件处理图像时，每一个处理步骤常常都需要多次反复地使用各种工具、菜单等命令，操作起来非常繁琐，而且非常费眼力。为此，Photoshop将常用的操作命令增设了用键盘操作的“快捷键”。运用“快捷键”的优点：一是可减少执行命令时的操作次数；二是能方便快捷地在各工具和各菜单命令之间切换；三是可减少视觉疲劳。因此，经常使用Photoshop软件的朋友应在图像处理过程中逐渐地熟记并掌握Photoshop常用“快捷键”。用一句行话来说：会使用Photoshop软件的人，如果不会使用快捷键则是个生手；会用快捷键，但不会使用动作面板的是个熟手；既会用快捷键，又会用动作面板的则是个高手。

为了便于学习和查阅Photoshop的常用“快捷键”，特将Photoshop的常用“快捷键”总结于下：

(1)菜单命令常用快捷键

新建　Ctrl+N　打开　Ctrl+O

存储	Ctrl+S	存储副本	Alt+Ctrl+S
关闭	Ctrl+W	退出	Ctrl+Q
还原	Ctrl+Z	剪切	Ctrl+X
拷贝	Ctrl+C	粘贴	Ctrl+V
自由变换	Ctrl+T	前景色填充	Alt+Del
背景色填充	Ctrl+Del	调整色阶	Ctrl+L
调整色相/饱和度	Ctrl+U	合并图层	Ctrl+E
合并可见图层	Shift+Ctrk+E	全选	Ctrl+A
取消选择	Ctrl+D	重新选择	Shift+Ctrl+D
反选	Shift+Ctrl+I	羽化	Alt+Ctrl+D
执行上次滤镜操作	Ctrl+F	退去	Shift+Ctrl+F
放大	Ctrl++	缩小	Ctrl+−
满画布显示	Ctrl+O	显示/隐藏标尺	Ctrl+R

(2)工具箱常用快捷键

矩形选择工具	M	移动工具	C
套索工具	L	魔棒工具	W
喷枪工具	A	画笔工具	B
橡皮图章	S	历史画笔	Y
橡皮擦工具	E	铅笔工具	N
钝化/锐化工具	R	加亮/变暗工具	0
钢笔工具	P	文字工具	T
测量工具	U	渐变工具	G
油漆桶	K	滴管工具	I
手动工具	H	缩放工具	Z
模式工具	Q	屏幕显示工具	F
显示/隐藏工具箱	Tab		

Photoshop 的工具箱面板可直接显示 26 个工具,其中有 10 个是工具组,每一个工具组中含有若干个同类工具,这些同类工具在运用中常需要交替使用。为了提高操作效率,在这 10 个工具组中,有 8 个工具组设有快捷键,可用快捷键在工具组内进行工具切换,其方法是:Alt+工具箱中的工具图标,或 Shift+所用工具的快捷键。如在套索工具中切换,可用[Shift+L]快捷键。

(3)调色板常用快捷键

显示/隐藏“信息”调色板	F8	显示/隐藏“颜色”调色板	F6
显示/隐藏“画笔”调色板	F5	显示/隐藏所有调色板	Shift+Tab

第三节 Photoshop 在数字暗房中的应用

随着技术的不断进步，计算机容量越来越大，运算速度也越来越快，能支持各种大型图像处理软件的运行，也支持大文件量的巨幅图像处理。而图像处理软件PhotoshopCS版的功能已非常强大，它把图像处理的方法和技巧推到了极至。不仅能完成传统特技拍摄效果，如追随拍摄、变焦拍摄、广角变形、渐变镜、星光镜、频闪、二次曝光和慢门拍摄等；也能完成传统暗房所能达到的各种特技图像制作效果，如中途曝光、色调分离、浮雕效果、水墨画效果、粗颗粒效果、油画效果、套放效果、集景合成效果和给照片加字等。其实PhotoshopCS已经具有能完成人们所能想象到的，现实中存在的或不存在的任何图像效果。用一句通俗的话来说就是：只要你能想像到的梦景，Photoshop都能为你实现。能否真正实现，就看你对Photoshop的各种功能和技巧的熟悉程度和综合创新能力了。

计算机的图像处理功能看起来是如此强大和丰富，但把计算机的图像处理功能归纳一下，不外乎以下三大基本功能，即：修饰调整功能、特殊效果功能和组合功能。下面按此分类将Photoshop CS的主要功能和技巧分别加以简要介绍。

一、在图像调整中的应用

Photoshop的修饰调整功能是数字图像处理最基本的功能，主要包括以下几个方面的内容：

A. 未调整前

B. 调整后

图5–30 亮度与反差调整

(一)亮度和反差的调整

可对整个图像的亮度和反差进行任意调整,也可分别对图像的亮部、中灰部和暗部的影调单独加以精细调整,从而得到在传统照片加工中必须采用加光、遮挡等复杂技术才能得到的影调效果,见图 5-30。

(二)颜色的调整

可调整照片颜色的明度和饱和度;去除彩色照片的色彩;能直观地对照片偏色进行校正;轻易地使照片正负像反转;准确地对照片局部色彩进行修饰。

(三)消除灰雾、斑点

可方便地消除画面上的污斑和药膜损伤,修复陈旧发黄的旧照片,并可对图像的锐度和清晰度进行调整。

二、在特技处理中的应用

使用 Photoshop 的图像处理技术,可轻而易举地获得传统摄影需要运用难度很大,成功率极低的特技拍摄,或加用特殊效果滤镜,或通过复杂的暗室特技制作才能得到的特殊画面效果。数字图像的特殊画面效果可分为三大类,即影像变形、拍摄特技和暗房特技等。下面就分别加以简要介绍:

(一)影像变形

影像变形的效果有多种,如模拟广角镜头的广角透视变形效果,变焦拍摄的爆炸效果,以及暗室放大中利用弯曲照相纸所产生的影像扭曲变形效果等。例如:

(1)透视变形 使标准镜头拍摄的画面产生如用广角镜头拍摄的,呈近大远小的广角透视变形效果,或如用长焦镜头拍摄的,呈压缩透视变形效果。

(2)波纹变形 使图像产生如水波波纹的变形效果。

(3)任意变形 可将图像中物体按自己的创作意图进行任意的扭曲变形,如任意扭曲和旋转扭曲等,见图 5-31。

(二)特技拍摄

Photoshop 可以模拟传统摄影中的各种特技拍摄效果,主要有以下几种:

加用有色滤光镜效果——如加用红滤色镜的拍摄效果,加用黄滤色镜的拍摄效果等。

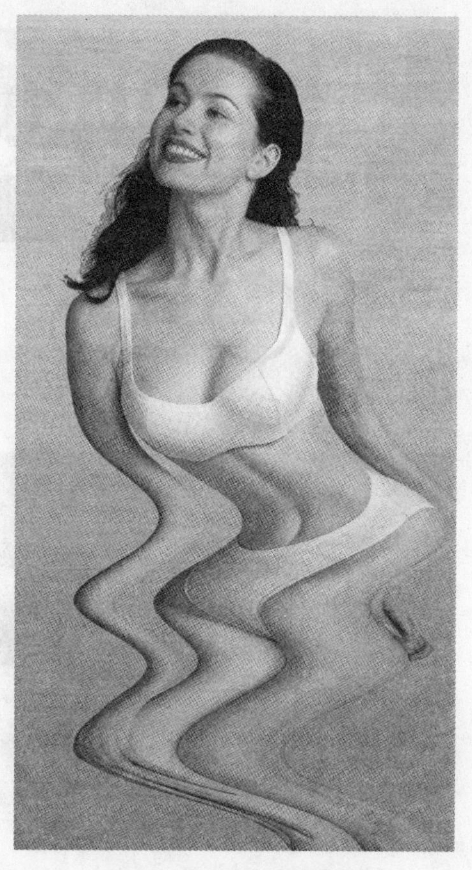

图 5-31 人体变形效果

星光效果——使夜景中的灯光产生星光效果。

渐变镜效果——使画面产生如加用渐变镜拍摄的效果。

柔焦效果——画面呈蒙眬的柔光照片效果。

追随拍摄效果——产生如追随拍摄的特技效果。呈动体清晰,而背景成线状模糊的画面效果,见 5-32。

变焦拍摄效果——产生类似于变焦拍摄的辐射状模糊效果。

(三)暗房特技

Photoshop 模拟传统暗房特技的处理效果更是它的强项。例如:

色调分离效果——将一幅有丰富层次的画面影调压缩为只有黑白两级或黑白灰三级层次的画面。

浮雕效果——类似传统的浮雕照片效果。

中途曝光效果——类似于传统暗房的中途曝光效果。

马赛克效果——画面类似于马赛克砌成的壁画效果。

线描效果——类似于线描绘画效果,见图 5-33。

油画效果——产生如油画绘制的画面效果。

A、原照片

B、追随拍摄效果

图 5-32 追随拍摄

A、原照片

B、线描效果

图 5-33 暗房特技(线描效果)

三、在图像合成中的应用

Photoshop 的组合功能是指,可方便地将不同时代,不同场景的画面加以组装合成。不仅可以达到移花接木的效果,而且还能将合成画面处理得天衣无缝。这类似于传统摄影中的套放和集锦合成等特技, 常用于广告摄影和室内人像背景合成,也可用于创作超现实主义的摄影作品。例如:

照片加字——给照片空白处加上题词,或加上内容说明等文字。

套放——给照片加上更理想的背景或前景。

抠像——将主体抠下,放在一个新的背景画面中。

全景接片——将若干张接片拼接成无衔接痕迹的大视野全景照片。

集景照片——将若干张内容不同的照片合成为一幅画面更完美,内容更丰富的照片。

A. 素材片之一

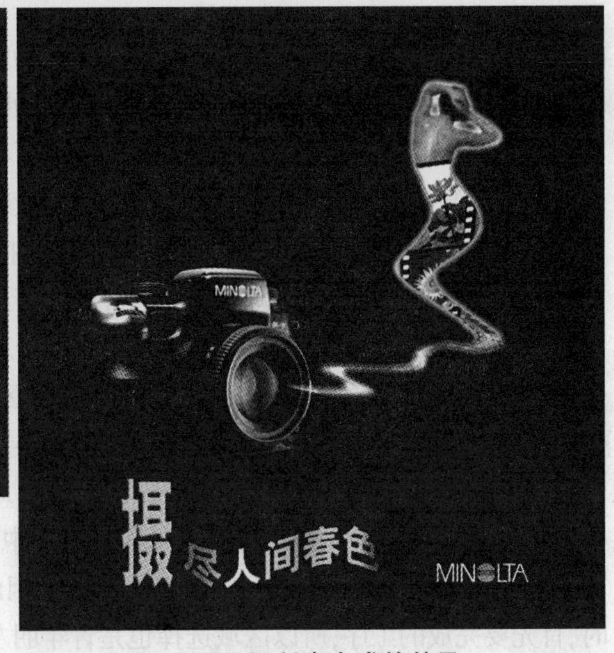

B. 经创意合成的效果

图 5-34 图像合成范例(广告)

以上简要地介绍了计算机能处理的部分摄影特技,实际上计算机处理图像的功能远不止上述这些。例如,单是滤镜功能就有一百多种,各种功能组合运用后所产生的图像效果就更是无以穷尽,这里就不可能详细介绍了。用目前非常流行的精典说法,可以形象地概括计算机和 Photoshop 软件处理图像的强大功能——“不怕计算机做不到,就怕你想不到!”

此外,还需提醒的是,尽管计算机能处理产生任何一种图像效果,但是,从美学、色彩学、透视学、摄影用光、图片影调及创意构思等综合因素考虑,不是任何一幅摄影作品都可以随心所欲地处理成任何一种特殊画面效果。例如,一幅反差很弱,轮廓线条不分明的摄影作品要处理成色调分离或浮雕效果等,就不可能有好的画面效果;一幅反差很大,轮廓线条分明的摄影作品要处理成柔光效果画面也不可能有好的画面效果。合成照片中的各景物没有内容上的联系,就不可能有好的创意;而合成照片中各景物的光照方向,透视关系及季节气候各自独立等,也不可能有好的画面组合效果。如此等等,还可举出很多例子。因此,光有熟练的计算机图像处理技术还不行,还需要懂得摄影美学,摄影构图,摄影暗室特技和拍摄特技等基础的摄影知识。只有这样,才能将计算机图像处理技术转化为真正实用的摄影技术。

第四节 Photoshop 区域选择功能

从前一节内容介绍可看出,Photoshop 图像处理软件的核心技术就是各种基本的图像处理功能。但是,所有图像处理功能都离不开处理前期的区域选择操作。这是因为,当我们对数字照片进行特技处理时,大多数情况下我们并不是对全幅照片进行处理,而只是对照片的某一局部进行色彩、影调或形状等改变。例如,如果我们在处理一幅照片时,希望使画面中的背景模糊,主体清晰,这时就要把照片中的背景选为选区,然后再选用“模糊”处理命令对图像的选取部位——背景进行模糊处理;又如,当我们需要制作局部浮雕照片时,也必须将照片中需要作浮雕效果处理的局部画面选为选区,再用“浮雕”效果命令将选区内图像处理成浮雕效果,而未选中区域则仍是原来的影调效果。此外,在进行照片的合成制作时,更离不开 Photoshop 的区域选择功能。例如,当我们需要进行照片合成,如进行套放,集景合成时,必须先将素材照片中需要的局部画面进行选取,然后执行剪切,粘贴或移动等命令,将若干张素材照片中的内容组合成为符合创意要求的新画面。类似的情况在数字图像处理中经常会遇到,因此,区域选择几乎成了每一次图像处理时,首先要完成的工序,所以区域选择也是青年朋友们必须掌握的图像处理基本技能。

各种照片中需要选取的图形图像外形千变万化,色彩和影调等千差万别,要在照片中准确完整而且快速地选中需要编辑的画面(选区)并非易事。因此,Photoshop 图像处理软件集中了一套针对不同选择对像(如色彩相似影像、规则影像和不规则影像等)而设计的选择工具和菜单命令,同时还设计了一套对已有选区进行变形、缩放和羽化等操作的选区编辑命令。

由上所述可以看出,Photoshop 图像处理技术中,区域选择是初学者必须掌握的一个最基本的技巧。下面就将 Photoshop 中区域选择的种类、方法和技巧等作一个简要的介绍。

一、形状规则区域的选择

1. 矩形、椭圆形、横线和竖线选择工具

以上四个规则选择工具位于同一工具选项按钮下。矩形、椭圆形选择工具可选择规则的区域，见附图 5-35；横线和竖线选择工具可以分别选择横向和纵向的单行像素。

图 5-35 用椭圆形选区选中需要的画面

2. 全选菜单命令

如果需要选择全部画面，可用“选择/全选”菜单命令将整个规则的画面选中，见图 5-36。

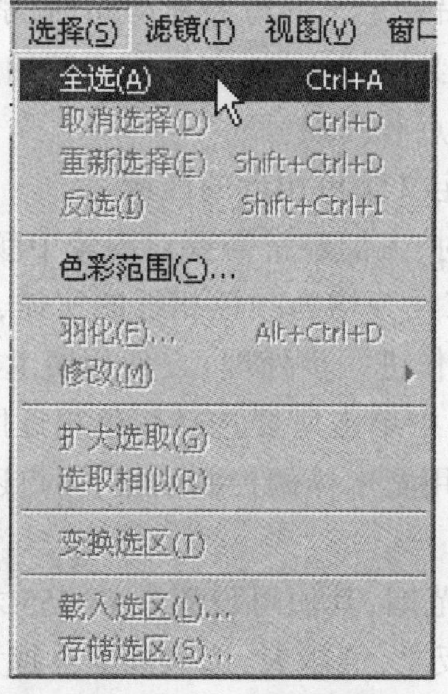

图 5-36 “选择/全选”菜单命令

二、形状不规则区域的选择

1. 利用套索工具定义不规则区域

图像中的大多数区域都是不规则的，因此系统提供了可定义不规则选区的三种套索工具，它们分别是曲线套索工具、多边形套索工具和磁性套索工具。

(1)曲线套索工具

要使用曲线套索工具，可首先选择该工具，然后在图像窗口单击确定其起点，并拖动鼠标定义要选择的区域。释放鼠标后，系统会自动用直线将起点和终点连接起来，形成一个封闭区域。曲线套索工具一般用于不需要非常精确选择的不规则选区，或用于蒙板工具选择选区的前期粗选。

(2)多边形套索工具

利用多边形套索工具，可方便地定义一些像三角形、多边形、五角星等形状的区域。同样，要使用该工具，首先要选定该工具，然后在图像窗口中单击定义起点。和曲线套索工具不同的是，用户在单击定义起点后应马上释放鼠标并移动光标，并在需要拐弯处再次单击鼠标，此时第一条边线即被定义。释放鼠标按键后继续移动光标，在需要拐弯处再次单击鼠标可定义第二条边线，如此往复操作直至封闭选区。

最后，双击鼠标可将起点与终点自动连接，从而形成封闭选择区域。

(3)磁性套索工具

总的来说，曲线套索工具和多边形套索工具使用起来并不精确，因为利用它们很难精确定位边界。因此，Photoshop 为用户提供了另一个套过索工具，这就是磁性套索工具。同样，要使用该工具，应首先选择该工具，再在图像窗口单击确定区域起点，然后释放鼠标，并沿要定义的边界拖动光标，系统会自动在设定的像素宽度内分析图像，从而精确定义区域边界。与前面介绍的大多数工具相同，要结束区域定义，可双击鼠标连接起点和终点。

2. 使用魔棒工具自动定义颜色相近的区域

在实际进行图像处理时，人们经常需要对图像中颜色相近的局部区域进行处理，如天空、花卉、汽车和家具等均为颜色相近的实体，利用魔术棒工具可快速定义这类景物为选区，然后再作进一步处理。要使用魔术棒工具，首先在工具箱中选择该工具，然后在图像窗口中单击所要选择颜色相近区域中的一点，便可将颜色相近区域为选区。此外，利用魔术棒的控制面板，用户还可设置选择参数。这些参数的意义如下：

容差：设置颜色选取范围，其值可设置在 0~255 之间。值越小，选取的颜色越接近，选取范围也越小；反之，值越大，选取范围也越大。

用于所有图层：确定是否选取所有层。

使用魔棒工具时，如果第一次选取的范围不全，可用“Shift+ ”点击未被选中区域，使未选中区域也被选中；如果第一次选取的范围超越了应选取范围，可用“Alt+ ”点击多选的区域，使多选的区域退出选择区域。

3. 利用钢笔工具选择选区

对于大多数复杂的不规则选区，可用钢笔工具先将选区描绘成路径，然后打开路径面板，点按“把路径转化为选区按钮”，使路径转换为选区，然后再点按“删除当前工作路径按钮”把路径删除，这样就可完成非常复杂选区的选择图 5-37 为钢笔工具组。

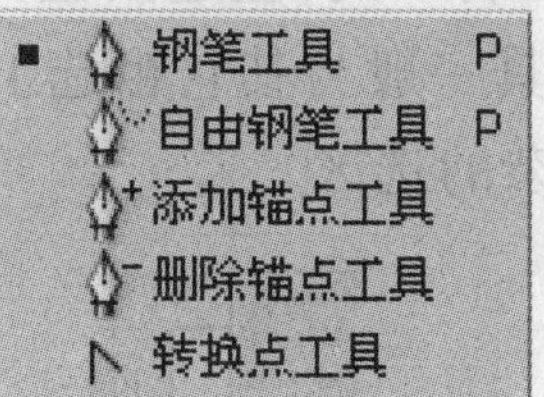

图 5-37 钢笔工具组

4. 利用“色彩范围”命令选择画面中颜色相同或相近的图像范围

利用“色彩范围”菜单命令(见图 5-38)。打开“色彩范围”对话框，用户可利用该对话框中的吸管，点选图像中某种颜色来定义选择区，并可通过调整“颜色容

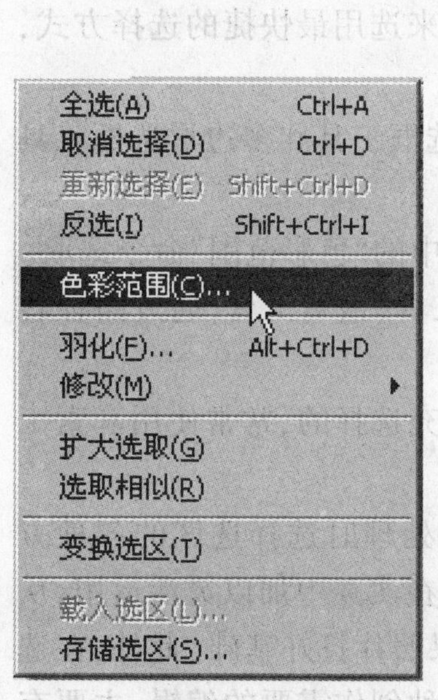

图 5-38 “选择/色彩范围”菜单命令

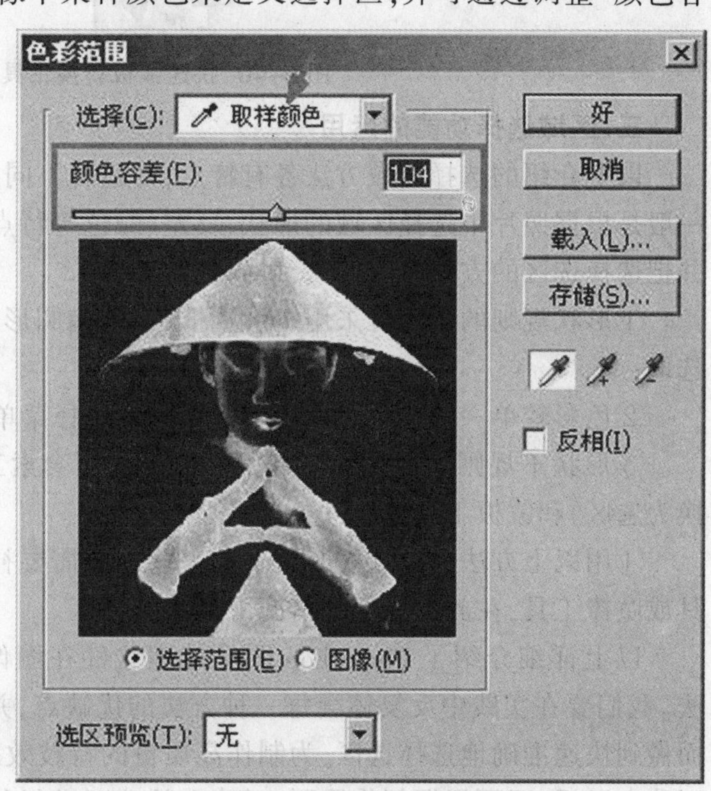

图 5-39 “色彩范围”对话框

差”选项的滑块定义最佳选区范围，见图 5-39。此外，还可使用对话框中的“+吸管”和“吸管”(见图 5-39)指定其他颜色来增加或减少选择区。从上所述可看出，“色彩范围”定义选区的方法类似于“魔棒工具”。花卉、水果、树木和汽车等都有较单一的某种颜色，可使用此命令定义选区。

“色彩范围”命令是一个快速选择选区复杂选区的好帮手，尤其是定义文字选区时，具有“一点定局”的特效。

5. 利用蒙板工具选择选区

工具箱下方有一对蒙板控制工具，左边按钮为标准模式，右边按钮为快速蒙板模式，见附图 5-40。蒙板工具一般与其它粗选工具(如多边形选择工具)结合使用，能快速而精确定义任何复杂的选区。

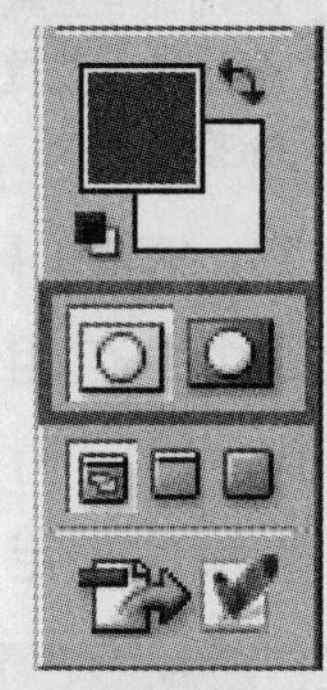

图 5-40　快速蒙板转换工具

三、区域选择功能的运用

以上介绍的选择区域方法各有特点，并适合不同的选择要求。在实践中，我们一般是根据照片中选择区域的形状、反差、颜色等特点来选用最快捷的选择方式，并把选择选区的方法分为四类，供同学们参考。

①形状规则的选区可采用矩形选框工具、椭圆形选框工具和多边形选框工具选取；

②色彩较单一的选区可采用魔棒工具或选择菜单中的“色彩范围”命令选取；

③形状不规则，颜色又复杂的选区，可采用套索工具、钢笔工具(通过路径转换为选区)和蒙板工具选取；

④用以上方法选择选区时留下的一些细节需要补充选择的，常常使用套索工具或魔棒工具，在放大局部的情况下加入选择区。

以上详细介绍了 Photoshop 图像处理软件在图像处理时选择选区的各种方法。我们要在实践中反复体会每一种方法的优缺点，并在实践中加以灵活运用，从而做到快速准确地选择选区，为制作高质量的特技效果照片打好基础。此外，在选区建立以后，还可根据创作需要，对建立的选区进行各种创作需要的编辑，主要有以下一些编辑方法：

①让选区在画面中移动位置，可直接用鼠标移动选区，也可用键盘上的“方向键”；

②在同一画面中复制出多个相同的选区图像，使用“Alt+ ”复合键；

③将一个图像中的选区图像移动复制到另一个画面中，需使用“移动工具”，这在合成照片的制作中经常会用到；

④将选区进行精确的缩小和放大，需使用“修改”命令中的“扩边”和“收缩”菜单命令，见图 5-41；

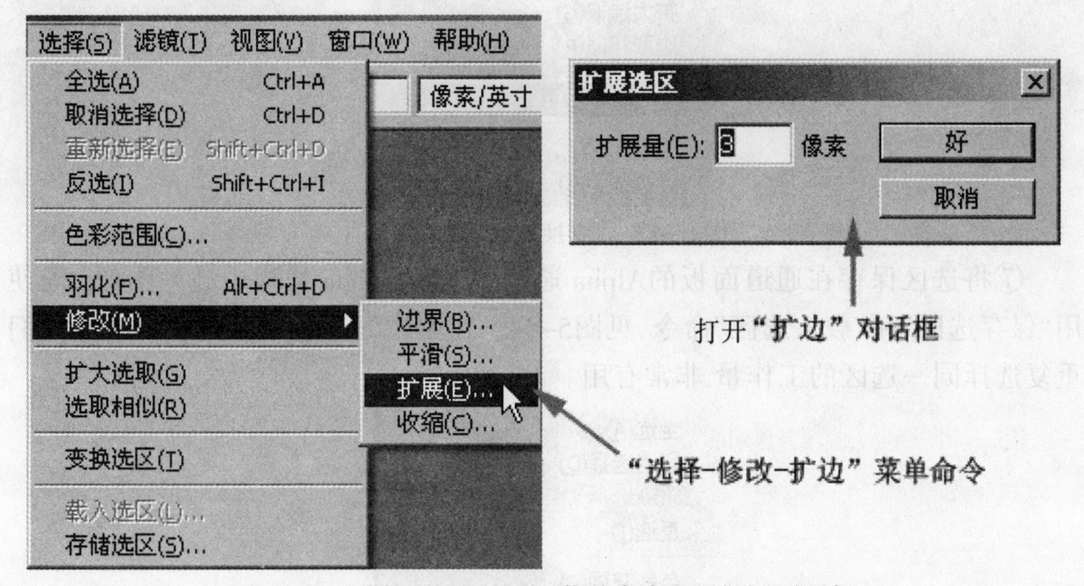

图 5-41 “选择/修改/扩边”菜单命令及“扩边”对话框

⑤扩大选取范围和缩小选取范围，需使用“扩大选取”菜单命令，见图 5-42；

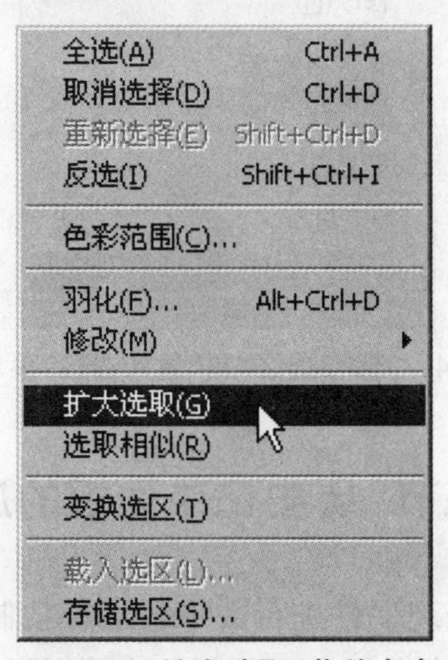

图 5-42 “扩大选取”菜单命令

⑥将选区作各种创作需要的任意缩放和旋转，需使用“变换选区”菜单命令，

见图 5-43；

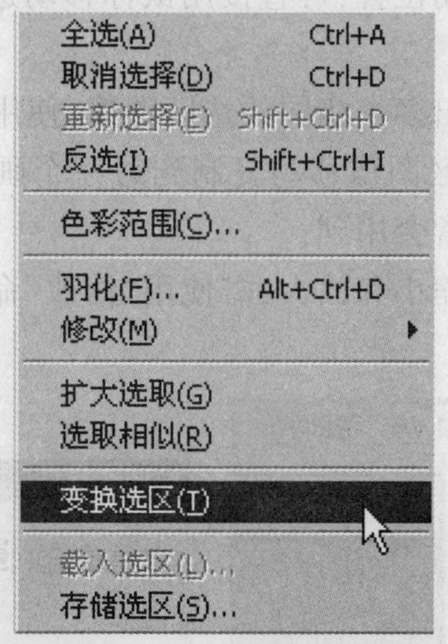

图 5-43 “变换选区”菜单命令

⑦将选区保存在通道面板的Alpha 通道中或从 Alpha 通道中载入图像，需使用“保存选区”和“载入选区”命令，见图5-44。在图像处理中保存选区可减少我们重复选择同一选区的工作量,非常有用。

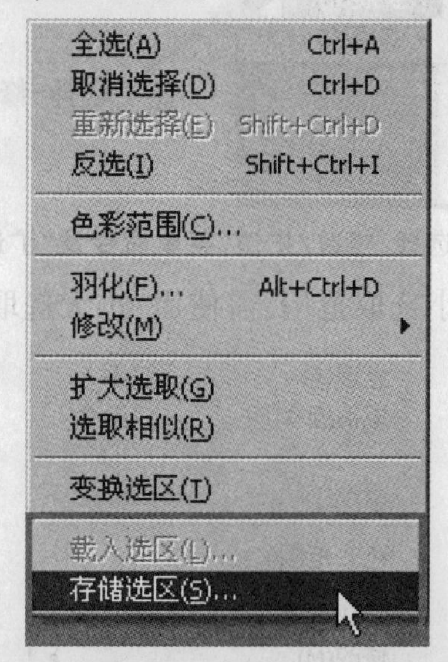

图 5-44 “保存选区”和“载入选区”菜单命令

第五节 历史记录面板的应用

运用 Photoshop 图像处理软件进行数字暗房特技制作的过程，是一个不断探索和创新的过程。因为，很多有创意和创新的点子并非是制作之前就能完全构想到的，尤其是图像画面的色彩、色调和特技效果等千变万化，在制作过程中，每一个步骤往往都需要反复地实验和推敲,才能得到令人满意的画面效果。所以,在数字暗房作品的制作过程中,需要反复将做错的或做得不满意的图像画面取消,再重新制作。在用传统暗房制作特技效果照片时,如果中途操作失误,或效果不满意时,一般只能再从头做起,这将耗费你大量的时间和精力。而 Photoshop 图像处理软件为你提供了一个非常方便的,帮助你迅速回到前面一步或任何一个操作步骤的手段,这就是编辑菜单中的“还原”子菜单和历史记录面板(见图 5-45)。这样,人们在进行数字暗房制作时,就可以随心所欲地进行各种特技效果的试验,而不必担心像传统暗房制作那样,一旦中途操作失误时,就会前功尽弃,重新再来。

“还原”菜单可以返回最近一次误操作之前的画面;而历史记录面板记录了图像操作过程中全部的操作记录,只要用鼠标点击动作面板中记录的任意一步操作,图像画面会立即回复到该次操作步骤的画面效果,你可以避免全部工作推倒重来的困难中,从而提高工作效率,见图 5-45。

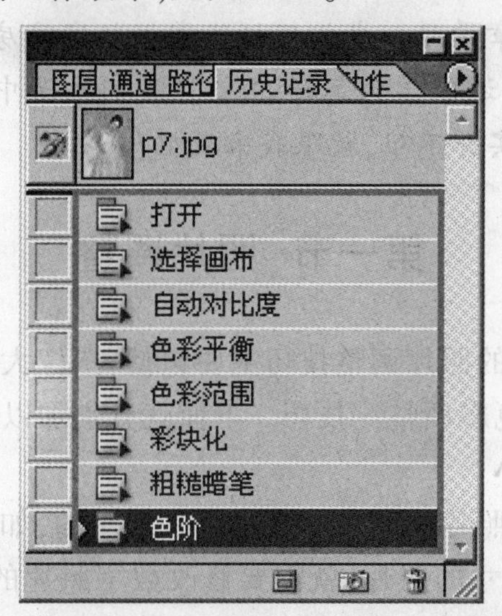

图 5-45　“历史记录”面板中记录的各次操作步骤

区域选择和历史记录面板的操作是数字暗房制作中最常用到的基本操作,因此,在此特别加以介绍。其它还有很多基本操作也是必须掌握的,如:拾色器中前景色和背景色的选择,图层操作,工具箱中各种工具的特点及其运用,各编辑面板的特点和使用,以及对近百种滤镜效果的认识等内容,都是必须逐步掌握的基本操作。因受本书内容和篇幅的限制,不可能再一一介绍。请参阅《Photoshop 操作指南》等一类专门介绍软件功能和使用的参考书籍。

第六章 数字暗房技术基础

本章重点

随着电脑、数字照相机以及喷墨打印机等数字产品进入家庭,不懂摄影的人也能利用各类专业或业余图像处理软件对自己拍摄的数字照片进行简单的处理。在本章中将以各种实例来分别介绍数字暗房的基本技术和技巧，其中包括:数字照片的剪裁,旋转,色彩调整,画面美化,合成和照片加字、加相框等;此外还将介绍怎样自制证件照和名片等。

通过本章学习，我们不仅能掌握数字暗房的基本技术和技巧,而且还能学会怎样DIY在我们生活中非常实用的小制作。其实并不难,就跟我来玩吧!

第一节 照片调整

家庭数字暗房常用的照片调整技巧主要包括:图像大小,画布大小,旋转图像,剪裁照片,影调调整和色彩调整等技巧。下面就分别加以介绍。

一、改变照片的大小

用数字相机拍出的照片一般尺寸大小都是统一的,如果我们要把数字相机拍摄的照片输出为不同尺寸的照片,就需要修改数字照片的图像尺寸,而这些图像大小的调整工作都可以在PhotoshopCS中的“图像大小”对话框中轻松完成,下面就简要介绍改变图像大小的方法。

在PhotoshopCS中打开照片,见图6-1。

执行“图像/图像大小”命令,即可打开“图像大小”对话框,见图6-2。

图6-1 打开照片

图像大小
像素大小:1.27M
宽度(W): 800 像素
高度(H): 555 像素
自动(A)...
文档大小:
宽度(D): 6.77 厘米
高度(G): 4.7 厘米
分辨率(R): 300 像素/英寸
缩放样式(Y)
约束比例(C)
重定图像像素(I): 两次立方
好
取消

图 6–2　“图像大小”对话框

在“图像大小”对话框中，首先勾选对话框下方的“约束比例”和“重定像素”两个选项，然后在分辨率选项中设置图像分辨率。一般图像如果是用于网上传送，分辨率可设低一点，如 72ppi；如果是用于打印照片则应设置高一点，如 300ppi。然后再设置图片输出的长宽尺寸，可在长度单位中选择一种你熟悉的单位，如英寸、厘米、毫米等，然后再根据你准备输出的照片的大小，在长宽尺寸选项中输入相片数值。例如你准备打印 3R(长边为 5 英寸)的照片，则可在长边输入 12.5 厘米的值(宽边为 9 厘米)，见图 6–3。

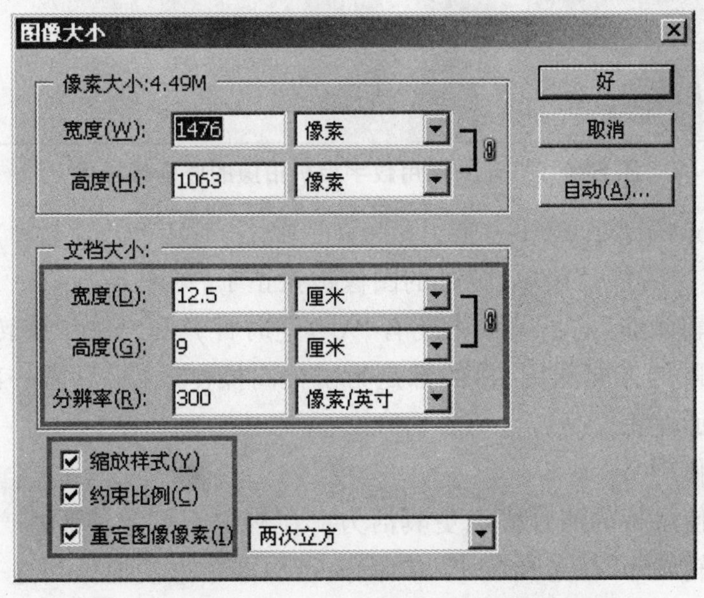

图 6–3　设置 5 英寸彩扩照片所需图像尺寸大小

单击“好”按钮,图像便按图 6-3 中所设置的参数发生了改变,并可用打印机输出你需要的 5 英寸照片。

提示:在改变图像大小时不要忘了勾选对话框下方的“约束比例”选项,这样改变图像大小后,原图像的长宽比例才不会改变。

二、旋转图像

用数字相机拍摄时由于构图的需要,经常会出现横画幅和竖画幅的情况。由此,在电脑中打开数字照相机拍摄的原始图像时,竖幅画面会以睡卧姿势显示在屏幕上,见图 6-4,不便于观赏和处理,这时用 Photoshop 图像处理软件中的旋转菜单便可轻松地将图片摆正。操作方法见下列图示。

1. 图像的旋转

①在 Photoshop 图像处理软件中打开图像,见图 6-4。

图 6-4 打开一幅用数字相机拍摄的竖画幅图像

②Photoshop 图像处理软件中打开菜单命令“图像/旋转/90°(逆时针)”见图 6-5。

点击“90°(逆时针)”菜单,睡卧的图像被扶正了,见图 6-6。

提示:“旋转画布”的子菜单中还有“90°(逆时针)”和“180°”旋转等菜单命令,可根据画面睡卧的方向选用,目的都是为了提高操作效率,只需一次点击就将睡卧或颠倒的画面摆正。

2. 让照片倾斜

有时为了使呆板的照片画面更具活力,在构图上故意使照片产生一些倾斜。使用“图像/旋转画布/任意角度”菜单命令,可以非常方便地做到这一点。

①打开一张需要处理的照片,见图 6-7。

②估计一下照片较合适的倾斜角度,比如10°较为合适。执行"旋转画布/任意角度"命令(见图6-8)弹出"旋转画布"对话框,在对话框"角度"选项中输入参数:10,方向设为"顺时针",见图6-9。

③单击"好"按钮,照片按顺时针方向旋转了10°,见图6-10。

如果一次旋转调整不满意,可以再打开"旋转画布"对话框,输入参数后再作一次旋转调整,至满意为止。

如果再将背景进行图案填充和加边框等处理,效果会更好,见图6-11。

三、照片剪裁

我们平时拍摄照片时,在按动快门的瞬间一般都比较仓促,常会出现画面

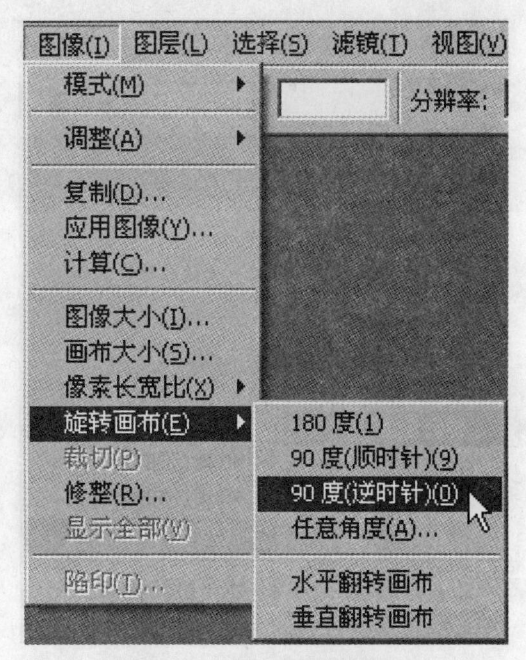

图6-5　图像旋转菜单命令

图6-6　图像被摆正了

图6-7　打开照片

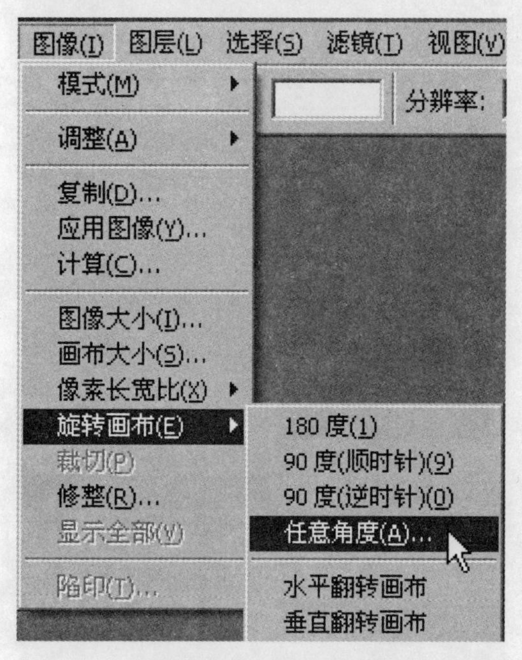

图 6-8 “图像/旋转画布/任意角度”菜单

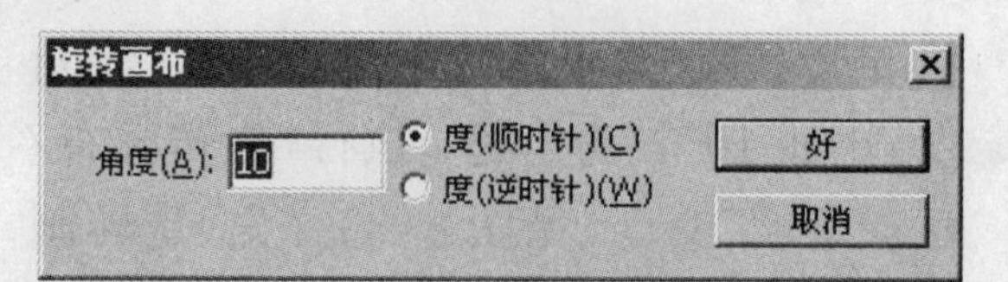

图 6-9 “旋转画布”对话框

构图不均衡,或主要人物不突出等情况。这些构图上的缺陷可以在图像后期处理时,用计算机图像处理软件如 PhotoshopCS 中的“剪裁工具”减裁掉多余的画面,使照片中主体更突出,构图更完美。如果第一次剪裁不满意,还可以用[Ctrl+Z]快捷键返回上一步操作,再次重新剪裁。

下面将使用 PhotoshopCS图像处理软件“剪裁工具”的常用技巧介绍于下:

①将需要剪裁的照片输入计算机,见附图 6-12。

图 6-10 照片按顺时针方向旋转了 10°

图 6-11 对背景进行图案填充和加边框等处理后的效果(参见附录 2 中彩图)

图 6–12 需要剪裁的照片

②从工具箱中选择“剪裁工具 ”,在需要作画面剪裁的图像上用剪裁框选取需要裁切的范围,并用鼠标将裁剪范围调整合适,见附图 6–13。

图 6–13 用剪裁工具调节框框取需要剪裁画面

③确定画面剪裁方案后,在裁剪区域内双击鼠标左键,确认剪裁操作,经剪裁后,原照片的画面构图更加完美。预览效果满意后,存盘保存图像,见附图 6–14。

图 6–14 原照片经剪裁后的效果

四、调整照片的亮度和对比度

数字照片在拍摄过程中可能会因曝光或现场光不佳等因素造成曝光不足或曝光过度及反差过大或过小等情况，这时，可以用 Photoshop 等图像处理软件调整数字照片的影调。

图 6–15 曝光不足的照片

调整照片整体的亮度和对比度的方法有多种，如可用“色阶”、“自动色阶”、“亮度/对比度”、“曲线”、“变化”等命令完成，不过最方便而常用的方法是前三种，当然，其它方法也可尝试，目的是尽可能取得更快更精确的调整效果。下面就分别以一幅曝光不足的照片为例，介绍照片亮度和对比度的调整方法。

①打开一张曝光不足影调灰暗的黑白照片，见图 6–15。

②执行“自动色阶”菜单命令，见图 6–16。PhotoshopCS 将自动帮助你把原照片的亮度和对比度调整适当，见图 6–17，非常简单。

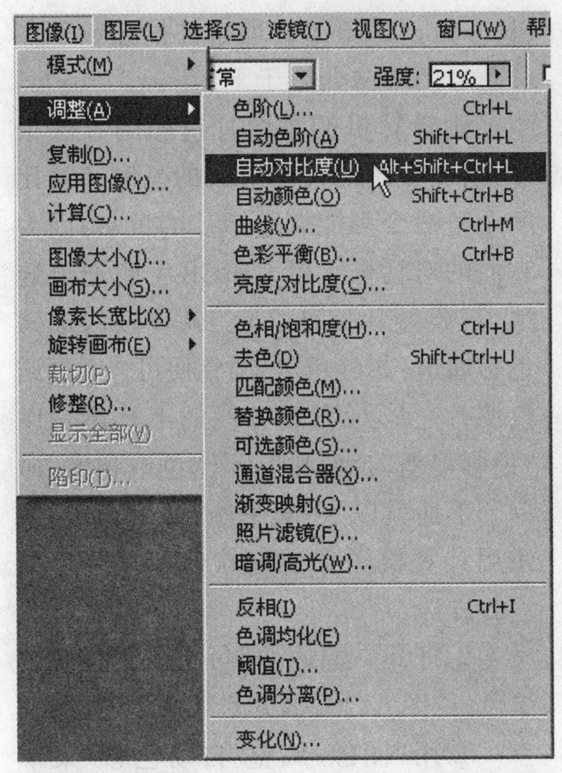

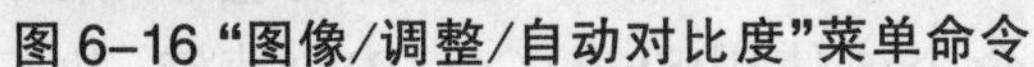
图 6-16 “图像/调整/自动对比度”菜单命令

图 6-17　原照片的影调基本得到恢复

一般曝光不足的照片只要用“自动色阶”命令，或执行[Shift+Ctrl+L]快捷键，便可基本恢复照片的影调。但要得到高质量的影调效果，还需要用 PhotoshopCS 图像菜单中的其它影调调整命令对照片的影调进行手动精确调整，至满意为止。下面以“色阶”命令为例，介绍如何对照片的亮度和对比度进行精确调整。

③执行[Ctrl+L]快捷键打开“色阶”命令对话框，在“色阶”对话框中，用鼠标点按“输出色阶”中的暗部滑块向右移动(参数 50)，以提高照片暗部的亮度，使暗部层次显露；再用鼠标点按输出“色阶”中的亮部滑块向左移动(参数 240)，以降低照片高光部位的亮度，见图 6-18。最后双击“好”按钮，曝光不足照片的影调得到很好的恢复。见图 6-19。

五、调整照片的色彩

无论是用数字相机拍摄的数字照片还是扫描仪获取的数字图像，或多或少都存在色彩不真实（与原景物比较）的情况，也就是专业摄影中经常提到的照片偏色。因此，后期用 PhotoshopCS 图像处理软件对数字照片的偏色情况进行校正是非常必要的。下面就将用

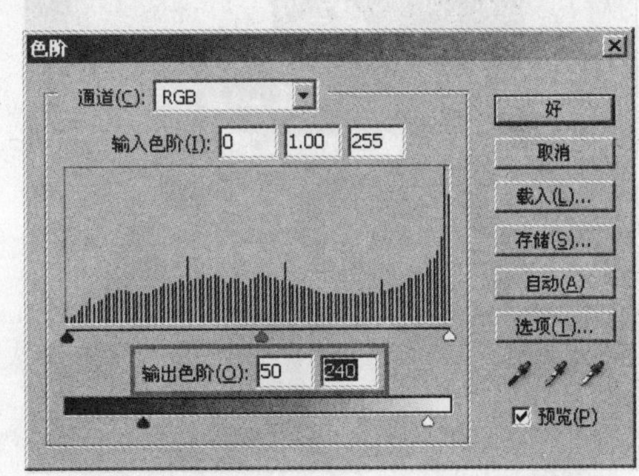

图 6-18　“色阶”对话框及参数设置

图 6-19 曝光过度照片的影调得到很好的恢复

PhotoshopCS 图像处理软件校正数字照片色彩的方法介绍于下。

用计算机调整照片色彩的方法很多,前面介绍的几乎所有的亮度和对比度调整命令都能调整照片的色彩,因为它们的对话框上都有 RGB 三色通道选项,只要照片偏什么色,就直接勾选该色彩通道(如红色 R)调整便可。不过调整照片色彩最直观方便的工具还是以"色彩平衡","变化" 和 "色饱和度"命令。下面就以"色彩平衡"命令为例,谈谈用计算机图像处理软件调整照片偏色的方法。

①打开一幅原始照片,该照片偏黄绿色,见图 6-20(参见附录 2 中彩图)。

②用"图像/调整/自动色彩"菜单命令或使用[Shift+Ctrl+B]快捷键,执行"自动颜色"命令,原照片的偏色在瞬间

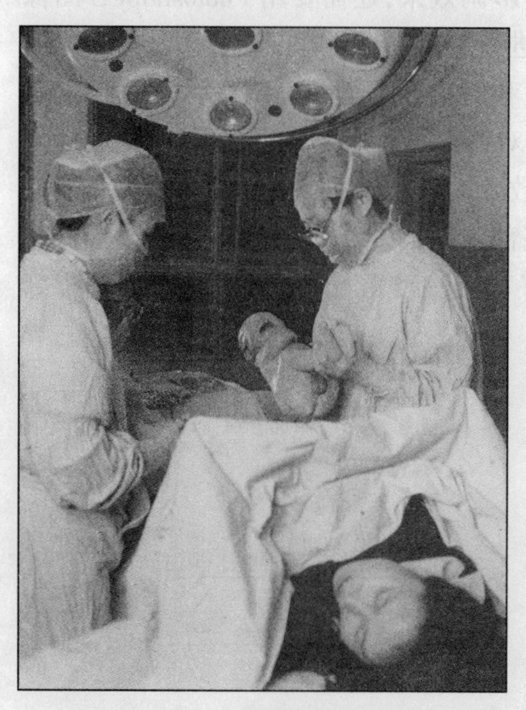

图 6-20 原照片偏黄绿色调

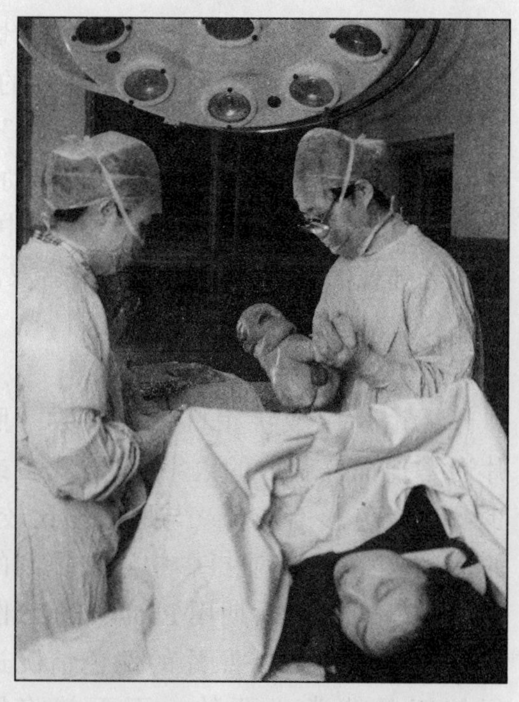

图 6-21 原照片的偏色基本得到校正

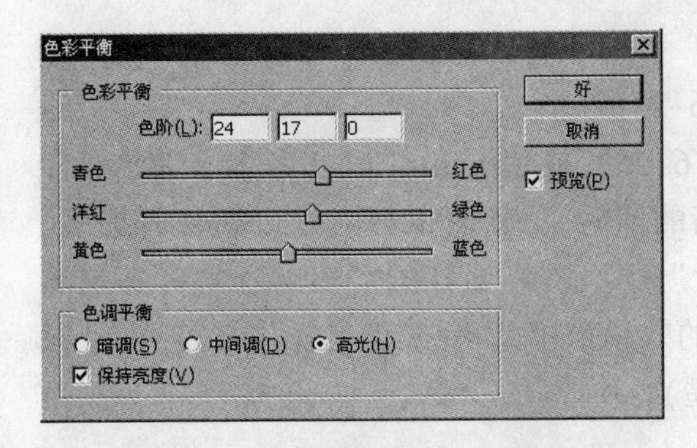

图 6-22 色彩平衡对话框及参数设置

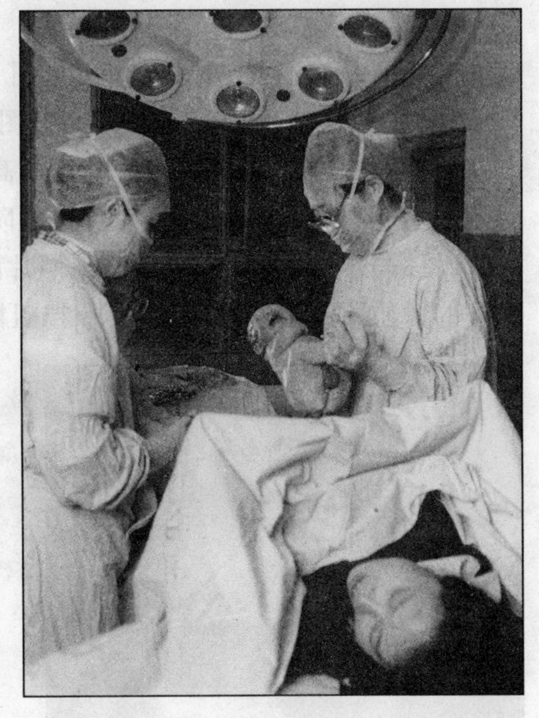

图 6-23 照片的偏色得到了准确校正

便得到基本校正，但照片的高光部位还有些偏绿，见图 6-21(参见附录 2 中彩图)。

③再用[Ctrl+B]快捷键打开“色彩平衡”对话框。因照片高光部位偏绿，先在对话框中选中“高光”选项。并把“洋红-绿色”选项中的滑块向左移动(见图 6-22)，观察照片高光部位的绿色偏移得到完全校正为止，这样照片的偏色得到了精确的校正，照片的色彩随着偏色的校正,变得更加鲜艳明亮，见图 6-23(参见附录 2 中彩图)。

注意：对于一般要求不太严格的偏色校正，可用“自动颜色”菜单命令来完成。而要对照片进行十分精确的色彩校正还需要用其它的色彩调整命令进行手工校正。

六、照片的清晰美与蒙胧美

一幅照片最基本的质量要求是，画面主体人物必须清晰，如拍摄旅游纪念照，集体合影等。但是，在拍摄人像特写时，人们会对面部过于清晰的皮肤和雀斑感到不快，因此，需要这类照片有一定的模糊(蒙胧美)。此外，在摄影过程中，有时可能因按动快门时发生手振，使照片拍得不太清晰。

在摄影实践中，我们可以用 PhotoshopCS 图像处理软件中的模糊滤镜，对太清晰的人像照片进行模糊化(柔化)处理；而对于略有模糊的照片，也可以用 PhotoshopCS 等图像处理软件中的锐化滤镜对照片进行清晰化处理，提高照片的清晰度。下面就分别介绍用 PhotoshopCS 等图像处理软件对图像进行清晰化或模糊化处理的方法。

1. 让模糊的照片变清晰

图像的清晰化处理主要有两种方法：“自动色阶”法和“锐化滤镜”法

(1)自动色阶法

①打开一幅不太清楚的图片,见图 6-24。

②执行"自动色阶"菜单命令(见图 6-25),或用[Shift+Ctrl+L]快捷键执行"自动色阶"命令,在原照片对比度明显提高的同时,清晰度也会同时得到显著提高。对于略微不清晰的照片,使用"自动色阶"命令,提高照片的清晰度还是有一定的效果,见图 6-26。自动色阶法清晰照片的效果虽不是特强,但是操作简单,而且原照片的像质不会出现明显劣化(颗粒粗糙)。

图 6-24 一幅不太清晰的照片

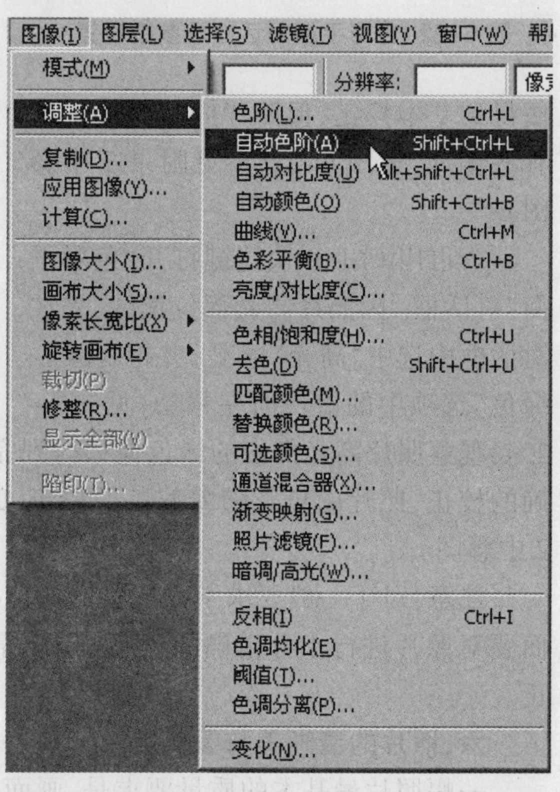

图 6-25 "图像/调整/自动色阶"菜单命令组

(2)锐化滤镜法

"锐化滤镜法"是用锐化滤镜菜单组中的各锐化命令进行照片的清晰化处理,根据清晰化处理的实际效果可分为两种方法。即:"锐化/进一步锐化" 清晰法和"USM 锐化"清晰法,下面分别加以简要介绍。

对于稍微不清晰的照片,用"锐化"法便可使照片基本清晰,对于明显不清晰的照片可以使用"进一步锐化"(是"锐化"效果的加倍)法使照片变清晰。

仍以图 6-24 模糊照片为例,并将照片打开。 用"进一步锐化"菜单命令执行"进一步锐化"菜单命令,见图 6-27。经"进一步锐化"菜单命令处理,模糊的照片变得清晰了,见图 6-28。

图 6-26　随着原照片对比度的提高，清晰度也得到一定提高

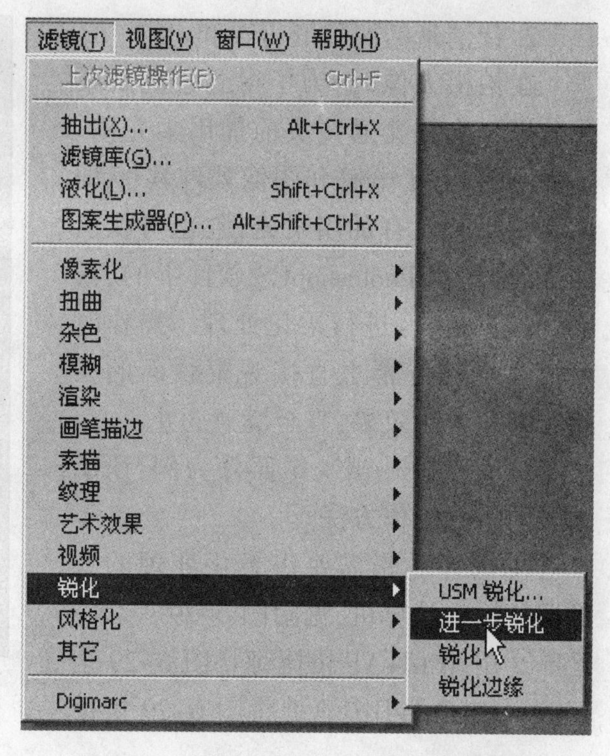

图 6-27　"锐化/进一步锐化"菜单命令

图 6-28　原照片变得较为清晰了

注意：用"锐化"和"进一步锐化"等清晰化命令作用虽较为明显，但也会出现像质粗化的现象，而且"锐化"的次数越多，像质粗化的情况越严重。因此，可以使用锐化滤镜组中的"USM 锐化"法处理不清晰的照片。用"USM 锐化"法清晰照片不仅效果好，而且是可调节的，同学们不妨一试。

2. 让清晰的照片变得柔和

在拍摄人像时，为了得到蒙胧的柔化效果，会在普通镜头前加用柔光镜。不过，现在有了电脑和图像处理软件，即使在拍摄时没有加用柔光镜，也可在后期处理时，用 PhotoshopCS 软件中的“模糊”滤镜对人像进行柔化处理。操作时可以在电脑屏幕上直接观察画面的柔化程度和柔化效果，直至满意为止。

下面就以一幅人像照片为例，谈谈柔光人像的制作方法。

①选择一张需要作柔化处理的人像照片输入计算机，见附图 6-29。

②用 [Ctrl+A] 快捷键将图 6-29 全选。再用[Ctrl+J]快捷键将图 6-29 拷贝

图 6-29 准备作柔化处理的人像照片（李祖荣 摄）

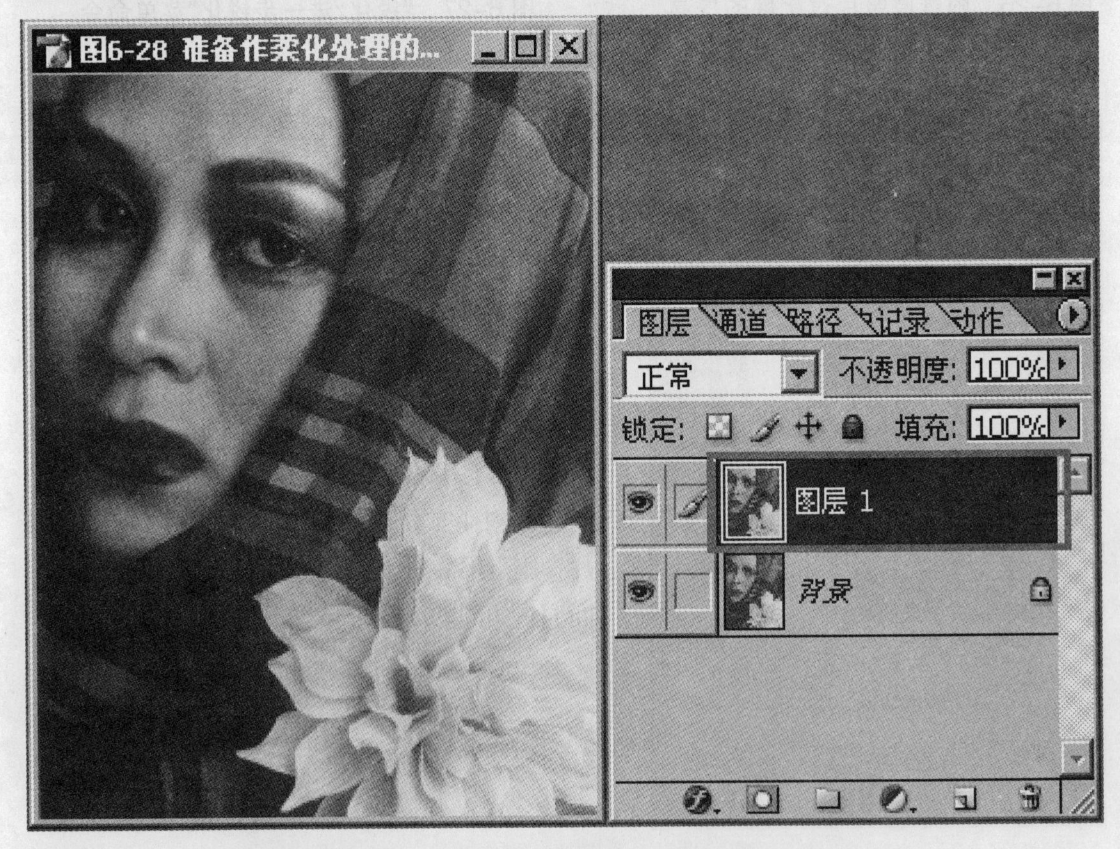

图 6-30 将图 6-29 全选并拷贝一个新图层（见图层 1）

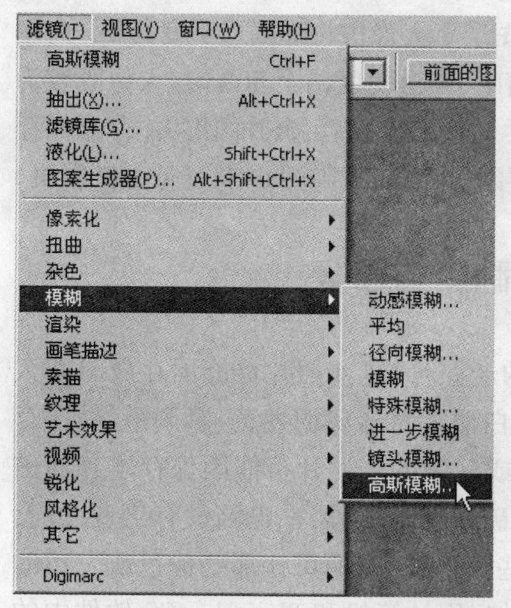

图 6-31 “滤镜/模糊/高斯模糊”菜单命令

图 6-32 “高斯模糊”对话框及设置参数

一个新图层，见图 6-30。

③在图层面板中选中图层 1，再用“高斯模糊”菜单命令（见图 6-31）打开“高斯模糊”对话框。

③用鼠标移动对话框中“半径”选项的三角形滑块，一边作左右滑动，一边观察图层 1 人像模糊变化的效果，直至满意为止。在这里，“半径”选项中输入的参数为 7.0，见附图 6-32。

图层 1 经高斯模糊处理后的效果见图 6-33。

图 6-33 图层 1 经柔化后的效果

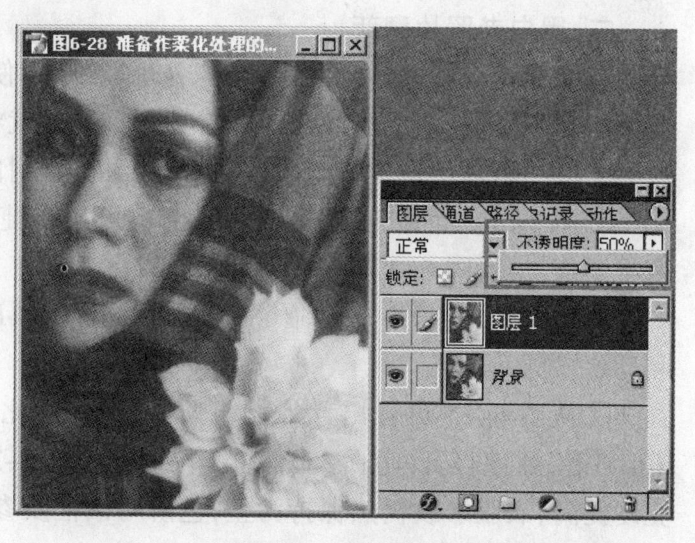

图 6-34 对图层 1 作透明度调整及经柔化处理后的人像照片效果

④再用图层面板中的“不透明度”选项对图层1人像进行降低透明度调整。向左移动透明度调节滑块,这时可看到人像逐渐清晰,当透明度调至50%时,人像既较为清晰,又有一定柔化效果时停止调整。预览柔化效果满意后,合并图层,并存盘保存已完成的图像,一幅呈柔化效果的人像照片便制作完成,见附图6-34。(见192彩页)

第二节　老照片翻新与修复

每个家庭一般都会保存有父辈留下来的老照片,这些照片可能因存放时间久远,会存在这样或那样的缺陷。如:早期的黑白照片可能陈旧发黄、影调平淡;保存多年的彩色照片也可能因年久而褪色;儿时或父辈的老照片可能因保存不善而破损,甚至残缺不全。对于这些光彩不再,并有破损的老照片,在电脑没有出现之前,恢复起来很困难。而有了电脑之后,只需一些简单操作,便可让那些褪色或发黄的旧照片重新焕发光彩,再度使破损重圆。例如:用计算机和PhotoshopCS软件中的“去色”命令(快捷键Shift+Ctrl+U)便可恢复发黄老照片的纯黑色影调;用“自动色彩”命令(快捷键Shift+Ctrl+B)便可基本恢复褪色彩色照片原来的色彩;用工具箱中的修饰工具(如橡皮图章、画笔,喷枪等)便可修复破损的照片。下面就以一幅陈旧发黄的黑白照片为例将翻新和修复老照片的方法介绍于下。

一、老照片的数字化

如果要用计算机修复陈旧发黄的老照片,必须先将老照片变成数字文件,而扫描仪就是将老照片数字化的最好工具(关于扫描仪的使用请参见本书第二章扫描仪一节相关内容)。

二、黑白老照片翻新

利用计算机和PhotoshopCS图像处理软件,即使不需要专业训练,也可以通过简单的几步操作,完成老照片的翻新工作。下面就将老照片翻新方法简介于下。

①将一幅褪色发黄的老照片输入计算机,见附图6-35(参见附录2彩图)。

②用“去色”菜单命令,见图6-36,也可用快捷键[Shift+Ctrl+U]将发黄的照片变为黑色,见附图6-37。

③用“自动色阶” 菜单命令或执行[Shift+Ctrl+L]快捷键恢复照片原有的色阶和反差,见图6-38。

④从图6-37可看出背景影调太暗,影调对比过大,再用“色阶”菜单命令或[Ctrl+L]快捷键打开“色阶”对话框,精细调整图6-38的影调和反差,至影像背景亮度提高,衣服影纹仍然保持为止,色阶对话框及参数见图6-39。

⑤单击色阶对话框中的“好”按钮,照片的反差和衣服影纹等得到恢复,面部层次也更为丰富,见附图6-40。

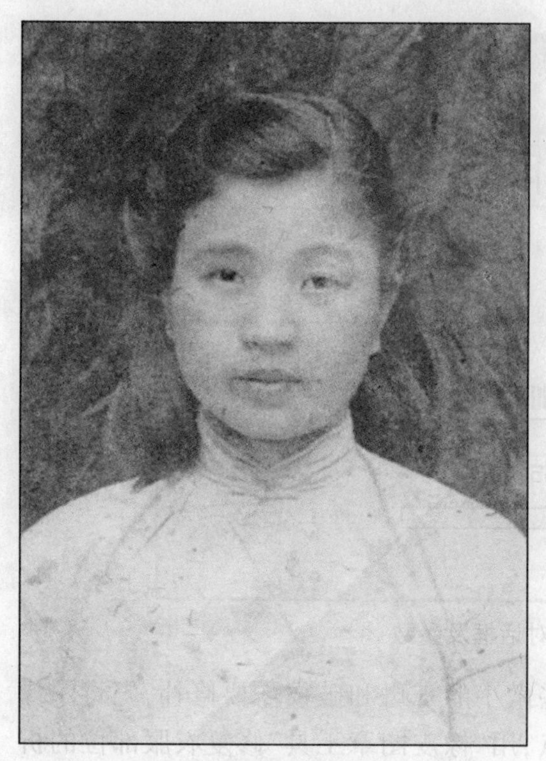

图 6–35　需要翻新的老照片(彩色例图见 184 页)

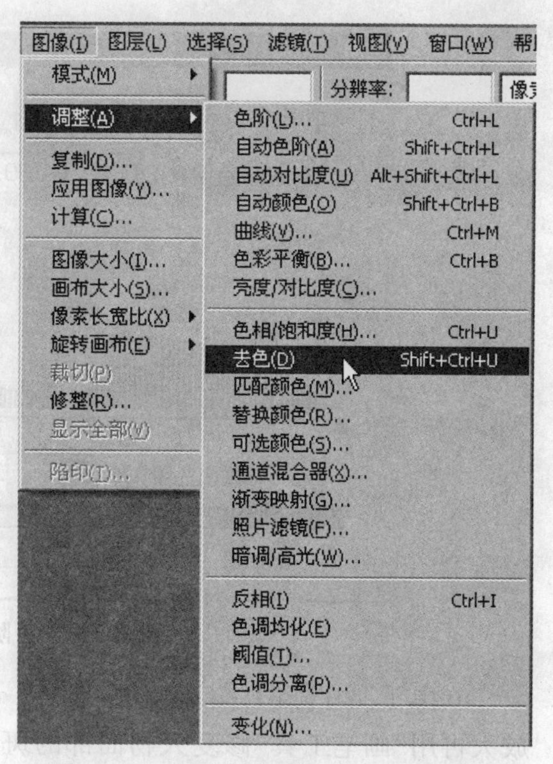

图 6–36　“图像/调整/去色”菜单命令

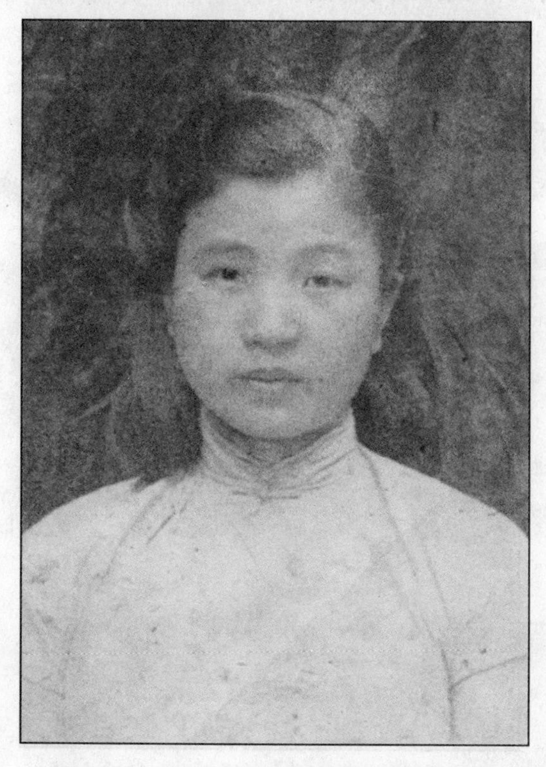

图 6–37　经“去色”处理后的照片效果

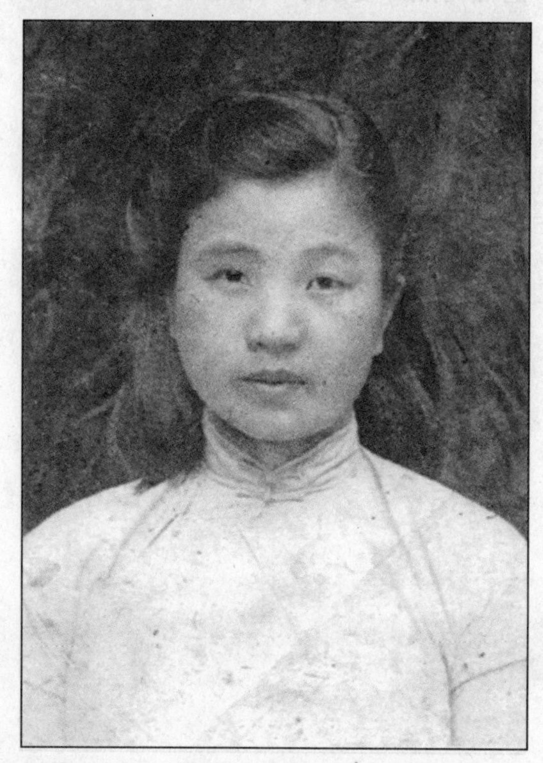

图 6–38　照片丢失的原有色阶被恢复

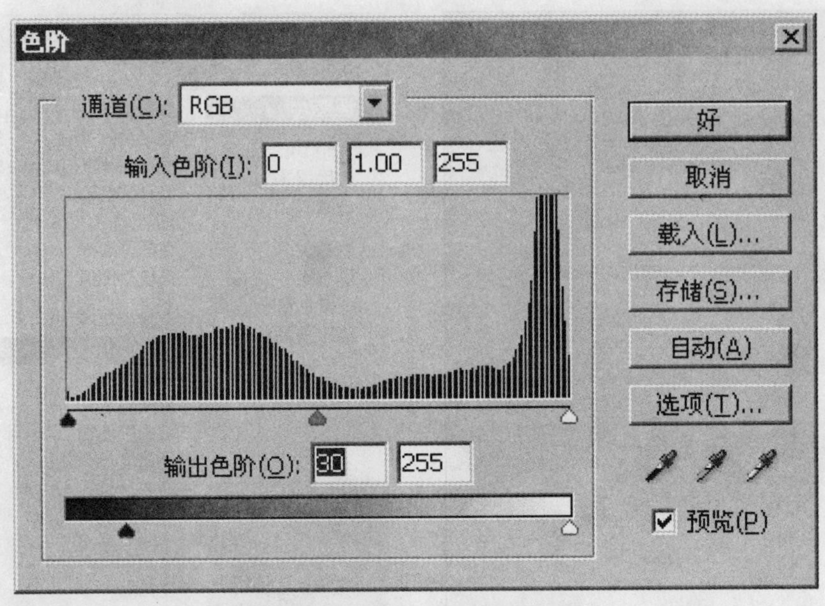

图 6-39 色阶对话框及参数

⑥由于照片陈旧,图 6-40 中还有一些微小的霉斑和破损需要修补,先将图像放大再用“画笔工具”修复人物面部的斑点,用“橡皮图章工具”修复衣服部位的折痕和斑纹,见图 6-41;预览处理效果满意后,存盘保存已完成的图像,一幅陈旧发黄的黑白照片变成了一幅影调纯正,层次丰富的黑白照片,见附图 6-42(见 193 页)。

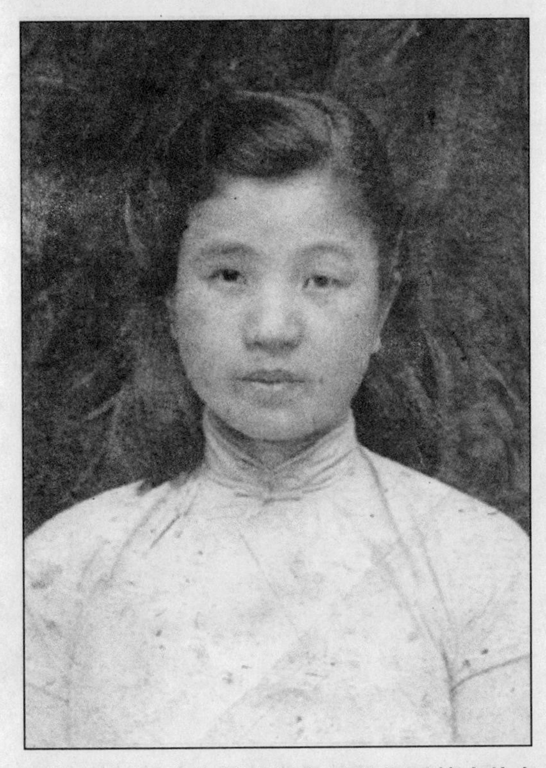

图 6-40 原照片的影调和反差得到基本恢复

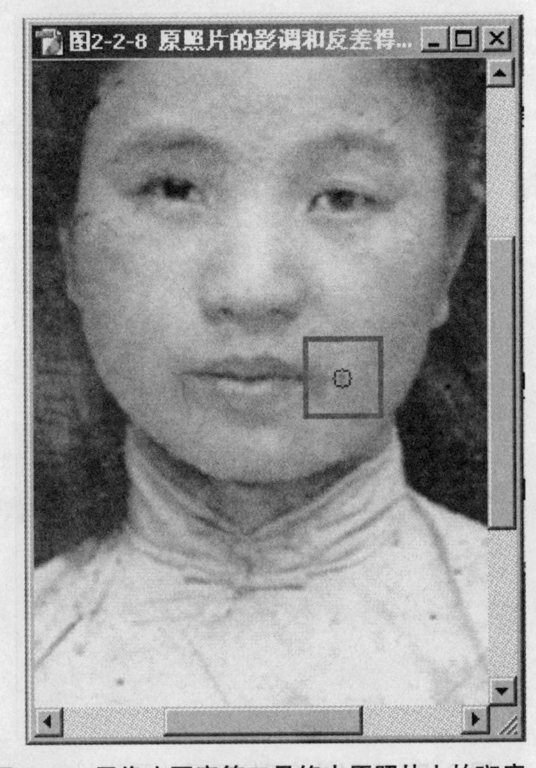

图 6-41 用像皮图章等工具修去原照片上的斑痕

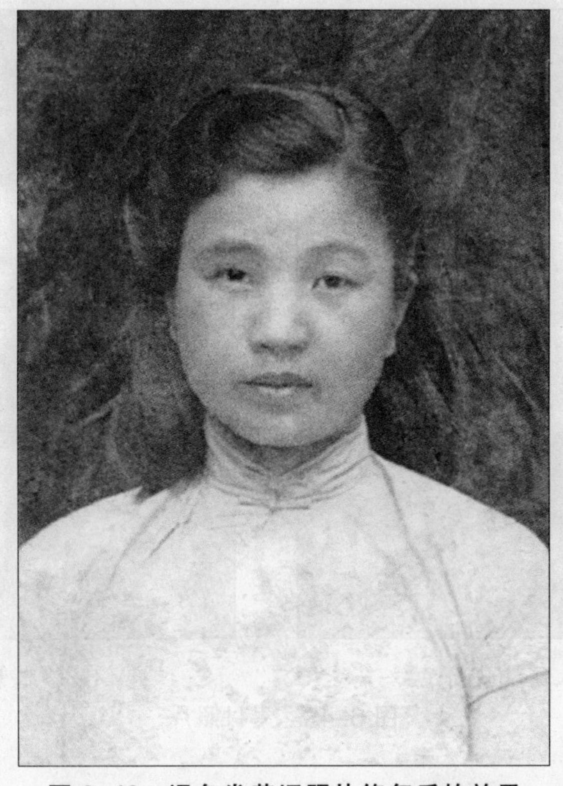

图 6-42　退色发黄旧照片修复后的效果

第三节　照片美容

我们平时拍摄的照片都可能存在这样或那样的缺点，甚至是缺陷，如眼镜上有很大一块反光，脸上长有雀斑，眼睛一大一小，闪光灯直射瞳孔引起的红眼病等。用计算机和 Photoshop 图像处理软件修去照片上这些明显的缺陷就是给照片美容；此外，给照片中人物添加口红，眼睫毛等美化人像的技法也属于照片美容的内容的一部分。下面就将这些美容技法简介于下。

一、闭眼变睁眼

在人像摄影中可能会出现眼睛没有睁开的情况，使照片无法使用，这时可以用 Photoshop 软件的复制拷贝功能让人像中闭合的眼睛睁开。下面就将具体制作方法简介于下。

1. 准备

如果你发现拍摄的人像眼睛闭了，又不能重新拍摄，可以找一张本人的其它相似照片（或其他人的照片）作眼睛的素材片。不过，最好选择光照、色彩、构图、朝向等都相同或相似的照片，如都是用闪光灯拍摄的正面照。原照片和素材照片见图 6-43。

A. 人像眼睛闭了

B. 睁眼素材人像

图 6-43 素材照片

2. 开始制作

打开图 6-43B 图，由于素材人像照片的朝向刚好与闭眼人像照片（A 图）相反，用"图像/旋转画布/水平翻转"命令（见图 6-44）将素材人像（B 图）水平翻转。使之与睁眼人像的朝向一致，见图 6-45。

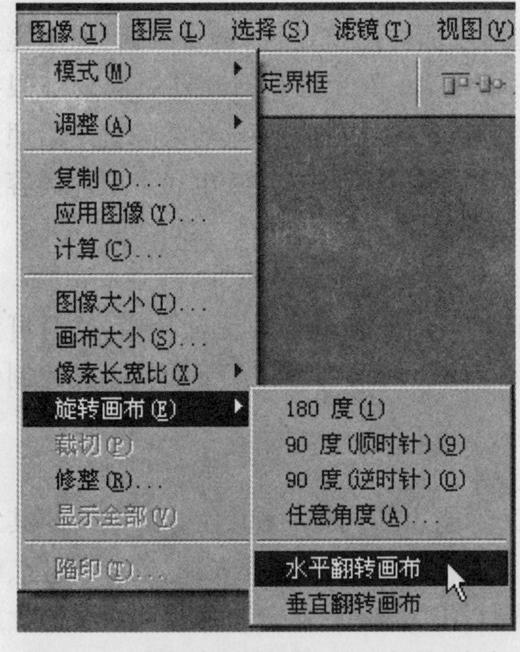

图 6-44 "图像/旋转画布/水平翻转"命令

图 6-45 经水平翻转的 B 图人像照片

再用[Ctrl+ +]快捷键放大图 6–45 中人像的眼睛，并用套索工具将放大的两只眼睛分别选取，将选区设置羽化参数为 2~3，见图 6–46。

用“移动工具”点击图 6–46 中两只被选中的眼睛，并拖移到图 6–43 闭眼人像眼睛的位置，见图 6–47。

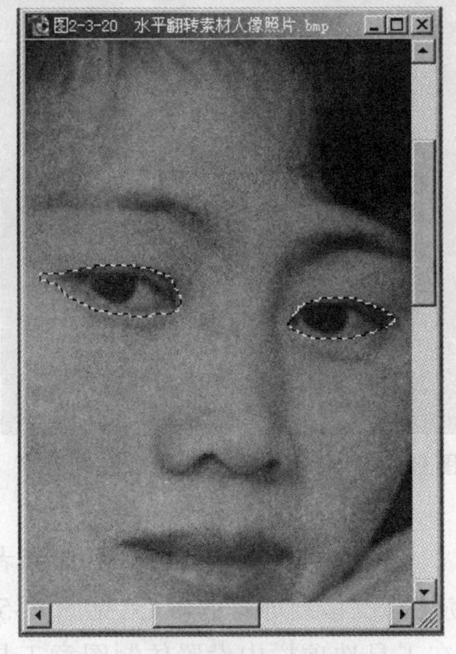

图 6–46 将放大的眼睛选取

图 6–47 将图 6–44B 中人像的眼睛复制到图 6–44A 图中

然后用[Ctrl+T]快捷键打开自由变换调节框。先按住 Shift 键，同时用鼠标点选缩放框节点，并向斜角方向往外拉调节框，将拷贝的两只眼睛放大。由于使用了 Shift 键，可使缩放框等比例放大，避免眼睛变型，影响真实感和美观。再旋转自由变换调节框，使眼睛水平线与原人像眼睛一致，见图 6–48。

拷贝进图像的眼睛亮度与原照片有明显差异，打开“亮度/对比度”对话框，将拷贝进画面的眼睛亮度提高，见图 6–49。

如果你对自己的五官不太满意，都可用上述方法进行调整，使自己更具魅力，不过，最好调整幅度不要过分，以免失去了自我。

二、修除脸上的“痘痘”

处于发育期的年青人，脸上可能长雀斑；因外伤等，有些人脸上可能会有明显斑痕。这些脸上暂时出现的或长期存在的斑痕会影响人的美观，这样的照片本人也不愿意示人。怎么办，用 PhotoshopCS 软件可以帮我们轻松除去脸上的痘痘等斑痕，还我们一张完美无瑕的漂亮脸蛋。

下面就将用 PhotoshopCS 软件除去脸上痘痘的方法介绍于下。

图 6-48 使眼睛等比例放大并作适当旋转

图 6-49 原闭着眼的眼睛现在睁开了

①打开一幅脸上有青春痘的人像照片，见图 6-50。使用缩放工具或者按[Ctrl+ +]快捷键放大图像，把人物脸部有“痘痘”部位移到屏幕的中心，见图 6-51。

②选中工具箱中的仿制“图章工具”，再在工具选项栏中设置仿制图章工具的画笔类型为“柔角 7 像素”(针对不同大小的“痘痘”，选择合适的画笔，即比“痘痘”

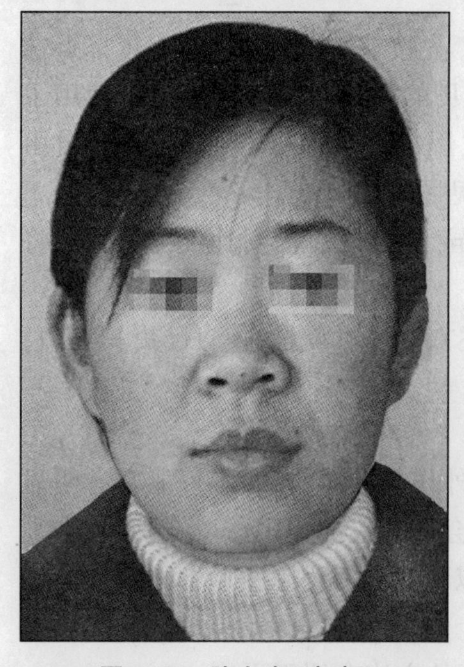

图 6-50 脸上有“痘痘”

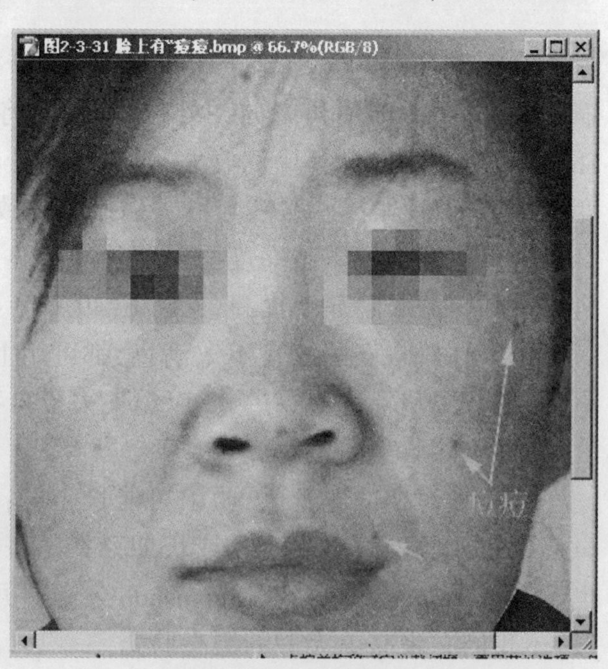

图 6-51 把人物脸部有“痘痘”部位放大

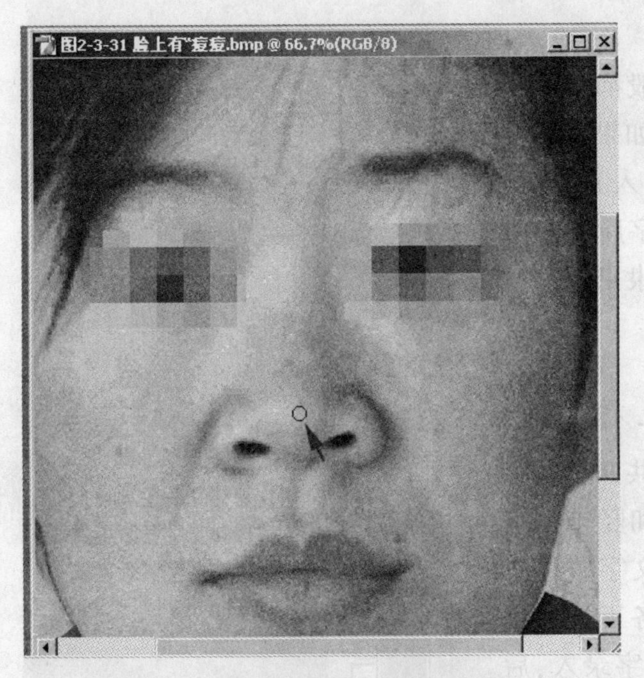

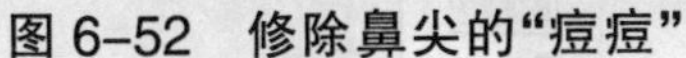
图 6–52　修除鼻尖的"痘痘"

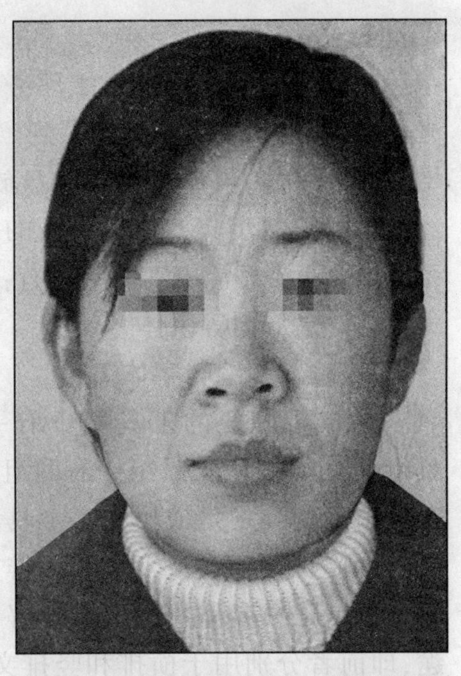
图 6–53　去除所有"痘痘",脸蛋更漂亮了

大一点就行了),接着使用仿制图章工具,按住 Alt 键的同时单击"痘痘"附近的相近色皮肤作为前景色,然后从"痘痘"边缘左边拖动鼠标到它边缘的右边,这个"痘痘"就不见了,如图 6–52。

使用仿制图章工具进行擦除时别只擦"痘痘",顺便把"痘痘"周围也擦擦,使得修改后的部位光滑,看不出修改痕迹。

③用上述方法把人物脸部所有的"痘痘"和"疤痕"都去掉,然后返回全图像显示,结果如图 6–53。

第四节　照片加字

为了说明照片含意以及美化照片等，有时需要给照片加上标题或说明文字，为了美化加入照片中的文字,还需要在系统字库中添加不同风格的艺术字体,同时还需要将输入画面的文字设置不同的颜色,甚至制作成特效字体等。因此,给照片加字是数字相馆暗房必须掌握的基本技能之一。下面就将给系统安装字体、录入字体,及特效字制作等技法介绍于下。

一、选装艺术字体

在 Windows 系统中,四种字体:宋体,仿宋,楷体,黑体为默认字体。但作为平面图像设计和处理的数字摄影暗房,仅有这四种字体太少了。因此,需要用到更多的艺术字体,如综艺、魏碑、舒同、圆幼和行楷等。这些字体在使用前需要安装进

Windows 系统。

各种商用中英文艺术字库一般都存储在光盘中,在电脑城中都可以买到。如果我们要增加新的字体,可以将字库光盘放入光驱中,经简单的安装步骤，便可将新的字库安装进系统中。需要经常用到的字体有:隶书、魏碑、大圆、综艺、舒同等字体。

二、输入和编辑字体工具

PhotoshopCS 的工具箱中有一个文字工具组,见图 6-54。工具组中有两组共四个文字工具，它们分别是横排文字工具和竖排文字工具；横排文字蒙板工具和竖排文字蒙板工具。根据工具名称我们不难理解各工具的用途,即前者分别用于横排和竖排文字录入,后者用于横排和竖排文字选区录入。(注:文字蒙板工具非常有用，它录入的文本选区可以像普通选区一样编辑，填充任何颜色和图片图案等,见图 6-55)。

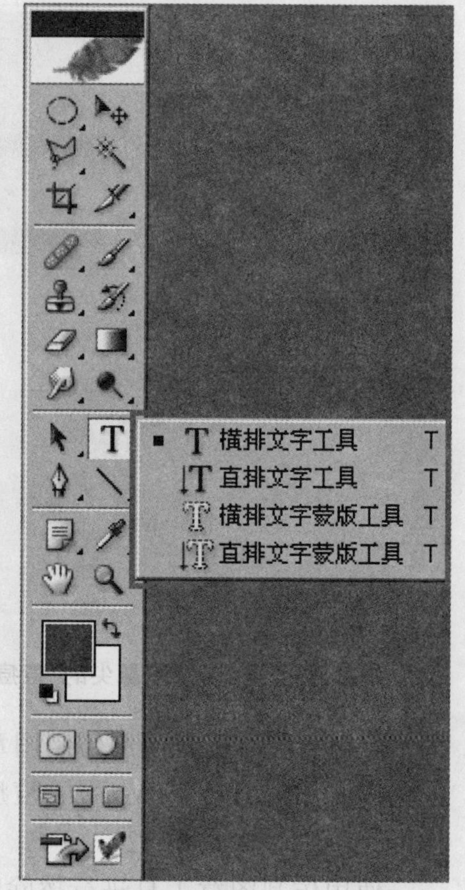

图 6-54 文字录入工具组

1. 用“文字蒙板工具”输入文字

2. 准备填充文字选区的图片

3. 用“粘贴入”命令将蝴蝶图案填充入文字选区的效果

图 6-55 文字蒙板工具的应用实例

PhotoshopCS增加了一个字符面板，使PhotoshopCS的文字编辑功能大大加强，在字符面板中基本的文字编辑功能都已具备。字符面板中各选项的功能见图6-56。

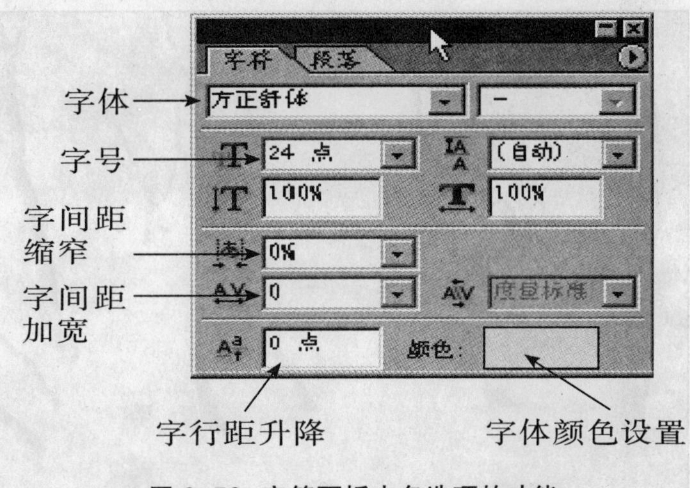

图6-56 字符面板中各选项的功能

在图片中录入和编辑文字的基本方法是：先用文字工具录入图片中的文本信息，然后在窗口菜单中打开“字符”面板，用字符面板便可对输入图片中的文本进行全面编辑，如：选择字体，字体大小，字体颜色，字体粗细、倾斜，字间距和行间距等进行调整，以符合图像的整体版式要求。字符面板的功能和使用技巧与Word文字处理软件中“格式”菜单栏中的“字体”面板相仿，这里就不再详述。

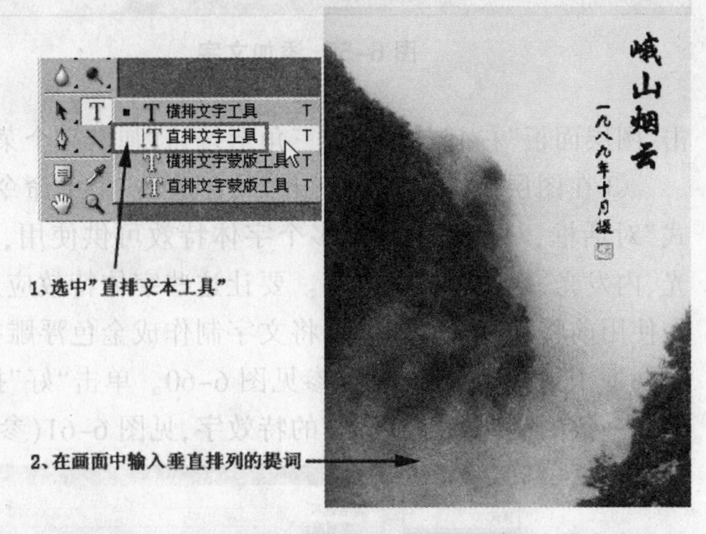

图6-57 在一幅黑白风景照中输入题词的基本方法

图6-57是在一幅黑白风景照中输入题词的方法。

三、制作特效字

通过本章第一节的学习我们可以了解到，只要在系统中添加多种艺术字库便可在照片中输入各种需要的艺术字体。不过，这些单色的艺术字体在照片中仍显单调。如果用Photoshop将字体再处理成立体的，不同质地的……各种特效字，输入照片的字体将会有更好的艺术效果。制作特效字的方法很多，其中最简单实用的是“图层样式”法和“滤镜菜单”法。下面就介绍使用“图层样式”对话框制作特效字的方法。

①我们首先打开一幅要添加特效文字的图像，选择前景色为红色，并且在图片上面用“文字工具”在照片上输入文字：“金秋时节”四个字。本例使用的字体是“华文云彩”，字体大小为“72点”，见图6-58左上角。

②文字输入完成后在工具箱中点击“移动工具”，确认文字输入完成。然后点

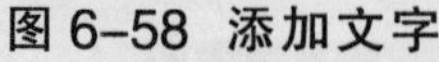

图 6–58 添加文字

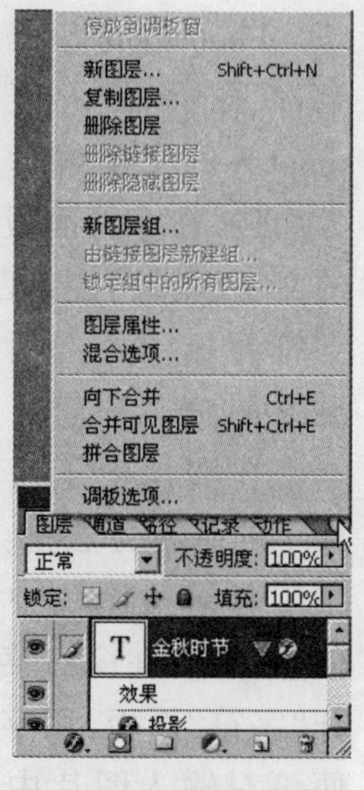

图 6–59 “图层面板”与附属菜单

击“图层面板”右上方的一个三角形按钮，弹出一个菜单，见图 6–59。

③在图层快捷菜单中点击“混合选项”菜单命令(见图 6–59)可打开“图层样式”对话框，对话框中有十多个字体特效可供使用，其中包含投影、内阴影、外发光、内发光、斜面和描边等等。要让这些字体特效应用于录入照片中的文字，必须在使用前将其勾选。现准备将文字制作成金色浮雕描边特效，据此在“图层样式”对话框中选择相应参数，请参见图 6–60。单击“好”按钮，原照片添加了与画面内容相一致的“镂空浮雕阴影”的特效字，见图 6–61(参见附录 2 中 193 页彩图)。

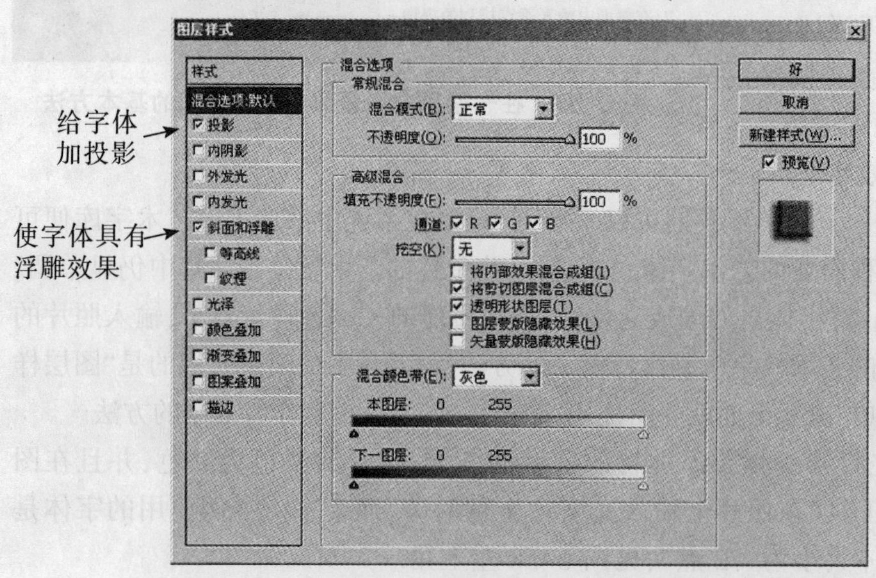

注：打开图层面板的快捷菜单，选中混合选项便可打开“图层样式”对话框，改变或利用该对话框中各选项可快速制作出各种特效字。

图 6–60 图层样式面板及参数设置

图 6–61　原照片上添加“镂空浮雕阴影”特效字(彩色例图见 185 页)

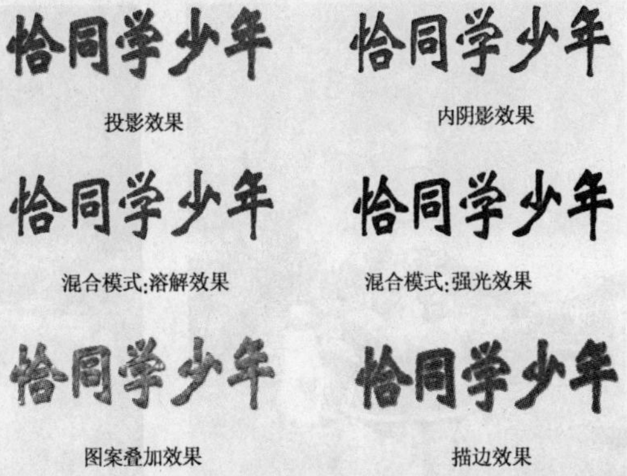

恰同学少年　恰同学少年

投影效果　内阴影效果

恰同学少年　恰同学少年

混合模式:溶解效果　混合模式:强光效果

恰同学少年　恰同学少年

图案叠加效果　描边效果

图 6–62　用“图层样式”对话框制作的几种特效字体(彩色例图见 185 页)

提示:同学们可以试着在“图层样式”对话框中勾选不同的字体特效,如浮雕,投影,内阴影等。然后在对话框中的各参数进行一项一项地设置和调整,观看字体的不同特效变化,并记录存储下这些字体的特效变化,供以后使用时参考,见图 6–62(参见附录 2 中 194 页彩图)。

第五节　照片合成技巧

照片合成是将两张或两张以上的照片按客户需要合成为一张照片。照片合成技巧有多种,如换背景、抠像、集景、加字、加边框等等。下面就分别介绍于下。

一、更换背景

更换背景是数字暗房最常用到的技巧,如给纪念照中的人物换一个更好的背景或环境,给天空平淡无云的风景照片换上有云彩的天空等。更换背景共需三个步骤:一是在主景照片中选取主体人物或建筑等;二是将主体人物或建筑与背景照片合并,并用“缩放”框调整主体的大小,使之与背景大小统一;三是统一主体与背景的色彩和影调,修饰主体与背景衔接等。下面就分别以一幅人物照和一幅风景照为例,介绍给照片更换背景的方法和步骤。

1. 纪念照换背景(抠像)实例

首先打开一幅需要更换背景的纪念照和一幅背景风景照,见图 6–63。

(1)勾选照片中的人物

①用工具箱中的“多边形选择工具”将照片中人物的上半身勾选下来,并对选区作适当羽化处理(羽化参数 2),见图 6–64。

②先用[Ctrl+C]快捷键把选取的人物复制为一个图层,再用[Ctrl+V]快捷键把新的图层粘贴进选好的风景图片上(见 B 图),然后用快捷键[Ctrl+T]打开自由缩放调节框。见图 6–65。

A. 人物合影照

B. 背景照片(风景) 谭 明 摄

图 6-63 素材照片

图 6-64 将照片中的人物勾选并设置羽化

图 6-66 把人物图层粘贴到图 6-63B 图中(风景照片),并打开缩放调节框

③先按住 Shift 键,再用鼠标拖拉缩放调节框的节点,将人物大小调整至合适(按住 Shift 键可保证缩放的人物不变形),见图 6-66。

(2)调整主体与背景的色彩、影调和衔接

①用导航器面板将图 6-66 中的人像放大,然后用“橡皮图章工具”修饰人物与背景之间生硬的轮廓边线,再用“画笔工具”修补不满意的交界线。

②在图层面板中选中背景图层,见图 6-67 中的图层面板。再打开“亮度/对比度”对话框,将背景调亮一点,使人物的反差和色调与背景图片统一。最后,将人物和背景合并,并作适当剪裁,一幅更换背景的照片便制作完成,见附图 6-68(参见附 2 中彩图)。

图 6–65　人物大小调整合适

图 6–67　在图层面板中选中背景图层

图 6–68　给人物纪念照更换背景后的完成效果(彩色例图见 194 页)

2. 给风景照换上有云彩的天空

在生活中拍摄建筑物风景照时很难遇上有蓝天白云的天空，天空毫无层次，画面显得单调乏味,大大影响了风景照的美感。下面就用一个实例来说明怎样给风光照更换有云彩的天空,以提高风景照片的美感和观赏性。

(1)打开素材照片

打开一幅天空需要添加云彩的主景照片和一张与主景照片光照方向相近的云彩素材照片,见图 6–69。

(2)给主景照片添加云彩

①用鼠标在工具箱中选中"魔棒工具"，把主景照片的天空选为选区,并将选区设置羽化参数 1,见图 6–70。

A. 天空没有云彩(贵阳火车站)

B. 云彩照片

图 6-69 素材照片

②再选中图 B 图(云彩照片),并用[Ctrl+A]键将 B 图全选,见图 6-71。然后用[Ctrl+C]键将 B 图拷贝进剪贴板。

图 6-70 天空被选为选区

图 6-71 B 图(云彩天空)被全选

再选中 A 图(贵阳火车站),用"编辑/粘贴入",或执行 [Shift+ Ctrl+V] 快捷键命令将剪贴板中的"云彩照片"粘帖进 A 照片中的天空选区内,见图 6-72。

③云彩天空太大,见图 6-72。用[Ctrl+T]快捷键将打开自由变换调节框,并将背景天空缩小,见图 6-73。

图 6-72 将剪贴板中的"云彩照片"粘贴入 A 图选区中

图 6-73 用自由变换调节框将背景天空缩小

④添加的云彩太鲜艳,显得不真实。在图层面板中用鼠标选中图层1(云景),然后打开“亮度/对比度”对话框,将云景天空调亮,并适当降低对比度,见图6-74(在图层面板中选中“变蓝”的图层是当前可编辑的画面)。最后再用工具箱中的修整工具修饰将大楼与天空交接处进行适当修饰,使之与天空自然衔接。这样,合并图层后就给建筑物照片中的天空被添加上了漂亮的云彩,照片会因之增色不少吧!见图6-75,参见附录2中彩图。

图6-74 用“亮度/对比度”对话框将“云彩天空”图层适当降低对比度,并提高亮度

图6-75 原照片添加了有云彩天空后的效果(彩色例图见186页)

二、给照片加边框

给普通照片加上一个艺术边框,可以美化照片,增强装饰效果,提高照片的艺术品位。给照片加边框的方法有多种,如柔化边框、黑边框、花边、艺术画框等。我们可以根据照片的内容和创意添加自己喜欢的边框。下面就将给照片添加艺术边框的各种方法分别简介于下。

A. 原照片 B. 用“圆形工具”制作的效果 C. 是用“矩形工具”制作的效果

图6-76 照片边缘柔化的效果

图 6-77 用"圆形工具"选中图像并设置羽化参数

图 6-78 完成效果(彩色例图见 187 页)

1. 给照片添加柔化边框

柔化边框是用 PhotoshopCS 中的柔化滤镜,或羽化菜单命令,将照片边缘柔化,使照片产生梦幻般的装饰效果,如图 6-76。

我们以图 6-76 中的 A 图效果为例,介绍给照片添加"柔化边框"的方法。

①将图片中的人像头部用"圆形工具"圈选,注意要留出一些边缘。再打开羽化命令对话框,设置数值较大的羽化参数 60~100,本图羽化参数设置为 90,见图6-77。

②最后用[Shift+Ctrl+I]快捷键将椭圆形以外的画面"反选"为选区,再用 DEL 键删除外围选区即可给照片添加一个柔化边框,见图 6-78,参见附录 2 中彩图。

2. 用动作面板自动生成照片边框

在 PhotoshopCS 动作面板中,系统提供了一个"画框"动作组,其中有很多不同类型的艺术画框,只要在动作面板中选中你喜欢的"画框",再点击执行动作按钮,便可在瞬间为照片添加上一个漂亮的边框。Photoshop 中的"画框"动作组在默认状态下没有安装,需要我们自己安装。

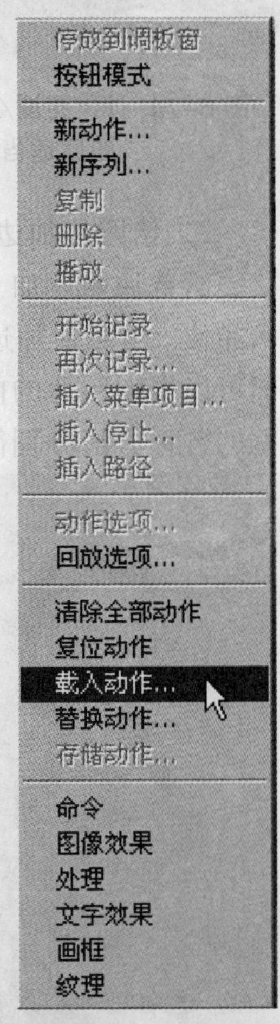

图 6-79 用鼠标点击动作菜单中的"载入动作"命令

"画框"动作组的安装方法:

①单击动作面板中右上的三角小按钮,打开动作菜单,并点击其中的"载入动作"命令,见图 6-79。点击"载入动

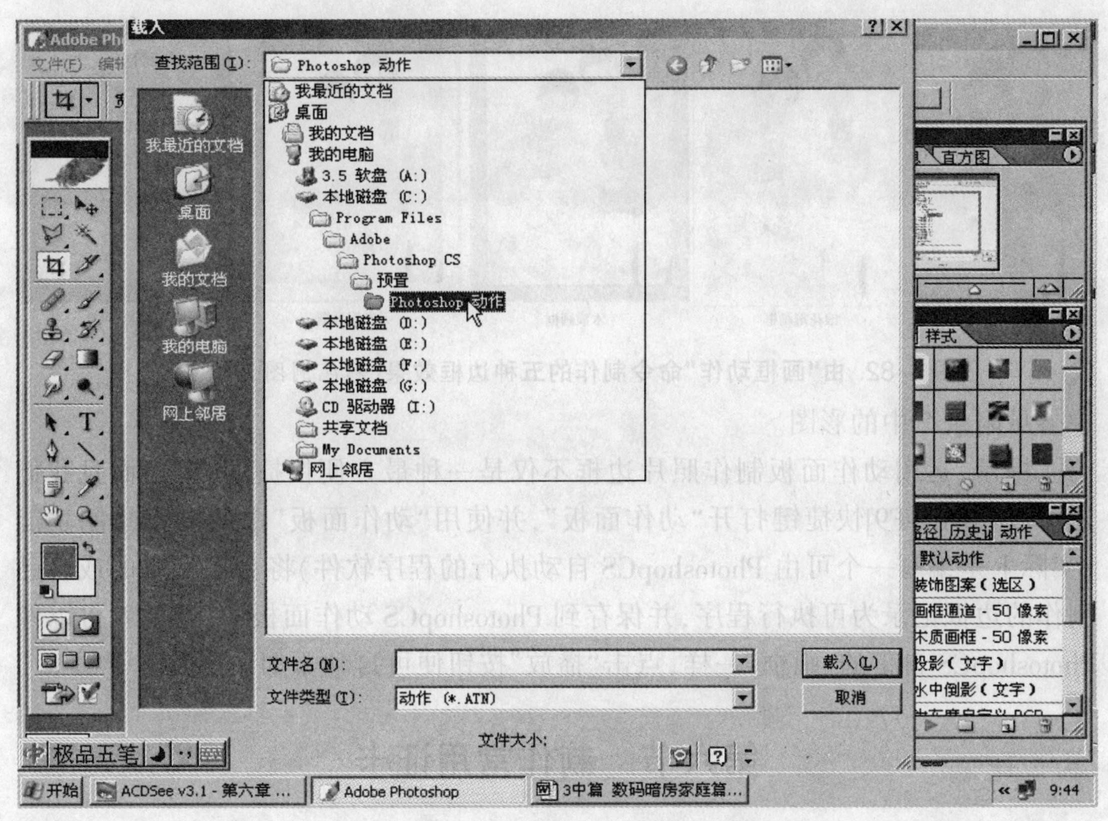

图 6–80　存放“画框”动作组的路径

作”命令，打开“载入”对话框，并循路径：C:\Program Files\Adobe\Photoshop CS\预置\Photoshop动作，见图6–80，打开Photoshop内置动作界面。

②选中一个叫“画框”的动作组，再单击“载入”按钮，“画框”动作组便安装到Photoshop动作面板中，见图6–81。

③我们在动作面板中打开这个动作组后，就可以在面板中看到有十多种装饰“画框”动作了，如滴浅形画框，投影画框，木质画框等……。这时我们只要打开一个图像文件，单击动作面板中的“播放”按钮，即可以为这张图片生成各式各样的边框效果了。

动作面板中有十多种艺术边框效果，可试一试各种边框效果，以选择最满意的边框效果加在照片上。下面把由PhotoshopCS动作面板中的“画框动作”命令制作的五种边框效果展示于图6–82

图 6–81　载入动作面板中的一组“画框”动作

投影画框　浪花形画框　木质画框　无光铝画框　天然材质画框

图 6-82　由“画框动作”命令制作的五种边框效果（彩色例图见 187 页）

中参见附录 2 中的彩图。

提示：运用动作面板制作照片边框不仅是一种最方便快捷的方法，而且我们还可以用[Alt+F9]快捷键打开“动作面板”，并使用“动作面板”中的动作录制功能(实际上是编写一个可由 PhotoshopCS 自动执行的程序软件)将自己喜欢的或自己制作的边框记录为可执行程序，并保存到 PhotoshopCS 动作面板中，这样就可以像 PhotoshopCS 自带的“画框”一样，点击“播放”按钮便可自动添加在照片上了。

第六节　制作常用证卡

过去很多需要专业照相馆和广告公司才能完成的一些商业性图像制作，如证件照、名片、贺卡、胸牌、月历和杂志封面等，现在使用电脑和各种专用软件，如“非常好印”、“彩色名片系统”、“宝丽来快照系统”、“婚纱制作系统” 等便可以轻松完成了。由于这些软件具有高度专一性，因此, 自动化程度较高,功能非常强大，完成证卡制作的效率非常高。但是，这么多软件不仅需要花费大量的资金购买，同时也需要花大量时间来熟悉其操作界面和使用技巧。因此在这里仍向大家推荐都非常熟悉的 Photoshop 图像处理软件。这款专业平面图像处理软件虽然操作步骤复杂一点，但以上各式证卡的制作都能完成。这样，不仅可以为你节省购买各式专用软件的投资，还为你省去了熟悉这些软件的时间。当然，如果你准备开展各式证卡的商业运作，建议你最好还是购买和使用上述专用软件，这样可为你节约更多的宝贵时间，以应对激烈的商业竞争。

下面就分别介绍用 PhotoshopCS 图像处理软件制作各种证卡的方法。

一、自制证件照

现在社会上各种考试，招工就业，办证，出国，旅游等都需要证件照，下面就将证件照的制作方法简介于下。

1. 获取标准像

如果要求不高，可以在室外自然光下用数码相机拍一张标准照，拍摄前在人物背后加一块红布(或蓝布)作背景,被拍者的坐姿:挺胸,收腹,含首;拍摄者构图要求是:被摄者的头顶上方空间占画面1/6,面部占画面3/6,胸部占2/6,见图6–83。

图6–83　拍摄一张标准像

提示:在实际拍摄时,可以将人的半身影像拍小一些,为剪裁时留下更多调整构图的空间。

2. 二寸证件照排版

①标准二寸证件照的长宽比:3.3cm×4.8cm,先按此比例剪裁画面,再打开“图像大小”对话框。首先将“缩放比例”选项勾选,再将图像的长边设置为4.8 cm(宽边自动变成约3.3 cm),分辨率设置为300,见图6–84。

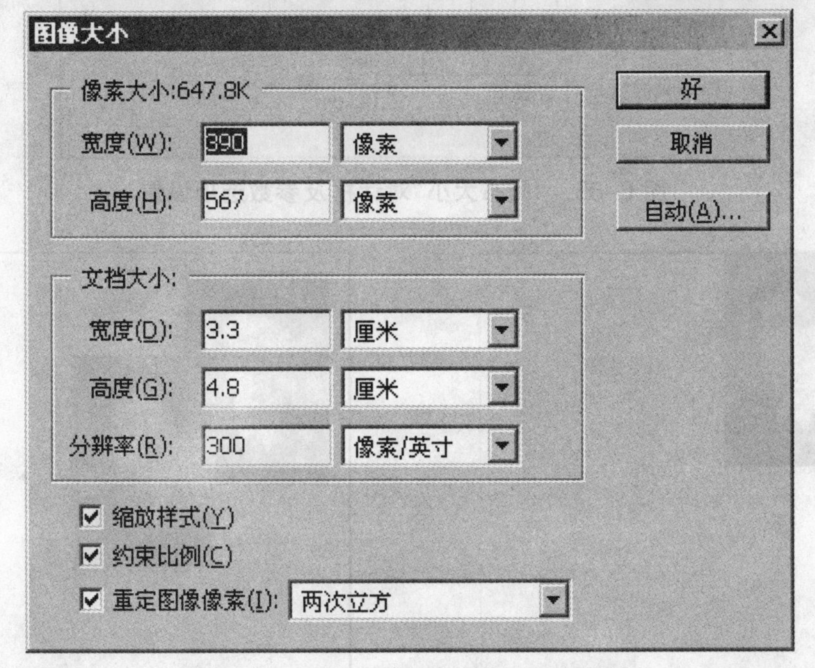

图6–84　图像大小对话框及参数设置

② 再用“图像/画布大小”菜单打开“画布大小”对话框,在对话框中设置各参数,宽度9厘米,高度12.5厘米;定位设置:将左上角灰色方块选中(变成白色),见图6–85,点击“好”按钮,原标准像的画布扩大为5英寸彩照大小,见图6–86。

③然后用“矩形选框工具”将标准照选中,并用[Alt+]图像复制快捷键将被选中的标准照进行复制(共需复制四张),并在空白画布上按两寸标准照进行排版(可排四张二寸证件照),见图6–87和图6–88。

提示:一寸证件照的制作方法与二寸证件照相仿,只不过是在5英寸彩扩照片的画幅(9cm×12.5cm)版面上排列9幅标准照,见图6–89。

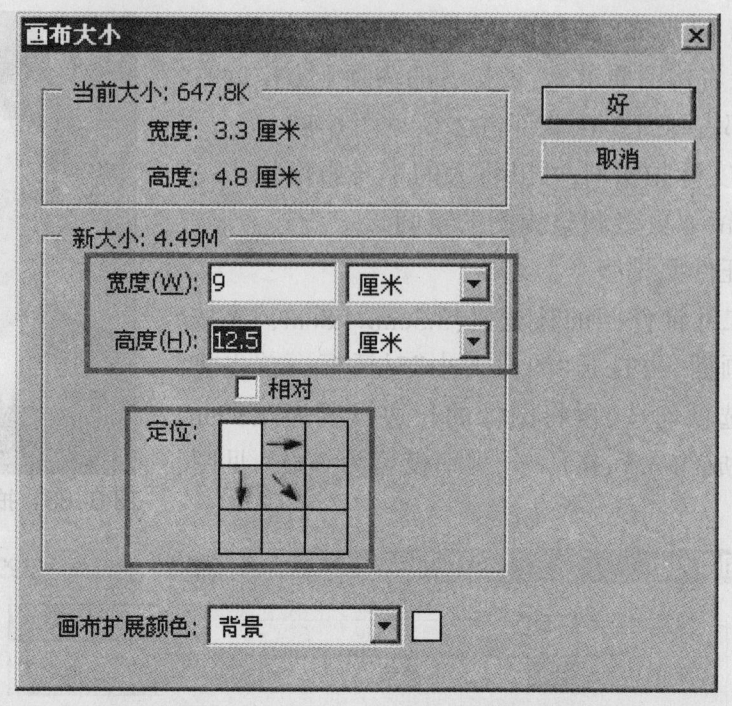

图 6-85 “画布大小”对话框及参数选项设置

图 6-86 原标准像的画布扩大为 5 英寸彩照大小

图 6-87 用[Alt+移动工具]将被选中的标准像进行复制

④最后就可以输出成照片了。输出照片的方式有两种,一是打印机打印,最好用热升华打印机,用喷墨打印机打印要选用正品防水纸,否则证件照难以长期保存;另一种是将证件照的数字文件拷贝到软盘或优盘中,送到激光数码彩扩店冲洗,一般彩扩部只收你一张 5 英寸照片的钱,比一般的证件照便宜许多。

图 6-88　四张 2 寸证件照排好版后的画面效果

图 6-89　1 英寸标准照的版式

二、自制个人名片

现代人社交越来越频繁,交往中需要各式各样的名片,以表明他们的身份及联系地址和电话。

名片的版式设计和文字内容可显示一个人的身份,修养和兴趣爱好。因此,在设计名片的版式、背景纹理和文字内容时,要根据用户的要求来设计。一般制作纯文本名片可以用 Word 文字处理软件;如果你制作带照片和图案的名片,则用 PhotoshopCS 制作名片更好,下面就为大家介绍用 PhotoshopCS 制作名片的一个最简单的方法。

如果你手中还有现成的名片,或找一张别人的名片,便可以采用复制法,在原来名片基础上经少量文字修改,制作完成一张属于你自己的名片。下面就介绍用"复制法"制作名片的方法。

1. 制作名片

①如果你手中有自己未用完的或他人的名片(见图 6-90),而且觉得还并不过时,则可以用扫描仪将名片直接扫描进电脑,然后在 PhotoshopCS 中进行修改,制作成你需要新名片。

②用文本工具输入新的文字内容,见图 6-91 中方框。再用"图层/合并图层"命令将文字图层合并。

③分别用矩形工具选中新输入的文本,并用[Alt+]快捷键复制矩形选区内的文字,移动并盖住需修改的旧文本内容,见图 6-92。

④从图 6-92 可看到,输入的文本还在原处,需要再复制相近大小的背景将输

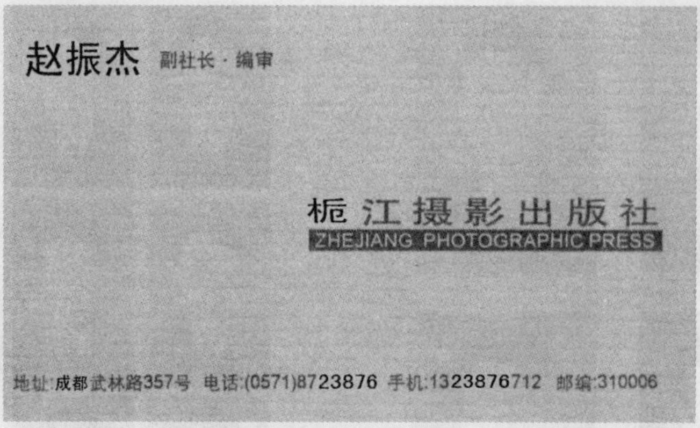

赵振杰 副社长·编审
栀江摄影出版社
ZHEJIANG PHOTOGRAPHIC PRESS
地址:成都武林路357号 电话:(0571)8723876 手机:1323876712 邮编:310006

图 6-90 选一幅喜欢的名片扫描进计算机

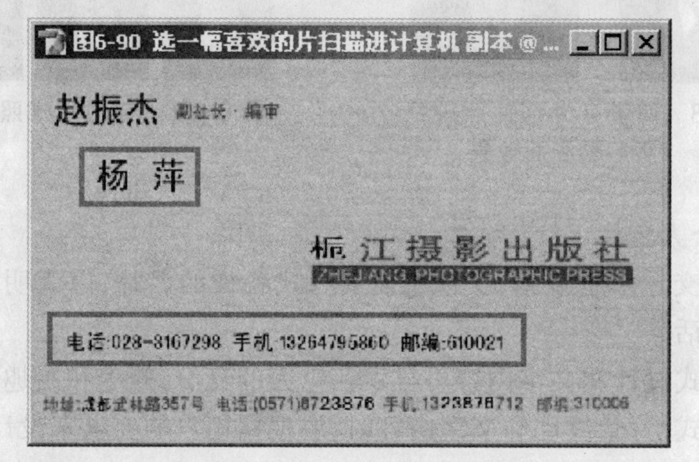

图6-90 选一幅喜欢的片扫描进计算机 副本 @ ...
赵振杰 副社长·编审
杨 萍
栀江摄影出版社
ZHEJIANG PHOTOGRAPHIC PRESS
电话:028-3167298 手机:13264795860 邮编:610021
地址:成都武林路357号 电话:(0571)8723876 手机:1323876712 邮编:310006

图 6-91 加入更新的文本内容

杨 萍 副社长·编审
杨 萍
栀江摄影出版社
ZHEJIANG PHOTOGRAPHIC PRESS
电话:028-3167298 手机:13264795860 邮编:610021
地址:成都武林路357号 电话:(0571)8723876 手机:1323876712 邮编:310006

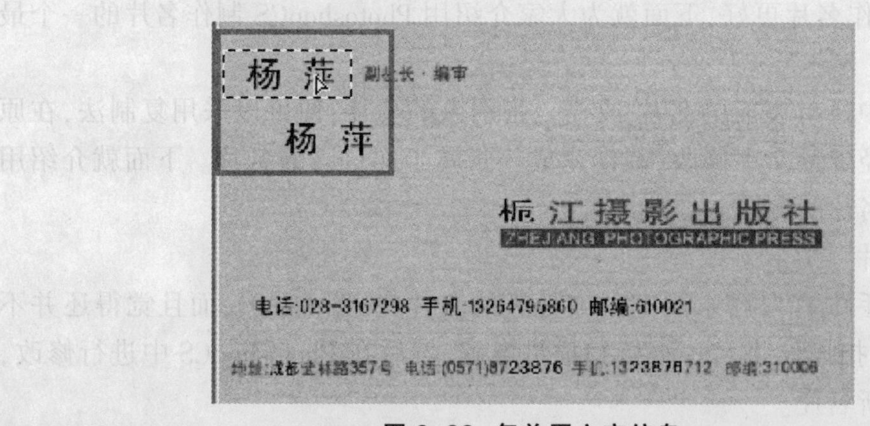

图 6-92 复盖原文字信息

入的文字盖住。仍用矩形工具选中新输入文本附近的空白背景,再用[Alt+]复制矩形选区内的背景,去盖住多余的文字,见图 6-93。然后再将输入的新地址,电话号码等盖住原来的地址和号码,便可将制作完成的名片存盘保存,新的名片见图 6-94。

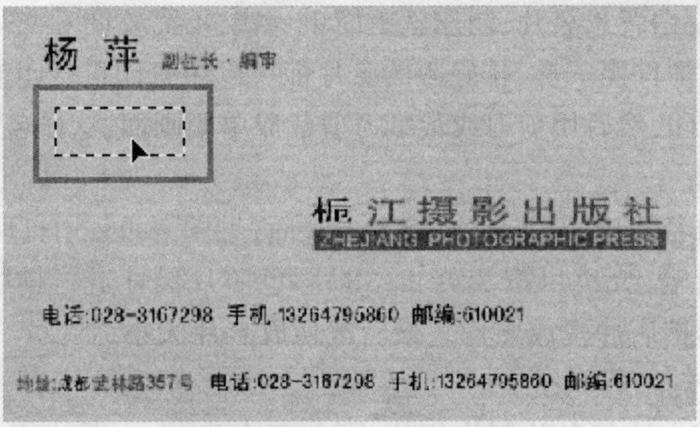

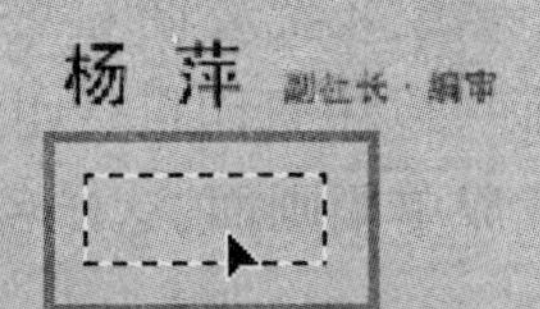

图 6–93　盖住多余的文字

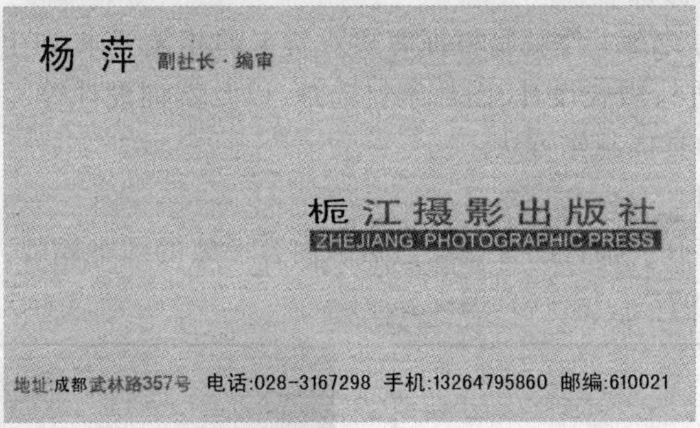

图 6–94　用复制法制作完成的名片

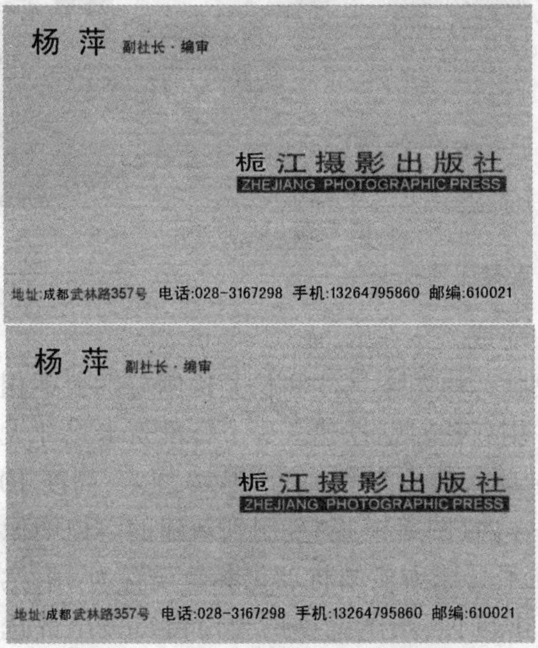

图 6–96　5 英寸(3R)彩扩照片版式

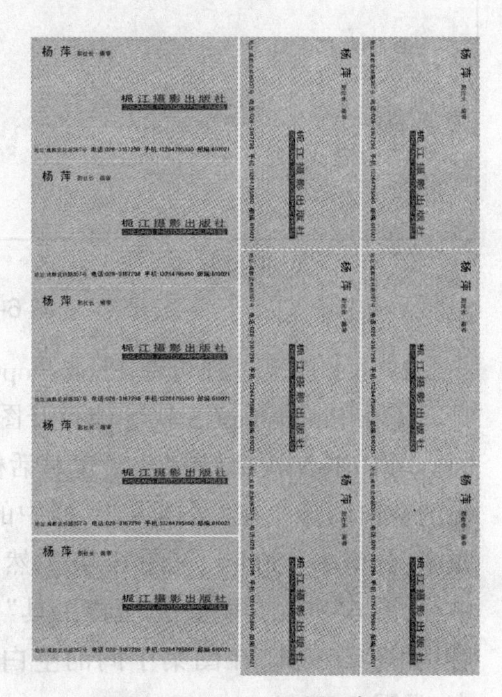

图 6–95　A4 打印纸版式

提示:如果是白背景名片,制作就更简单一些,不需要图 6-93 盖住多余文字这一操作步骤。与证件照一样,排好版的名片即可以用打印机打印输出,也可送到彩扩部数字激光扩印,然后用剪刀或裁纸刀剪裁成单幅画面,这样名片就算完成了。

2. 排版输出

将制作好的名片排列成 A4 纸的大小版面,见图 6-95,用打印机打印输出,如果用激光彩扩机输出,也可按 5 英寸(3R)彩色照片尺寸进行排版,见图 6-96,然后送数字激光彩扩店冲洗成照片。最后裁切成名片大小。

三、自制贺卡

贺卡的制作方法与名片制作相仿,可分三个步骤:一是文案工作;二是排版;三是录入文字与修饰。

一般贺卡的文案工作就是根据客户对贺卡的相关要求,如生日卡,贺年卡,圣诞卡,邀请卡等进行版式设计、图片素材选择,以及贺词设计等。下面就以生日卡为例介绍贺卡的具体制作方法。

1. 导入素材

我们首先打开一幅自己喜欢又与贺卡内容一致的图案模版,再选一张你喜欢的照片,见图 6-97。

A. 图案模版

B. 风景照片

图 6-97 素材照片

2. 艺术加工过程可在 PhotoshopCS 中完成

①在 PhotoshopCS 软件中打开图案模版, 原图案尺寸和长宽比例与贺卡不相同。用[Ctrl+N]快捷键打开新建对话框,并用新建对话框建立一个标准贺卡尺寸大小的空白图像。在"文挡大小"拦中的各选项参数进行修改,宽度 20 厘米,高度 10 厘米;分辨率 250dpi,见图 6-98。然后将 A 图(图案模版)复制到新建的空白图像中(见图 6-99)。再选中"魔棒工具",并在工具选项栏中将羽化参数设置为 10,然后用"魔棒工具"在图案中间的空白处双击鼠标,则图案中的空白窗口被全部选中,见图 6-99。

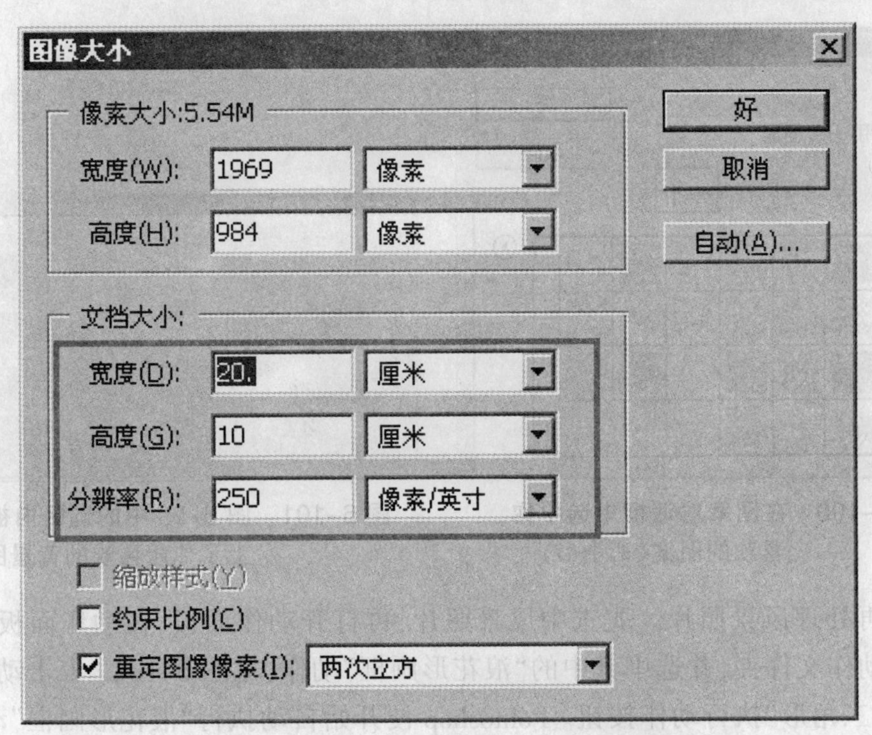

图 6-98　新建对话框及各项参数设置

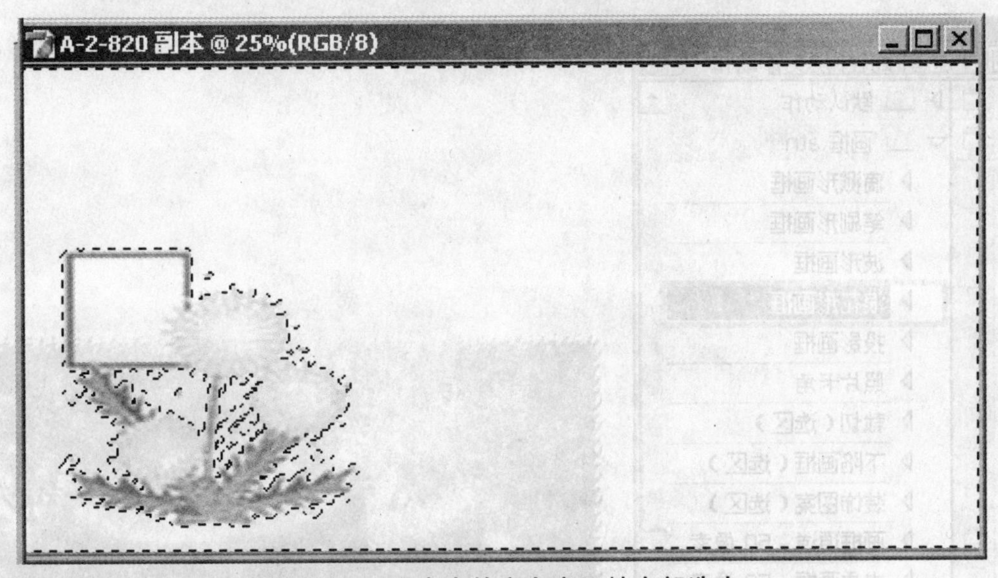

图 6-99　图案中的空白窗口被全部选中

②用“编辑/填充”命令打开填充对话框,在“内容”选项菜单中选中“图案”选项。再点选“自定义图案”栏中的三角形小按钮,打开图案对话框,选中你喜欢的图案。见图 6-100。最后点击填充对话框中的“好”按钮,图 6-99 中的选区内被填充上了你所喜欢的背景图案,见图 6-101。当然,也可用填充对话框将你保存在硬盘中的图案填充为贺卡背景。

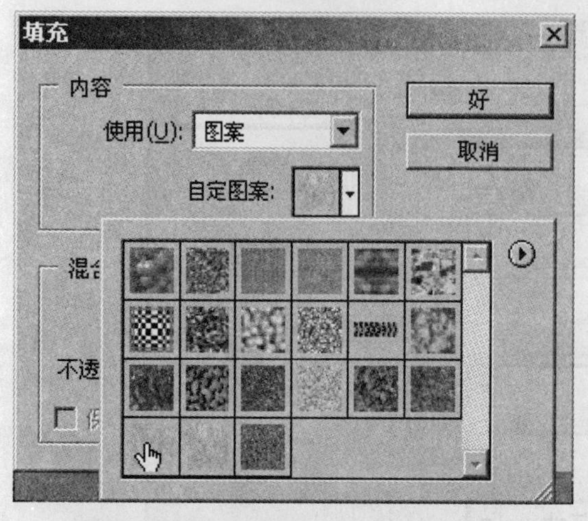

图 6-100 在图案对话框中选中你喜欢的图案(见手形)

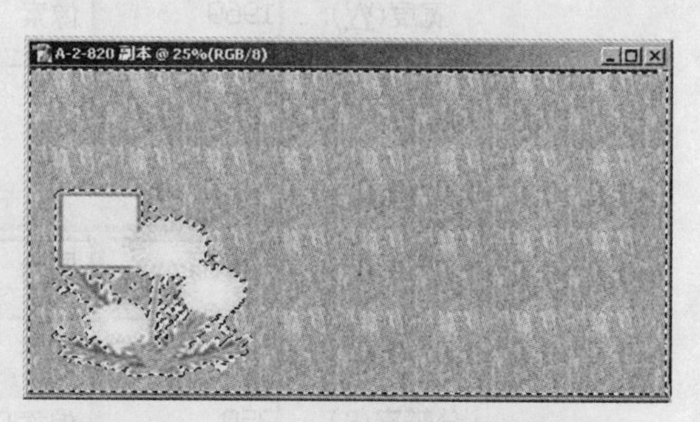

图 6-101 图 6-99 中的选区内被填充上了你所喜欢的背景图案

③再处理风景照片。先选中风景照片,再打开动作面板,在动作面板中打开“画框”动作文件夹,并选中其中的“浪花形画框”动作,见图 6-102。点击动作面板下方的“三角形”执行动作按钮。Pohtoshop 便开始自动执行“浪花形画框”动作,几秒钟后图 6-97 中的 B 图风景照片被添加上了一个浪花形画框,见图 6-103。

图 6-102 在动作面板中选中“浪花形画框”动作

图 6-103 风景照片被添加上了一个浪花形画框

再用“移动工具”将B图风景照片拖入图6-101中。并用[Ctrl+T]快捷键打开自由变换调节框，将风景照片的大小和位置在贺卡中安排好，见图6-104。

图6-104 风景照片的大小和位置在贺卡中安排好

3. 添加祝福语

贺卡的版式和图案制作好以后，再将祝福词加入贺卡中，并用PhotoshopCS的“字符面板”进行字体大小和颜色等设置，还可运用“图层/图层样式”菜单命令对文字进行特效处理，使生日贺卡更具吸引力。贺卡完成后存盘保存。制作的贺卡可以通过电子邮件发送，也可用打印机打印成贺卡邮寄。最终效果见图6-105。

图6-105 制作完成的生日卡(彩色例图见196页)

第七章　数字暗房特技

本章重点

如果你是一个业余摄影爱好者，那你一定希望能创作出出类拔萃的优秀摄影作品，如果能获得一个奖项什么的那当然就更好。但是，摄影是一个大众性行业，竞争十分激烈，要通过按一次快门就能拍摄并取得出类拔萃的优秀摄影作品非常困难。不过，如果你使用 PhotoshopCS 软件强大的图像处理功能将你手中可能很平凡的照片经特效处理或合成处理后，便可一鸣惊人，登堂入室，获得大奖。

在本章中将重点介绍利用 PhotoshopCS 软件，将你可能还拿不出手的照片进行再创作的一些技巧性范例，也就是用计算机软件对很一般的照片进行暗室特技效果处理。使普通照片得到形式上和内容上的升华和创新。这些数字暗房特技制作实例主要分为两大类：①拍摄技巧类：广角变形、变焦拍摄、大光圈虚化背景，渐变镜效果等；②暗房特技类：铅笔画效果、浮雕效果、色调分离、局部色彩、对称画面等等。你只要选一张类似的照片，按范例的操作步骤处理，便可得到类似的画面效果。下面就不妨跟我来试一试吧！

第一节　拍摄特技

在摄影创作中，有很多特技拍摄技巧。运用这些拍摄技巧可以获取用一般摄影方法无法获得的特殊画面效果。如：用三角架固定照相机，启用慢门拍摄动体，可以得到主体清晰，背景模糊的画面效果；同样用三角架固定照相机，慢门拍摄，并在拍摄过程中推拉变焦镜头，取得主体清晰而四周成爆炸效果的画面；还如，用追随拍摄法跟踪动体，可以取得主体清晰，而背景成线性模糊的画面，增强画面的动感等等。此外，加用各种滤光镜所能取得的各种特殊画面效果，剪影画面等特殊用光效果等。

以上这些拍摄特技都需要高超的技巧和多次连续试拍才能获得，现在用计算机和PhotoshopCS 软件便可轻松获得。有了计算机的帮助，我们不需要掌握上述难度很大的拍摄技巧，在后期处理时用计算机帮我们完成未能在拍摄阶段完成的心愿。

由于拍摄技巧很多，在这里仅略举几例，启发大家的想像力。

一、模拟广角镜透视变形效果

运用广角镜头在较近的距离内拍摄景物时，被摄景物靠近镜头的部分看起来较大，而远离镜头的部位看起来很小，从而使景物产生近大远小的夸张透视变形。而用标准镜头拍摄的景物不会产生上述变形效果。不过，用计算机图像软件可将一张用标准镜头拍摄的平淡画面，处理成具有视觉冲击力的，只有广角镜头才能形成的夸张透视变形画面效果，见图 7–1。下面就将用计算机制作广角变形效果照片的方法简介于下：

①选择一幅适合制作广角变形效果的照片输入计算机，见附图 7–2。

图 7–1 广角镜透视变形效果

图 7–2 原照片

图 7–3 被全选并缩小后的原照片

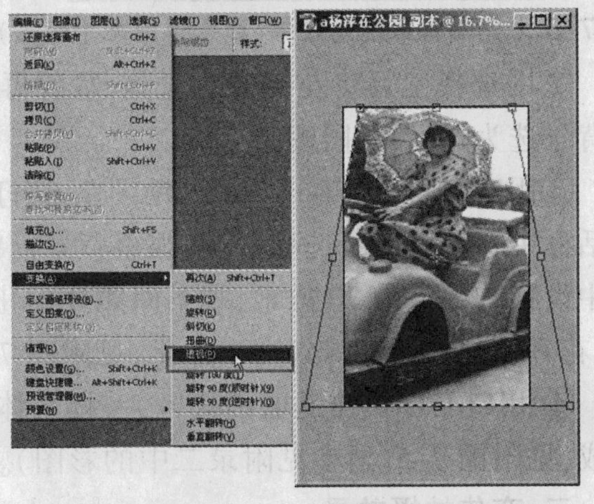

图 7–4 用“透视”命令调整照片的透视变形效果（彩色例图见 196 页）

②用[Ctrl+A]快捷键将图 7–2 全选，然后用“Ctrl+ –”组合键将画面缩小，见图 7–3。

③用“编辑/变换/透视”命令组打开“透视”命令对话框，一个“调节框”将画面框定，然后用鼠标将“调节框”左或右下方的调节点向两侧拖动，使“调节框”变为正梯形，并调整“调节框”梯形两腰的倾斜度，至图像广角变形效果满意为止，见附图 7–4。最后双击“调节框”内的画面，“调节框”消失，图像的广角变形效果便被确定。

④预览效果满意后适当剪裁画面，存盘保存已完成的图像，一幅呈广角透视变形的照片便制作完成。见附图 7–1(请参见附录 2 中的彩图)。

二、大光圈虚化背景

一张主体与陪体一样清晰的照片可能索然无味，因此，人们在拍摄花卉和人像特写时常常运用大光圈，长焦镜头拍摄出主体清晰，陪体模糊的照片。而运用计算机图像处理软件可将任何主体和背景都清晰的照片处理成主体清晰，背景模糊的照片，就像使用大光圈和长焦镜头拍摄的小景深照片一样，见图 7–5，下面就将处理方法简介于下：

①将一张需要虚化背景处理的照片输入计算机，如近摄和特写类照片，见附图 7–6。

图 7–5 大光圈背景虚化效果(彩色例图见 196 页)

图 7–6 原照片

②用选择工具将花卉选为选区，然后再用“选择/反选”菜单命令将需要虚化的背景选为选区，见附图 7–7。

③用“高斯模糊”菜单命令(见图 7–8)打开“高斯模糊”滤镜对话框；用鼠标在对话框中移动“半径”选项滑块，观察背景模糊效果，直至满意为止。这里“半径”选项中设置的数值为 20 像素，观察原照片虚化效果满意后，单击对话框中的“好”按钮，花卉照片的背景得到适当虚化，见附图 7–9。

④用[Ctrl+D]快捷键取消选区，一幅主体清晰，背景和陪体模糊的照片便制作完成，见附图 7–5(请参见附录二中的彩图)。

三、变焦拍摄效果

在普通摄影中，要拍摄呈辐射状模糊(爆炸效果)的照片，一般是用变焦镜头，

图 7-7　将需要虚化的背景选为选区

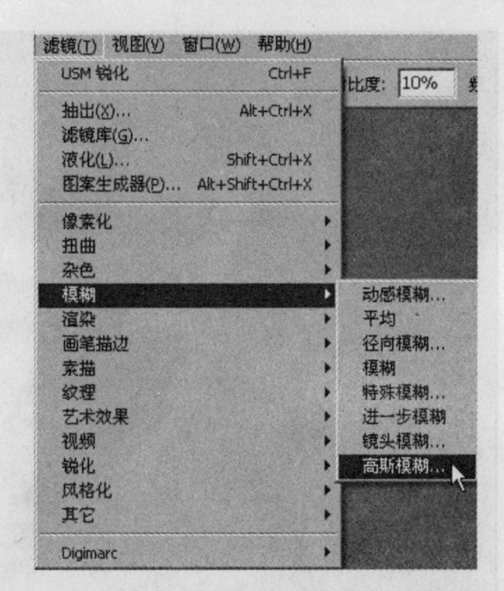

图 7-8　“滤镜/模糊/高斯模糊”菜单命令

图 7-9　花卉照片的背景得到适当虚化

以较慢的快门速度，在推拉镜头焦距的同时按动快门，拍摄出呈幅射状模糊效果的照片。此外，也可用常规方法拍摄的底片，在暗室放大时，通过缩小放大镜头光圈来适当延长曝光时间，再在放大曝光过程中，通过匀速地伸缩放大镜头皮腔，也可得到呈幅射状模糊的照片。但上述两种方法操作复杂，要摄制出较满意的变焦拍摄效果，其成功几率不高。

不过，用计算机图像处理软件可以很轻松地将一张正常影调的照片制作成一幅幅射状模糊的画面效果，而且幅射状模糊的效果可根据画面需要任意调整，见图 7-10。制作变焦模糊照片一般是用“辐射柔化”滤镜，下面就将用计算机制作变焦模糊效果照片的方法简介于下。

①将适合制作变焦模糊的照片输入计算机，见附图 7-11。

②用“径向模糊”菜单命令(见图 7-12)打开“径向模糊”对话框；在对话框的

图 7-10 变焦拍摄照片效果

(彩色例图见 197 页)

图 7-11 原照片

“总量”栏中通过调整滑块或直接输入数值,设置径向柔化的程度,这里设置的参数为 25;在“柔化方式”栏中选择“缩放”(即是选择了画面呈爆炸效果柔化);在“柔化质量”栏中选择“好”(其柔化效果较为光滑)。

在“柔化中心”栏中用鼠标点按模糊中心的中心点,然后向画面中运动员的头部移动,因为这个部位是画面的中心(即清晰中心),见附图 7-13。

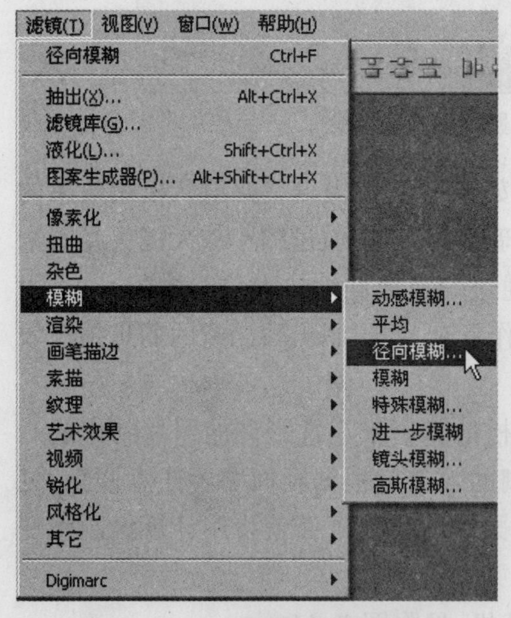

图 7-12 “滤镜/模糊/径向模糊”菜单命令

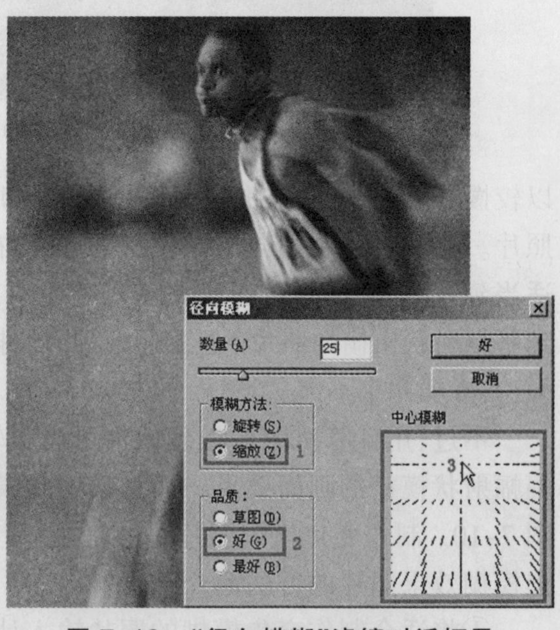

图 7-13 “径向模糊”滤镜对话框及处理后的画面效果

小技巧：由于“径向模糊”对话框中没有被处理照片的效果预览，无法在处理前看到照片的处理效果，而“辐射柔化”滤镜的处理过程需要较长时间，所以，在制作曝炸效果照片时，可先使用“辐射柔化”对话框中的“柔化质量”选项栏中的“草稿”选项，这样每次处理时间可缩短一半以上。等最终处理效果满意后，再用“好”或“最好”选项进行正式处理，以较快的速度取得满意的画面效果。

③预览画面效果满意后，单击“好”按钮，一幅极富动感的运动员照片便制作完成，见附图 7–10(请参见附录二中彩图)。

4. 渐变镜效果

在彩色风光摄影中，特别是在拍摄有大面积天空和水面的画面时，使用各种冷暖渐变镜，可以使天空表现出层次感，并使画面产生冷暖色调变化，从而使画面产生一种美妙而丰富的色调变化，见附图 7–14。

不少风景照片如果使用渐变镜拍摄，可以取得很好的美化画面的效果。但是在实际拍摄中我们可能因没有带渐变镜而不能完成自己的心愿。而现在就没关系了，用计算机图像处理软件，可以方便地在普通风景画面上制作出模拟渐变镜画面效果，甚至比加用渐变镜拍摄的效果更好，因为电脑不仅可以制作出色彩和影调的渐变效果，而且还可以任意选择渐变效果的色彩，浓淡和变化范围等，从而弥补原照片画面的不足，并使照片更加出彩。

下面就把用计算机制作加用渐变镜画面效果的方法介绍于下：

①选择一幅适合制作渐变镜效果的风光照片输入计算机，见附图 7–15。

②双击工具箱中的前景色选框，便打开了“拾色器 ”对话框，再用鼠标点击

图 7–14 渐变镜拍摄效果(参见附录2 中 197 页彩图)

图 7–15 原照片

“拾色器”中的深蓝色，并单击“好”按钮，将深蓝色设置为前景色，见附图7-16。

③在工具箱中选择“线性渐变”工具，同时打开“线性渐变”任务栏；然后在任务栏各选项进行设置。如“不透明度”50%；同时，选中“仿色”选项。再打开渐变选项对话框，选择“前景色到透明渐变”，见附图7-17(彩图在197页)。

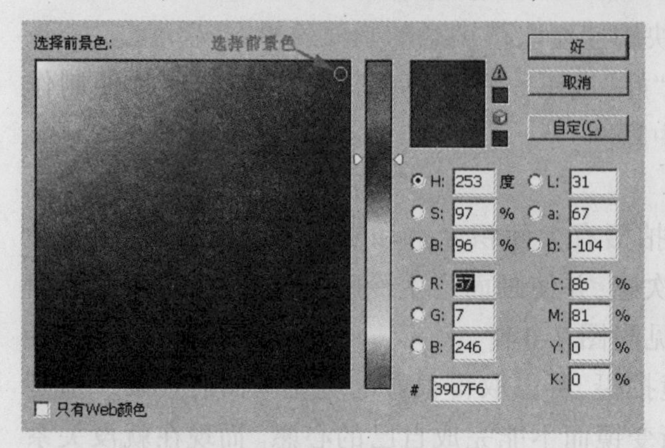

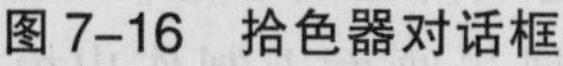
图7-16 拾色器对话框

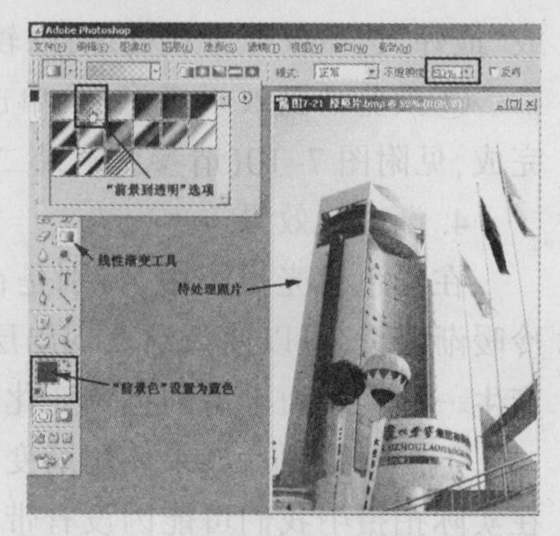

图7-17 线性渐变任务栏及其设置

④将光标指针置于图7-15建筑物风景照片中你想要设置渐变起点的位置(这里为画面上部边框线处)，按下鼠标左键，并拖移至画面的下边框，拉出一条渐变调节线，见附图7-18A图。然后，松开鼠标左键，画面即产生深蓝色从天空上部到画面中部，逐渐变淡的渐变效果，见图7-18B。

⑤如果渐变效果不明显还可重复1~2次前述渐变拖移操作，使画面上部的蓝色再加深一些，这样渐变镜效果会更加明显，见附图7-19。

A.在原照片中拉出一根渐变线　　B.松开鼠标，原照片出现蓝色渐变效果

图7-18 在图7-15建筑物风景照片中拉出蓝色渐变效果

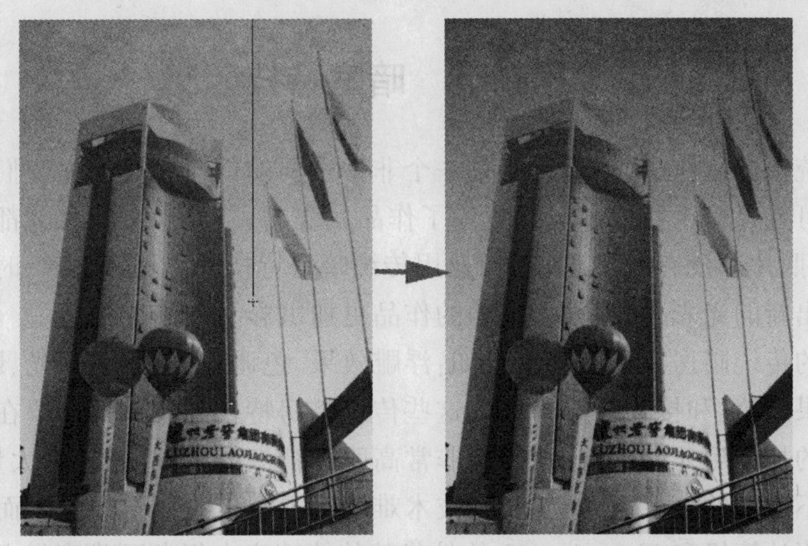

A.在图 7-18 中再拉出一根较短的渐变调节线　B.经多次渐变处理后的蓝色渐变效果

图 7-19 原照片经多次蓝色渐变处理后的画面效果

为了丰富画面的色调效果,增强画面的冷暖对比,笔者又打开拾色器选择淡橙色为前景色,重复前面的操作,但透明度设置为 25%,见图 7-20。然后,用线性渐变工具 将画面的下部调成淡橙滤色镜渐变效果, 只不过鼠标先点按画面的下边线,然后向上方拖移至画面的中部,形成下深上浅的橙色渐变效果。

⑥预览画面效果满意后,存盘保存已完成的图像,一幅呈冷暖混合色调渐变效果的照片便制作完成,见附图 7-14(请参见附录二中的彩图)。

提示:选用什么样的前景色,就是选用了什么颜色的渐变滤色镜,选用什么颜色的渐变镜效果,要根据画面内容需要和整体色调效果考虑,才能取得满意的处理效果。

图 7-20 给照片下方添加橙色渐变效果的各项设置操作

第二节　暗室特技

在传统摄影创作中,暗房特技是一个非常重要的创新手段。在我们拍摄的大量照片中可能只极少数照片可以成为了作品发表出去,而大多数可能都锁在了箱底,甚至连照片都没有冲洗出来。而运用传统暗房特技,可以使很多一时无价值的照片焕发出新的光彩;而让很多成功的作品更加出彩。

常见的传统暗房特技有很多。如:浮雕效果、色调分离、中途曝光、影像变形、水墨画效果、套放和接片等等。以上这些传统暗房特技的制作都需要在暗房中经非常复杂的加工后才能完成,这需要非常高明和精湛的技术,并耗费大量的时间,抛弃许多不成功的费片而得到的,其技术难度远远超出我们的想象。而现在不同了, 我们用计算机和 PhotoshopCS 软件代替传统暗房中复杂而难度很大的曝光和显影技术,坐在电脑前,轻松地点击鼠标,让计算机帮我们精确地完成各种传统暗房特技效果,使无用的照片变成精彩的作品。

下面就略举几例, 使读者能从中了解并掌握一些暗房特技制作的基本方法,启发大家的创造性思维。

一、仿铅笔画

用传统暗房制作仿铅笔画效果照片的方法很复杂,需要多次底片拷贝和中途曝光。

用计算机制作仿铅笔画效果照片的方法非常简单。只要选择一张适合制作仿铅笔画效果的照片,用计算机图像处理软件中的“素描效果”滤镜便可轻松地制作出仿铅笔画效果的照片,见图 7-21。下面就将制作仿铅笔画效果照片的方法介绍如下:

图 7-21　仿铅笔画效果照片

图 7-22　原照片(刘冠英摄)

①选择一张适合制作仿铅笔画的照片输入计算机，一般彩色或黑白照片均可，但反差要适中，主要以中灰调为主，不要有太多的高亮度色块，见附图 7–22。

②先用“图像/模式/灰度”菜单命令将图 7–22 转化为黑白图像，见图 7–23。再用“绘图笔”菜单命令(见图 7–24)打开“绘图笔”滤镜对话框，在对话框中各选项的设置如下：“描边方向”选项中选择“右对角线”，再分别滑动“笔触长度”和“明/暗调节”选项滑块，同时观察预览视窗中图像的变化，至效果满意为止。这里输入的参数分别是，描边长度 15；明/暗平衡 80；“绘图笔”对话框及其设置参数见附图 7–25。

③图 7–23 经“绘图笔”对话框处理后，对比度太大，影调也太深。再打开“亮度/对比度”对话框，将素描效果照片的影调调整合适(近似于铅笔素描效果)“亮度/对比度”对话框中的调节参数见图 7–26。预览效果满意后，单击对话框中的“好”按钮，一幅仿铅笔画效果照片便制作完成，见附图 7–21。

图 7–23 原彩色照片变成了黑白照片

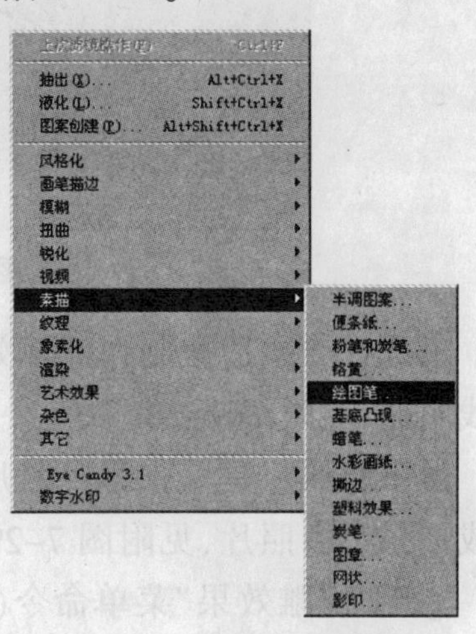

图 7–24 “滤镜/素描/绘图笔”菜单命令

图 7–25 “绘图笔”对话框及其设置参数和预览效果

图 7–26 “亮度/对比度”调整参数及调整后的画面效果

二、黑白浮雕效果

在传统暗房中，制作黑白浮雕效果照片的方法相当复杂，而现在用计算机制作浮雕效果照片则非常简单。直接使用Photoshop滤镜菜单中的“浮雕效果”滤镜便可制作出浮雕效果照片，见图7–27。下面将用计算机制作浮雕效果照片的方法介绍于下：

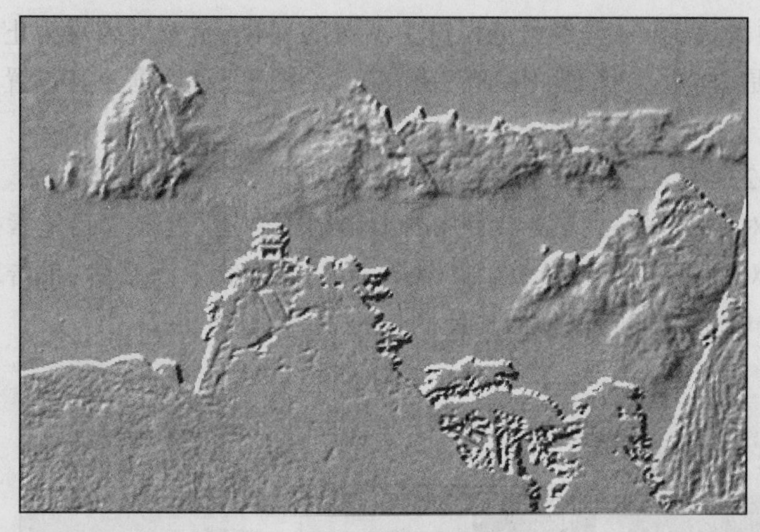

图 7–27 黑白浮雕效果

①选择一幅适合制作浮雕效果的照片输入计算机，这张照片应当反差大，轮廓线明显，见附图 7–28。

由于原照片是一张彩色照片，用[Shift+Ctrl+U]快捷键将图 7–28 的色彩褪去，变成一张黑白照片，见附图 7–29。

②用“浮雕效果”菜单命令(见图 7–30)，打开“浮雕效果”滤镜对话框；在对话框中的“角度”选项中，通过直接输入参数或拖动角度指针来改变光线照射方向，这里输入的参数为“140°”。在“高度”选项中，通过滑动滑块或输入数值来调整浮雕的凸起程度，这里输入参数为“1”。在“数量”选项中，通过滑动滑块或输入数值

图 7–28 原照片

图 7–29 原照片变成一张黑白照片

来调整浮雕画面细节显示的程度，数值越大，细节显示越多，这里输入的参数为“490”，“浮雕”滤镜对话框及设置参数见附图 7–31。

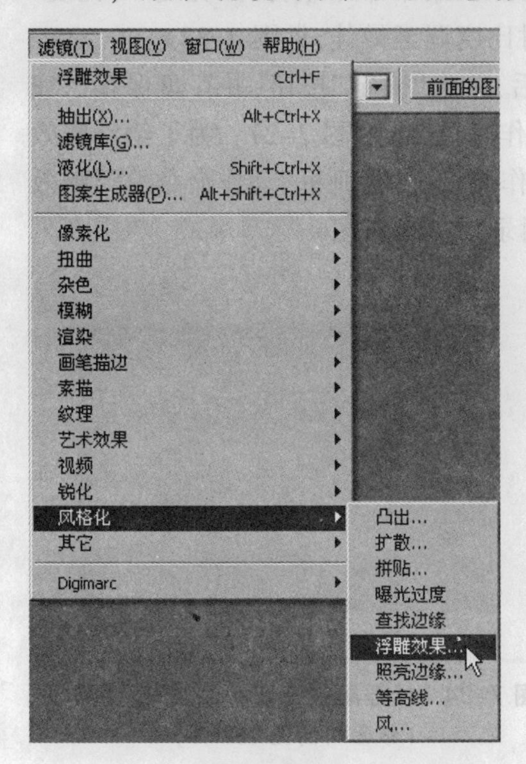

图 7–30　“滤镜/风格化/浮雕效果”菜单命令

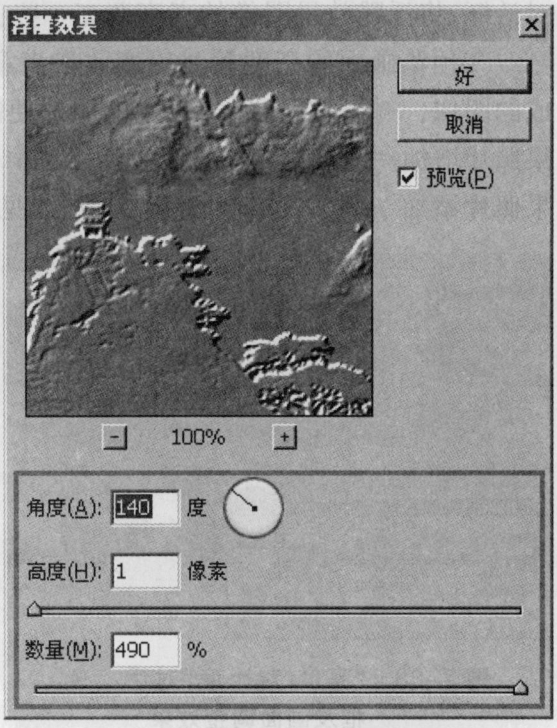

图 7–31 浮雕滤镜对话框及参数

③预览效果满意后，单击“确定”按钮，确认“浮雕效果”滤镜的处理参数，一幅浮雕照片效果便初步完成，见附图 7–32。

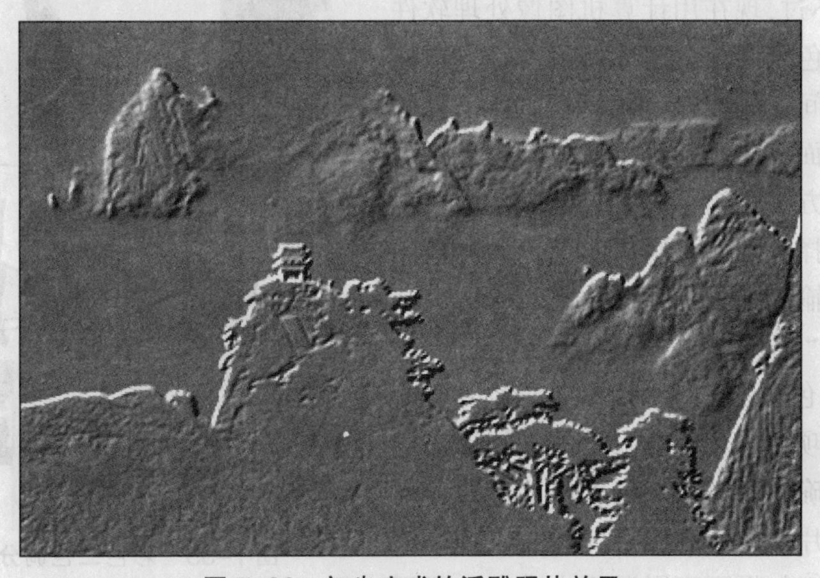

图 7–32　初步完成的浮雕照片效果

④从图 7-32 画面可以看出,经浮雕效果处理的画面影调都比较深暗,反差也不理想,这时需要再用“图像/调整/亮度/对比度”菜单命令组打开“亮度/对比度”对话框,将浮雕效果图像的亮度调亮一些,对比度调至最佳,见图 7-33。

⑤预览画面的亮度和对比度效果满意后,单击“确定”按钮,并存盘保存已完成的图像,一幅呈黑白浮雕效果的照片便制作完成,见附图 7-27。为了给浮雕效果照片增加一些装饰效果,再用 Photoshp 动作面板中的“画框”动作命令给浮雕效果照片添加一个"画框",见图 7-34(请参见附录二中的彩图)。

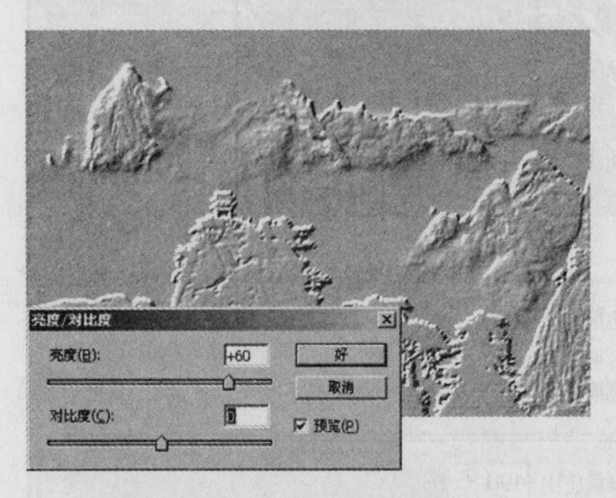

图 7-33 “亮度/对比度”对话框及画面调整效果

图 7-34 给浮雕效果照片添加一个“画框”
(彩色例图见 198 页)

三、彩色色调分离照片

在传统暗房中,制作彩色色调分离照片的方法也很复杂,需要多底叠放,耗费很多时间。不过,现在用计算机图像处理软件来制作彩色色调分离照片就只需轻点鼠标便可在瞬间完成,真是再简单不过了,见图 7-35。下面就将用计算机制作彩色色调分离照片的方法介绍于下。

①选择一幅适合制作彩色色调分离的彩色照片输入计算机,见附图 7-36。

②用“色调分离”菜单命令(见图 7-37)打开“色调分离”对话框,在对话框的“色阶”选项中输入参数 2。预览效果满意后,单击“确定”按钮,一幅彩色二色调分离效果的照片便制作完成,见附图 7-38。

图 7-35 彩色三色调分离效果
(彩色例图见 198 页)

注:①如果画面影调不太满意,可用

“图像/调整/亮度/对比度”菜单命令打开“亮度/对比度”对话框，调整色调分离画面的亮度和对比度，使画面的色调分离效果更加满意。

②用电脑制作彩色色调分离效果照片的方法非常简单，只要我们在“色调分离”对话框中设置不同的数值，便可以使一幅中灰影调的黑白或彩色照片产生不同的色阶分离效果。下面仍以图 7-36 照片为例，分别再作三色调和五色调分离处理(即在色调分离对话框的色阶选项中分别输入参数“3”或“5”)，然后再将色调分离的照片的亮度和反差加以适当调整，可以得到更细腻的色调分离效果照片，见附图 7-35(参见附录二中的彩图)和图 7-39。

图 7-36　原照片

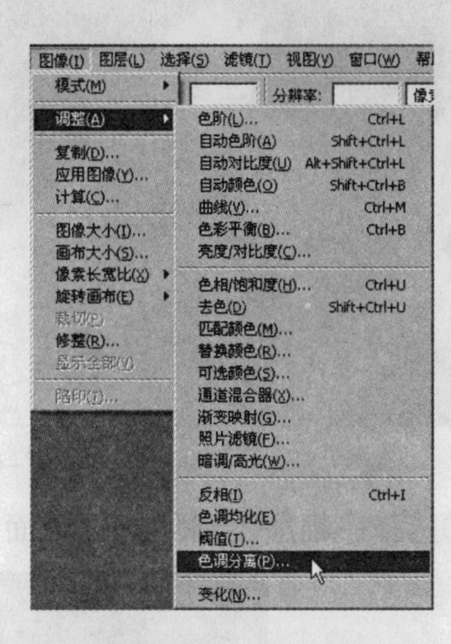

图 7-37　“图像/调整/色调分离”菜单命令

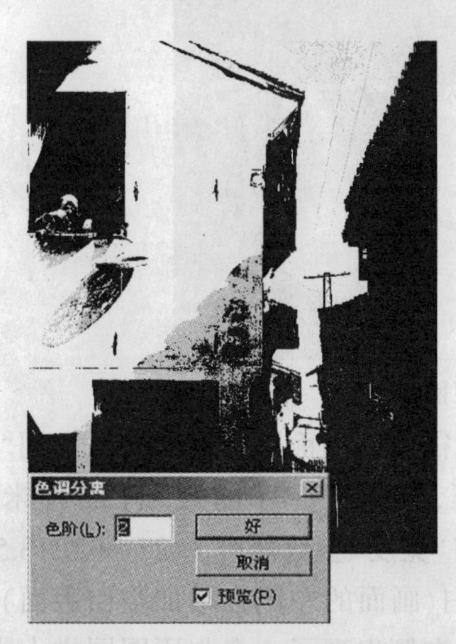

图 7-38　经二色调分离处理的画面效果及色调分离对话框参数调置

图 7-39　彩色五色调分离照片效果

四、对称画面

在传统暗房中,制作对称画面效果的照片是将适合制作对称画面的底片分别将药膜面朝上和朝下放制两张同样大小的照片,然后将两张照片按原构思紧密拼接成一幅呈对称效果的画面。虽然不很复杂,但拼接痕迹明显。现在用计算机和PhotoshopCS中的图层功能便可轻松完成,而且画面中不会出现对接的痕迹,见图7–40,下面将其制作方法简介于下。

图 7–40 对称画面效果

①选择一幅适合制作对称画面效果的照片输入计算机,见附图 7–41。

图 7–41 原照片

②准备将画面作横向对称处理,这样就需要将画面进行横向扩大。用"图像/画布大小"菜单命令打开"画布大小"对话框,查知图 7–41 的宽为 13.5 厘米,要横向扩大一倍画面,需在"新大小"选项栏中将"宽度"参数修改为 27 厘米(13.5×2 厘米),同时将"定位"栏中的右边中间方块点白(画面的左侧会增加空白版面),见附图 7–42。然后单击"确定"按钮,图 7–41 的右侧出现了一个与原图同样大小的空白画面,见附图 7–43。

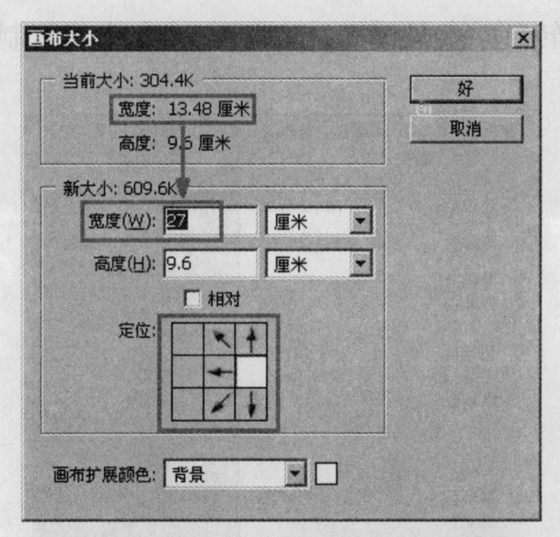

图 7-42 版面大小对话框及设置参数

图 7-43 图 7-41 的版面向右扩大了一倍

③先用矩形选择工具将图 7-43 中的图像部分选中,再选中移动工具 ,并用“Alt+”组合键先复制一份选中的图像,然后移动到右侧的空白画面中,见附图 7-44。

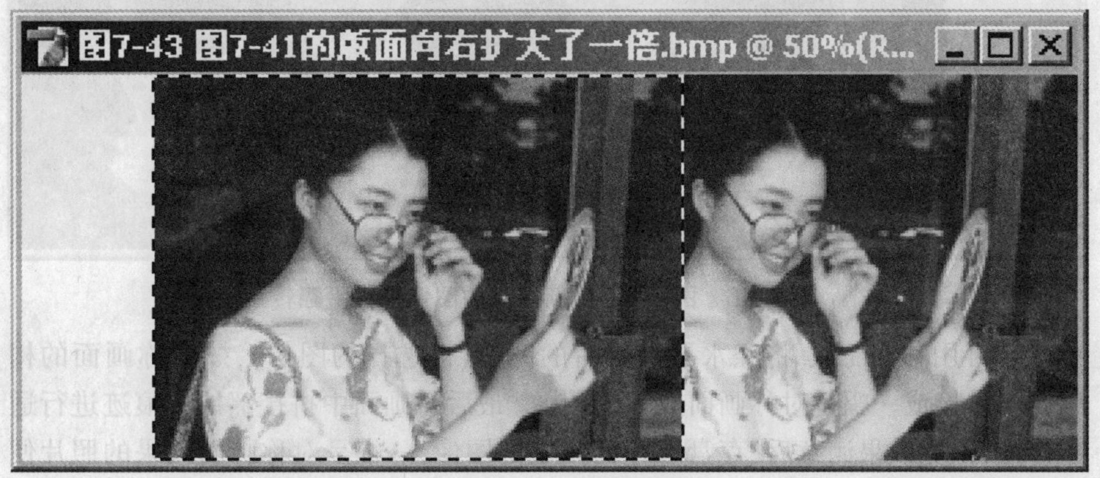

图 7-44 用移动工具将图 7-43 中的图像又复制了一份

④再用“水平翻转”命令(见图 7–45)将图 7–44 中新复制的图像作水平翻转,见附图 7–46。

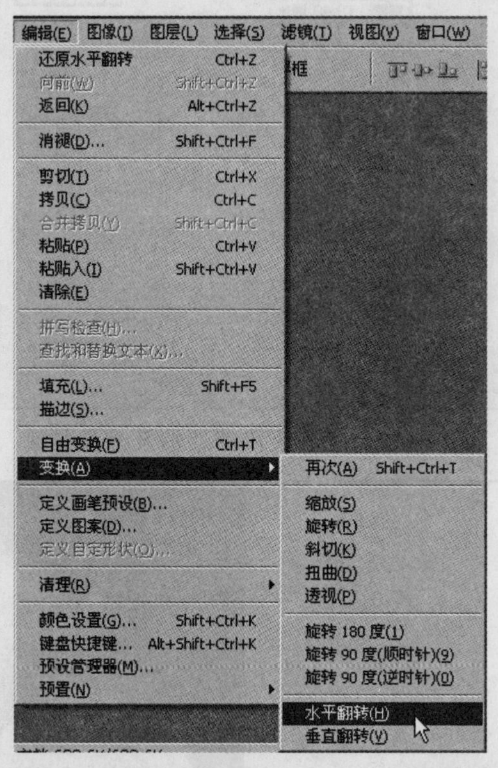

图 7–45 “编辑/变形/水平翻转”菜单命令组

图 7–46 图 7–44 中新复制的图像被水平翻转

⑤再用移动工具 将经水平翻转后的图像(被选择的图像),按对称画面的构思要求拼接成一幅呈对称画面效果的图像。最后对画面中拼接部位的痕迹进行适当修饰,预览效果满意后,存盘保存已完成的图像,一幅呈对称画面效果的照片便制作完成,见附图 7–40。

五、局部彩色

在传统暗房中，要制作黑白画面中局部出现色彩的照片一般是在黑白照片的局部粘贴彩色画面，然后再用彩色负片翻拍后，印放成局部彩色效果的照片。

而用计算机能很方便地制作出局部有色彩的黑白照片，一般的方法是将彩色照片中需制作处理成黑白影调的部分选取出来，然后再用[Shift+Ctrl+U]去色快捷键去掉被选取区域的色彩，即告完成，见图 7–47。

图 7–47　局部彩色效果(彩色例图见 198 页)

下面就将用计算机制作局部彩色照片的方法简介于下：

①选择一幅适合制作局部色彩的彩色照片输入计算机，见附图 7–48。

图 7–48　原照片(胡孝伟摄)

②先用[Ctrl+ +]组合键放大图像,再用“磁性套索工具”将照片中的红灯笼选为选区,见图 7-49。然后用[Shift+Ctrl+I]反选快捷键将红灯笼以外的区域选为选区,见附图 7-50。

③用[Shift+Ctrl+U]去色快捷键将选择区域的色彩去除,变成为黑白图像,再用[Ctrl+D]组合键去掉选区。预览画面效果满意后,存盘保存已完成的图像,一幅局部成彩色,其它部分成黑白效果的创意照片便制作完成,见附图 7-47(请参见附录二中的彩图。

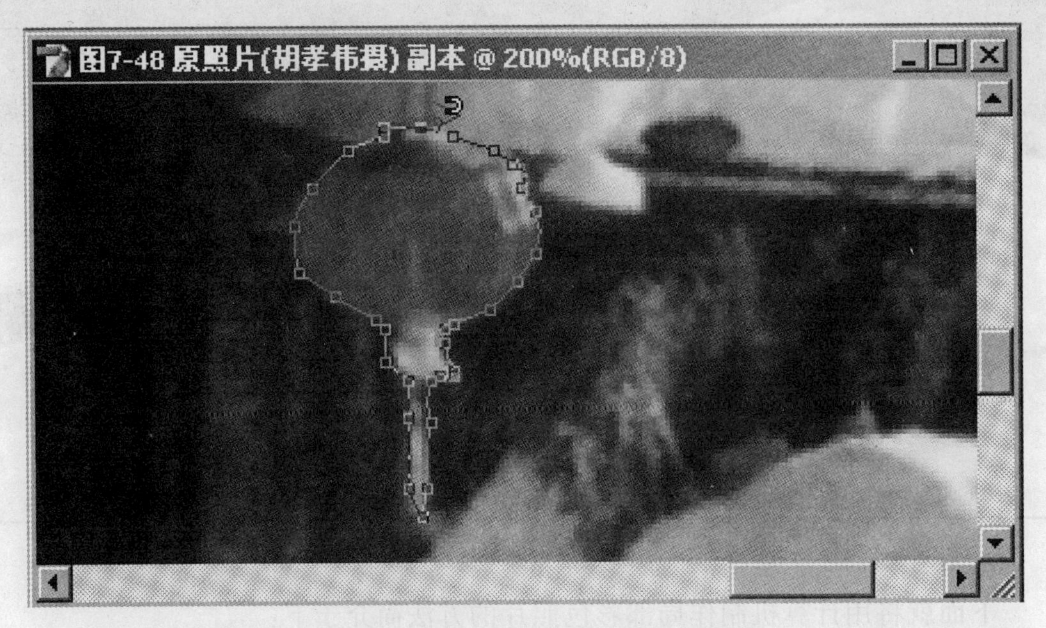

图 7-49　将照片中的红灯笼选为选区

图 7-50　将红灯笼以外的画面选为选区

第八章　数字照片的输出方法

本章要点

在第三章中介绍了数字照片的各种输出设备，如显示器、打印机、数字彩扩机、胶片记录仪等。而本章则重点介绍上述设备的使用方法。如：怎样在计算机和电视机显示屏上呈现数字照片；怎样用打印机输出不同尺寸大小的数字照片。此外，还将介绍用电子邮件在网上远距离传送数字照片的技巧和用光盘刻录机刻录保存数字照片的基本方法等。

第一节　数字照片的屏幕显示方法

数字照相机所摄取的静态照片和动态录像即可在计算机显示器上演示和播放，也可在普通电视机屏幕上演示和播放。下面就简要介绍在计算机显示器和电视屏幕上播放数字相机拍摄的照片和录像动画的方法。

一、在电脑显示器上播放图片和录像的方法

(1)将数字照相机与计算机连接，用数字照相机的驱动软件将数字照相机中的图片或录像下载到计算机硬盘中。再用看图软件打开硬盘中的数字照片，这时数字照相机中的图片以缩略图显示在屏幕上。

(2)双击屏幕上的图片缩略图，便可全屏显示选中的图片，也可用软件提供的幻灯播放方式在屏幕上滚动播放图片。

(3)数字照相机拍摄的动态录像可用超级解霸等多媒体演播软件播放。

二、在电视屏幕上播放图片和录像的方法

很多的数字照相机都有与电视机相连接的插口，只要将数字照相机与电视机用电缆线连接起来，如附图 8-1。便可通过电视屏幕观看数字照相机所记录的图片。如果数字图片上录有声音，也可以同步在电视上播放。

数字照相机与电视机连接的方法如下：

(1)确认电视机和照相机的电源都处于关闭状态。

(2)将视频电缆接至照相机的 A/V 输出端子，然后另一端接至电视机的音频

图 8–1　数字照相机与电视机的连接

图 8–2　将模式拨盘上的“播放”图标设置于打开位置上

(白)及视频(黄)输入。

(3)打开电视机,并将电视机设置为合适的视频模式,一般为 PAL 规格。

(4)将数字照相机的模式拨盘上的“播放模式”图标设置于打开位置上,见图 8–2,便可在电视屏幕上看到数字图片。

注:数字照相机的“播放”功能有的设置在模式拨盘上;有的以“按钮”设置在机身上;有的以菜单命令方式调用。

使用数字照相机上的十字键可以控制电视机,实现翻页观看图片。有的数字照相机配有摇控器。使用遥控器对着照相机的信号接收窗,按“+/–” 键可翻页观看图片;按 W 键可以显示索引画面;按 T 键可以进行放大显示,此时按“+/–”键可以左右移动画面,观察放大后图像的不同局部。

用上述方法也可以在电视机上观看数字相机拍摄的动画录像,电视屏幕上显示的动画录像可以保存在录像带上。

第二节　数字照片的打印输出

使用家用彩色喷墨打印机打印输出彩色照片,是数字照片以传统纸质照片方式输出中最方便快捷的方法之一。

前面已介绍过,常见的打印输出设备有多种,如喷墨打印机,热升华打印机,热蜡打印机和激光打印机等等。喷墨打印机价格便宜,较为普及,打印质量也不错,是最常见的家用数字照片输出设备。而热升华打印机,热蜡打印机和激光打印机输出质量高,且照片不怕水,但价格昂贵,中国的一般家庭现在还难以应用。

最常见的数字照片输出方式是通过计算机作为中介, 完成数字照片的打印。下面就将用喷墨打印机打印照片的方法和步骤等简介于下:

一、打印照片的分辨率要求

在上篇中介绍过,要使数字照片达到照片级打印输出效果,必须保证每英寸有 300 个(左右)的像素点。因此,在用数字相机拍摄或用扫描仪扫描照片时,应将图像的分辨率设定在照片级输出质量的范围，这样才能保证打印输出的数字照片达到照片质量级水平。下面就把数字照相机拍摄图片的分辨率与冲印照片最大尺寸关系对照列于下表。

表 8-1　数字图片分辨率与可冲印照片最大尺寸对照表(按 250dpi 计算)

输出照片尺寸	数字相机像素(图像分辨率)
4 英寸 (4×3)	50 万像素(800×600 分辨率)
5 英寸 (5×3)	80 万像素(980×860 分辨率)
6 英寸 (4×6)	120 万像素(1280×960 分辨率)
7 英寸 (5×7)	200 万像素(1800×1250 分辨率)
8 英寸 (8×6)	300 万像素(2048×1536 分辨率)
12 英寸 (12×8)	400 万像素(2272×1724 分辨率)
14 英寸 (14×10)	500 万像素(2560×1920 分辨率)
16 英寸 (16×12)	800 万像素(3300×2420 分辨率)
18 英寸 (18×14)	1100 万像素(4030×2800 分辨率)

二、照片排版

普通家用打印机的输出幅面均为 A4 幅面纸(21cm×29cm)，而我们通常输出的照片多为 5 或 6 英寸等小幅照片。因此，在使用家用打印机输出数字照片时就需要将这些小幅照片集中排列在一张标准规格的 A4 纸大小的幅面上。这样不仅可以提高打印效率，而且可以充分利用打印纸。但是，要将数字相机拍摄的大量照片整齐地排列在 A4 纸标准的幅面上，是一件非常困难的事情。不过，我们可以使用精典图像处理软件 PhotoshopCS 对数字的照片进行自动快速排版，用 PhotoshopCS，可在 A4 幅面上分别将数字照片自动排成 12 张四英寸照片，4 张六英寸照片，2 张八英寸照片，操作非常简单。

下面就将怎样用 PhotoshopCS 给数字照片快速排版和使用家用打印机输出照片的方法简介于下。

①将用数字相机拍摄或扫描仪扫描的数字图像输入电脑，然后打开 PhotoshopCS 界面，用“文件/浏览”菜单命令打开(见图 8-3)图像浏览对话框。

②在浏览对话框的浏览器中建立一个文件夹，用于保存需要打印的照片。例如在 F 盘中建立一个文件名为“打印照片”的文件夹。并在图像浏览器中将需要打印的照片拖入“打印照片”的文件夹中，见图 8-4。

③关闭图像浏览器对话框，用“文件/自动/联系表”菜单命令组(见图 8-5)打开“联系表”对话框。点击“源文件夹”选项中的“浏览”按钮，将“F:/打印照片”的文件夹选中，见图 8-6。在图 8-6 中用红框标注的各项参数必须重新设置。其中 2、4 两个框中参数设置好以后就不要再改变了(如有改变也需要随时恢复过来)，而 2

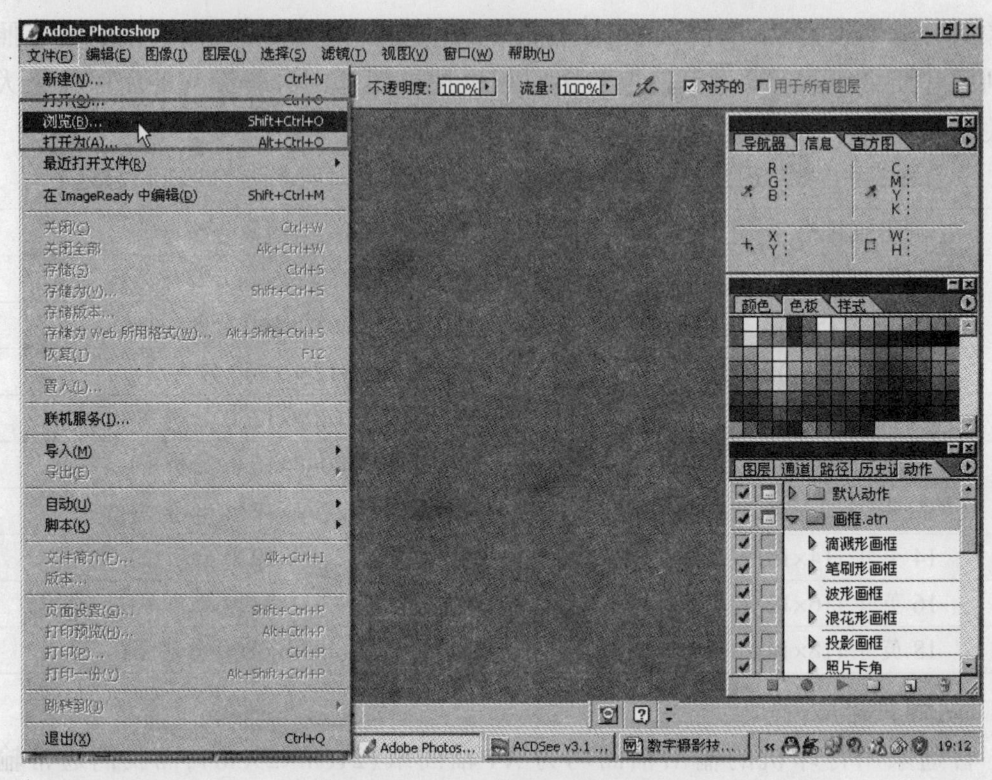

图 8-3 “文件/浏览”菜单命令

图 8-4 PhotoshopCS 软件的图像浏览器对话框

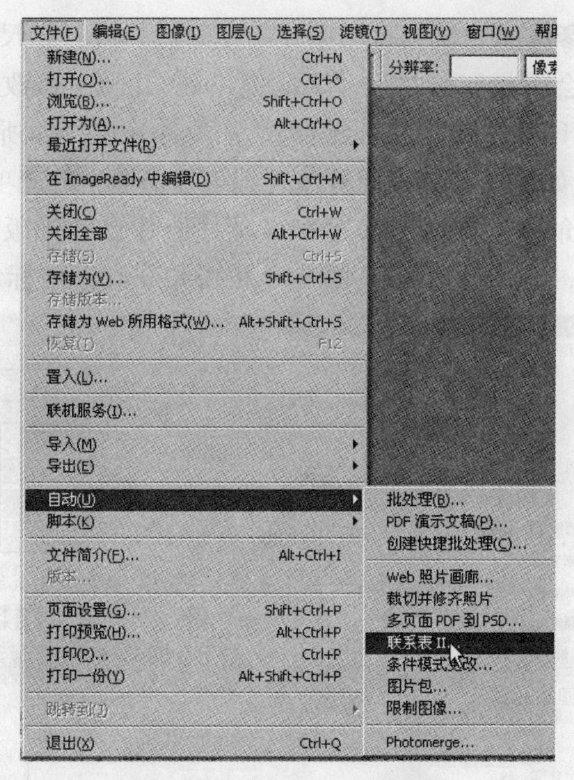

图 8-5 “联系表”菜单命令

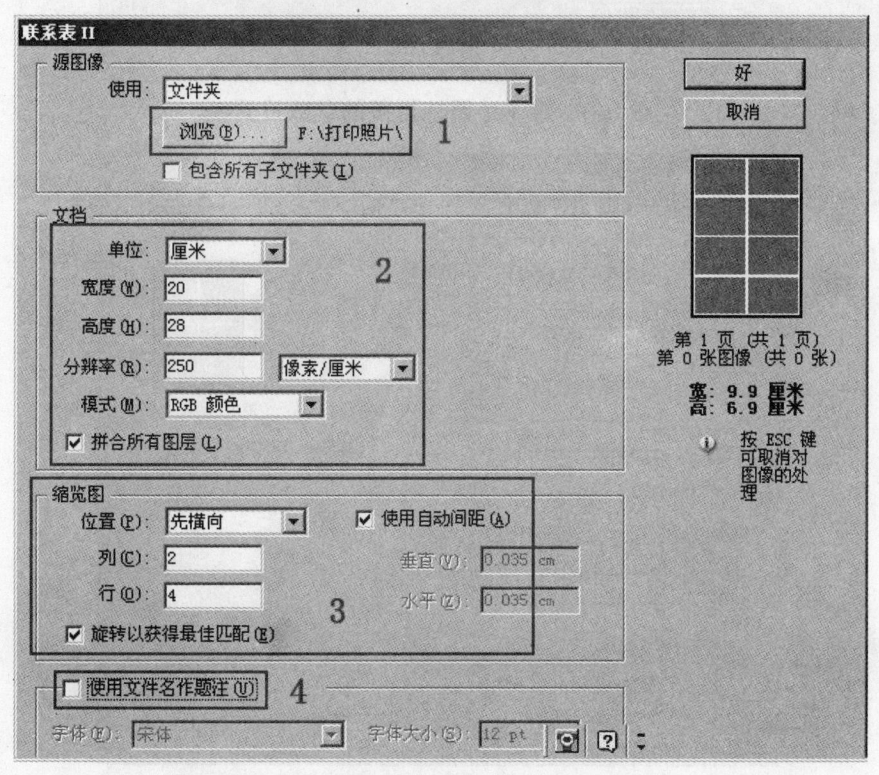

图 8-6 “联系表”对话框自动排版参数的初始设置(四英寸照片)

和第 5 个红框中的参数需要根据打印照片的存储位置或打印尺寸随时调整。其中第 2 个框中的参数会因打印照片尺寸不同而不同，并随时修改；第 1 个框中的“浏览器”是用于选择打印照片所在文件夹位置，如果你每次打印所输出的数字照片都放在同一个文件夹，如在“F:/打印照片”中，则第 5 个框中的选项也可保持不变。

④下面再分别介绍 4 英寸、6 英寸和 8 英寸照片自动排版时“浏览图”选项中“位置”参数的设置。请参见图 8-7、图 8-8 和图 8-9 红框内标示参数。

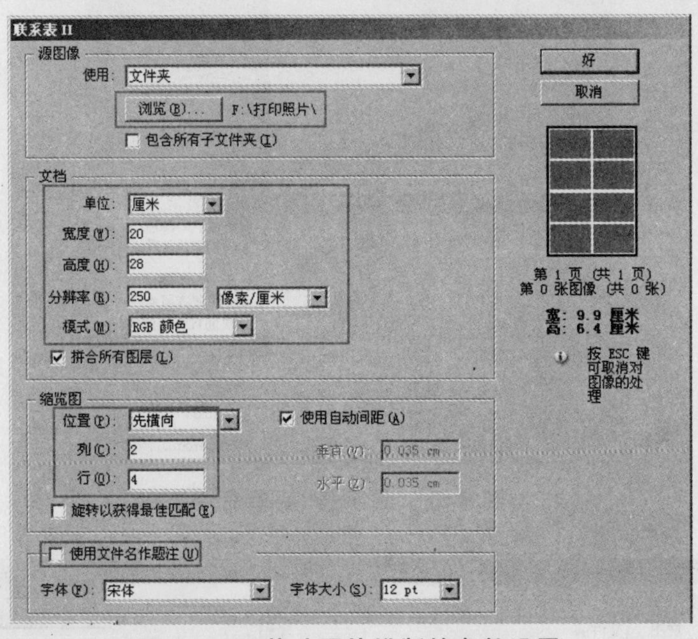

图 8-7 四英寸照片排版的参数设置

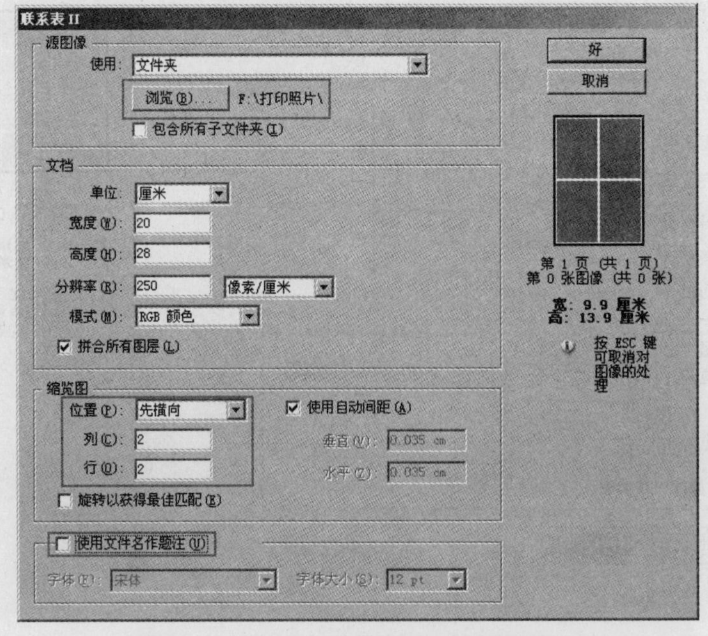

图 8-8 六英寸照片排版的参数设置

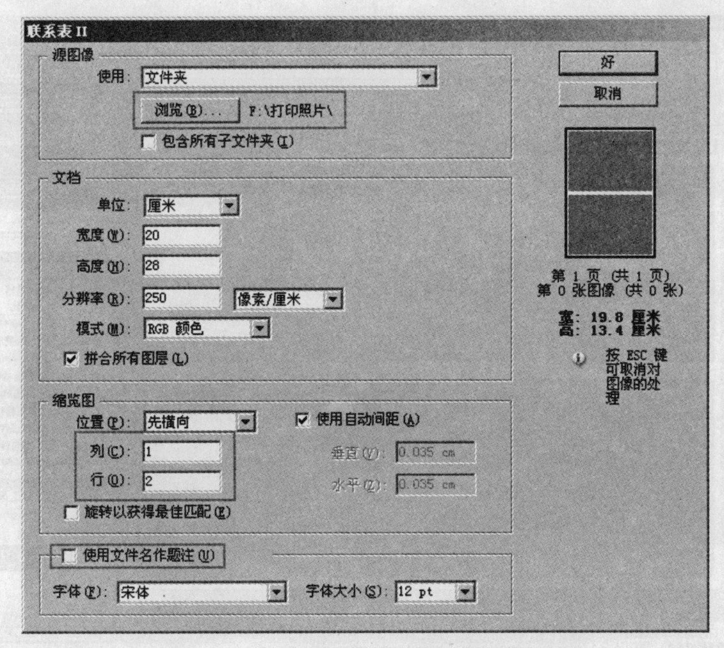

图 8-9　八英寸照片排版的参数设置

⑤点击联系表中的"好"按钮，PhotoshopCS 便开始按你所设置的照片尺寸，自动完成"打印照片"文件夹中全部图片的排版，如图 8-10 所示，24 张数字照片被排成 A4 打印纸幅面大小的三张幅面。图 8-10、图 8-11 和图 8-12 分别是四英寸，六英寸和八英寸照片在 A4 打印纸幅面中的版式。

图 8-10　需打印的数字照片按 A4 幅面排成 8 张 4 英寸照片

图 8–11 需打印的数字照片按 A4 幅面排成 4 张 6 英寸照片

图 8–12 需打印的数字照片按 A4 幅面排成 2 张 8 英寸照片

注：照片版面中右侧有空白条是因为数字照片长宽比成近正方形。完成打印后裁掉就行了。你要打印的照片如果事先作了剪裁，呈不同长宽比，或横或竖构图都没关系，程序会自动完成最佳的版面安排。

三、开始打印

以上数字照片的版式是按标准 A4 纸尺寸自动排版,因此打印时只需选择打印界面中默认的 A4 纸幅面打印尺寸便可。打印操作步骤如下:

①用“文件/页面设置”菜单命令(见图 8-13)打开“页面设置”对话框,再点击“页面设置”对话框中的“打印机”按钮,在新的“页面设置”对话框中点击“属性”按钮,打开打印属性对话框。

②在打印属性对话框“质量/份数”选项卡中选择“高质量”(如图 8-14 中红框所示);在“纸张设置”页面中设置打印类型、打印方向及打印纸尺寸(A4)等参数,见图 8-15 中红框所示。

③最后点击“好”按钮完成打印设置(注:这些打印设置可以存储在打印机软件中,以后打印数字照片时可随时调用,可免除各项参数重复设置的麻烦)。

④最后用“文件/打印预览”菜单命令组打开“打印预览”对话框,可看见在预览框中

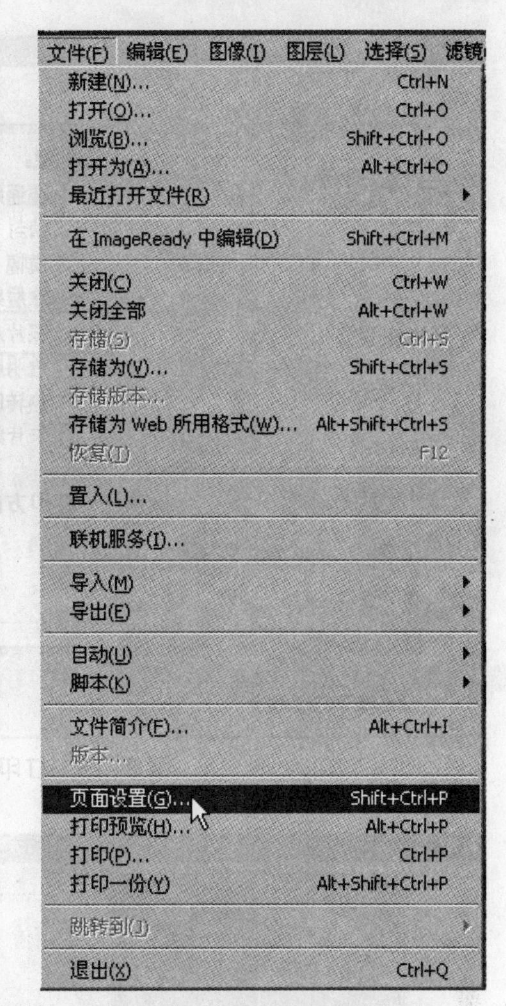

图 8-13　页面设置菜单命令

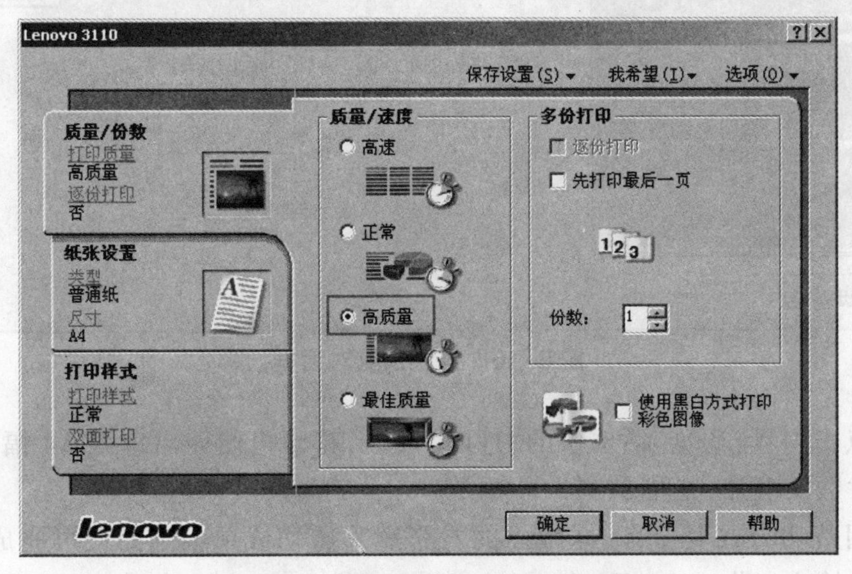

图 8-14　在打印质量设置为[高质量]

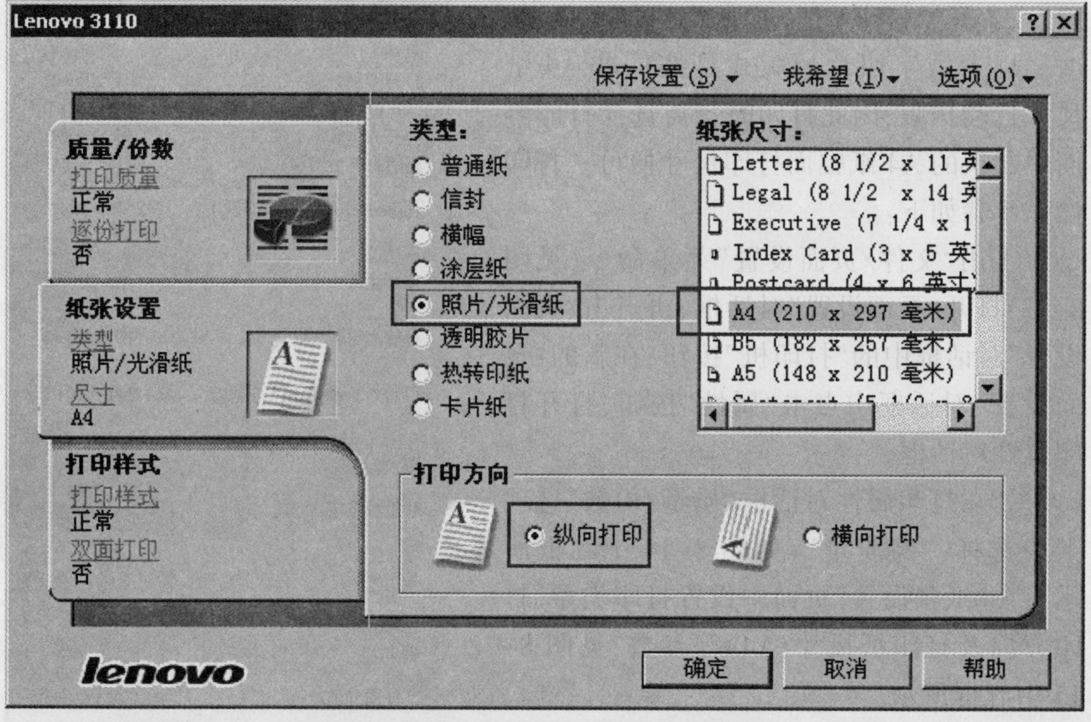

图 8-15　打印类型及打印纸尺寸设置

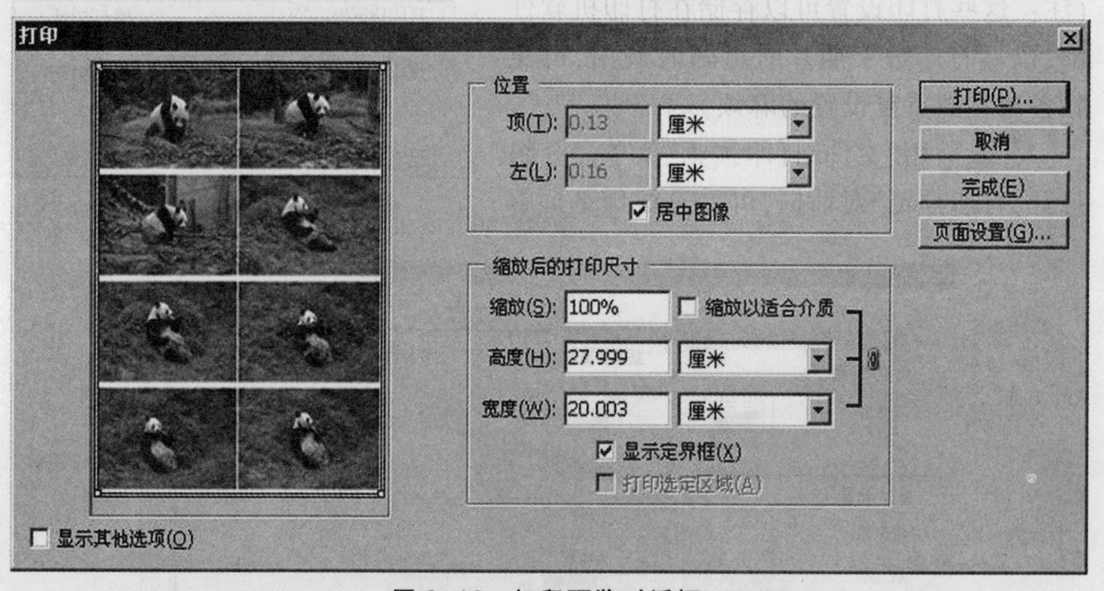

图 8-16　打印预览对话框

⑤点击“打印预览”话框中的“打印”按钮，打印机便输出一张 A4 幅面，共八张四英寸数字照片，见图 8-17。

⑥用裁切刀或剪刀将 A4 幅面的八张照片剪切成单幅画面便可完成全部数字照片的输出工作。

图 8–17　四英寸照片的打印效果

现在，有些高档打印机支持 EXIF 或 PIM 标准，可以用支持 EXIF 或 PIM 标准的数字相机直接输出你所需要规格的数字照片，但这类打印机价格较高，而且要求数字相机和打印机都必须支持 EXIF 或 PIM 标准。对于大多数手中已有打印机和数字相机的用户来说重新购买支持EXIF 或 PIM 标准的数字相机和打印机并不现实。对于这类用户可用上述方法解决，而且操作并不复杂，摄影爱好者不妨一试。

请参见第二章附图 2–11。

第三节　用 Emil 传送与接收数字照片

目前市场上流行的轻便型数字照相机，其分辨率一般都在 300 万像素左右，完全能满足 10 英寸像幅大小的照片打印输出。但由于存储器的容量和价格的限制,难以支持大数据图片文件的大量存储,同时由于打印耗材也非常昂贵,而激光彩扩照片的价格比普通胶片彩扩机更昂贵。因此,大多数摄影爱好者购买数字照相机的目的是为了在计算机屏幕上观看和网上远距离传送。

用于计算机屏幕显示和网上传送的数字照片不需要很高的分辨率,因此图片文件一般很小,用现在流行的数字照相机随机附赠的存储卡(一般为 8M 和 16M 和 32M 几种小容量存储卡),便可一次存储数百幅用于屏幕显示的图片,这些数字图片虽然文件不大,但在电脑屏幕上仍可显示出高质量画面效果,由于文件不大,可在网上快速传送,而且数字照相机原配的小容量存储卡就能满足一次外出旅游的拍摄。不过,现在我们一般都会再另配置枚 128M 以上容量的存储卡,这种容量的存储卡能拍摄，可用于 6 英寸照片质量打印输出的数字照片 160 多幅,如果要在网上传送可再用图像处理软件压缩为 60~120K 大小的文件。这样就即可满足照片加印的质量效果,又可用于网上传送。

既然购买了数字照相机,那么,利用互联网将照片发送给国内或国外的亲朋好友,与他们共享你的快乐就是一件非常有意义的事情。下面就以“网易”门户网站的免费邮箱为例,介绍利用互联网发送和接收数字图片的基本方法。

一、发送照片

①在“网易”网站上打开你的邮箱,并输入“用户名”和“密码”,见图 8-18;再点击“登录”按钮进入你的邮箱。

②在邮箱界面中点击“写信”按钮,进入“写信”界面,见图 8-19。

③打开“写信”对话框后,在地址栏中输入你朋友的电子邮件地址,主题栏中输入主题,如果你有更多的话要说,可在书信栏中输入简单的内容,见图 8-20。

④经压缩后的图片需以“附件”发送。再点击“写信”栏中的“添加多个附件”按钮,在按钮下方出现一个浏览器选项,可以添加一幅照片,见图 8-21。再单击“浏览”按钮,打开浏览器对话框,并在浏览器对话框中寻路径找到你准备发送的照片,点蓝准备要发送的照片文件名,再单击“打开”按钮,见图 8-22,照片便加入到邮箱的“浏览器”中,见图 8-23。

提示:如果还有更多的图片要发送,可按上述操作把照片逐一调入邮箱“浏览器”中。如果一次发不完,可以先将调入的图片发出,其它的图片另分批发出。

⑤现在可以发送照片了。点击“写信”对话框中的“发信”按钮便开始发信,见

图8-24。发信过程较长，根据照片的文件大小，一般需 0.5~3 分钟左右。

提示：一次发送图片文件总量最好不要超过 1.5M，文件总量过大可能出现发信失败的情况。需要大量发送照片可以分批发送。

图片发送成功后，写信界面中会出现“发送成功”的提示字样，见图 8-25。

图 8-18　在你的邮箱界面中输入“用户名”和“密码”

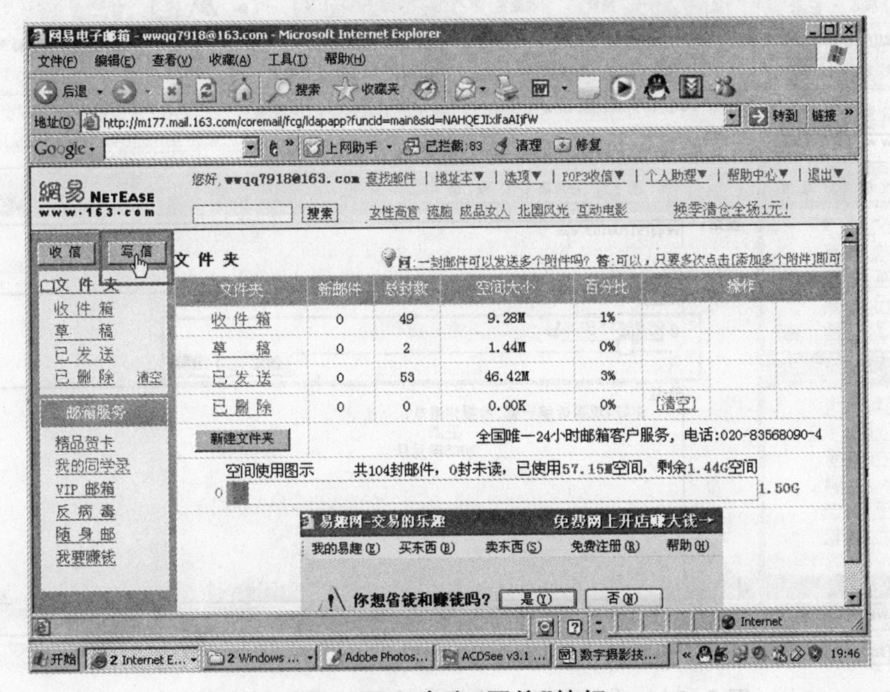

图 8-19　点击“写信”按钮

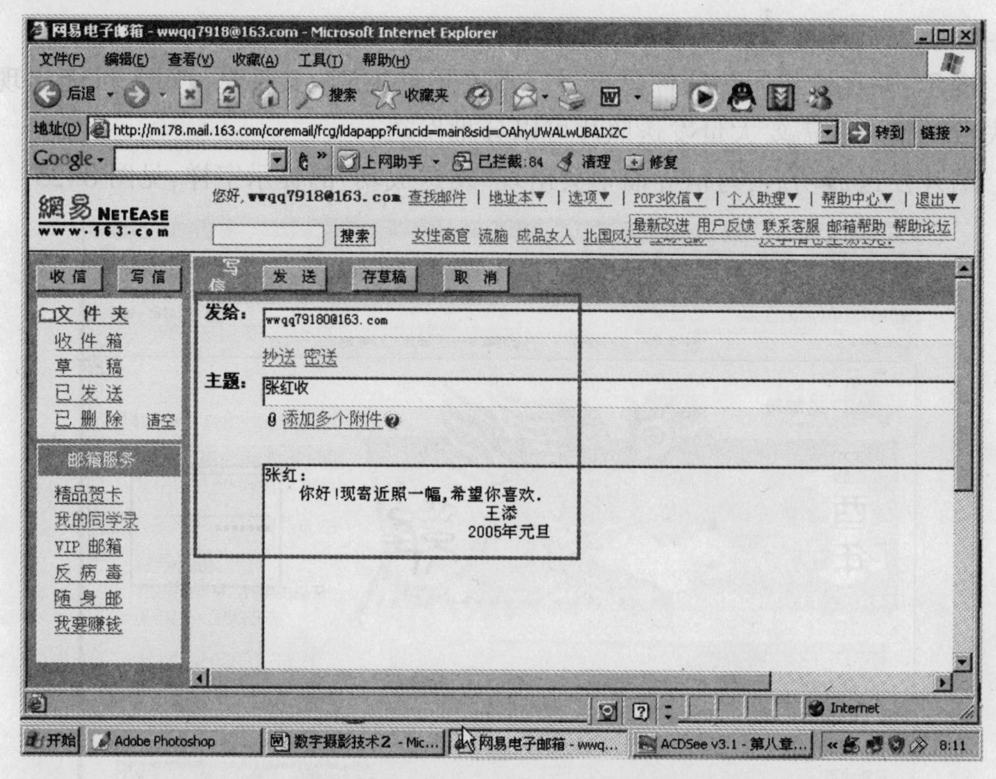

图 8-20　在写邮件对话框中输入地址,主题和信件内容

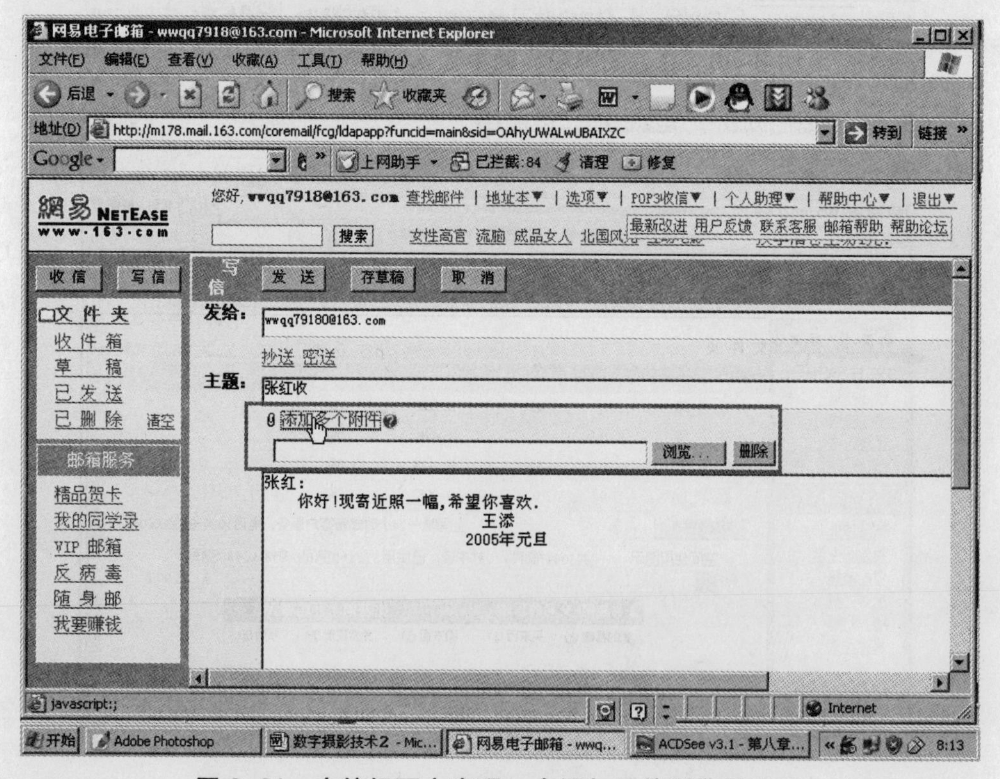

图 8-21　在按钮下方出现一个添加图片浏览器选项

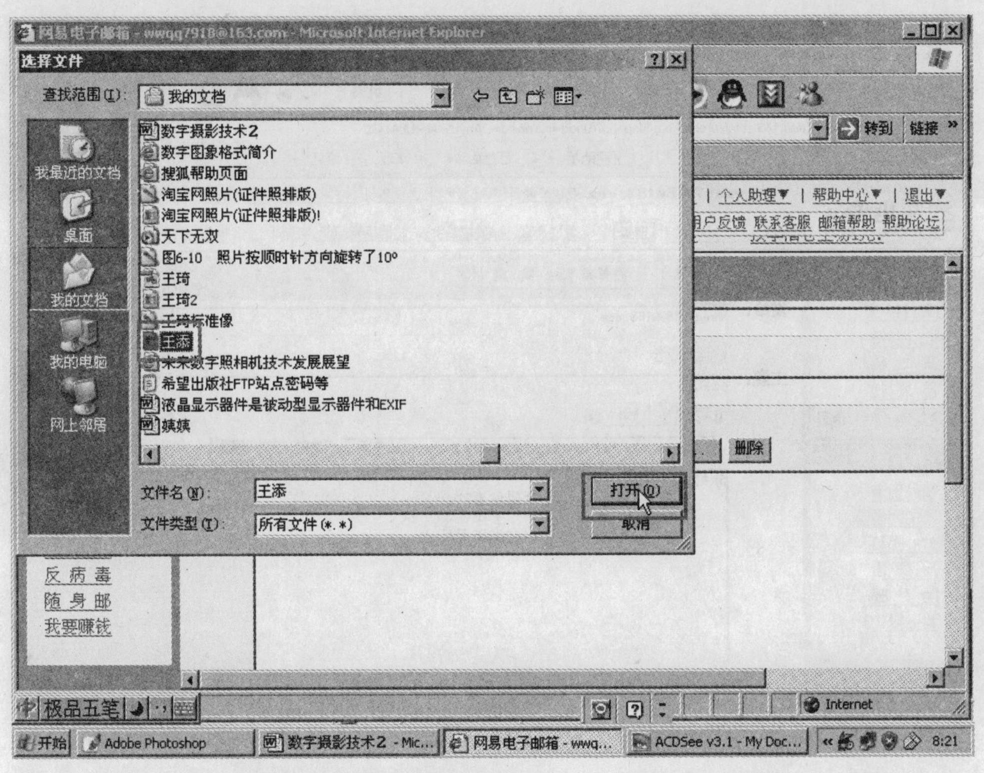

图 8–22　在浏览器对话框中找到你要发送的照片

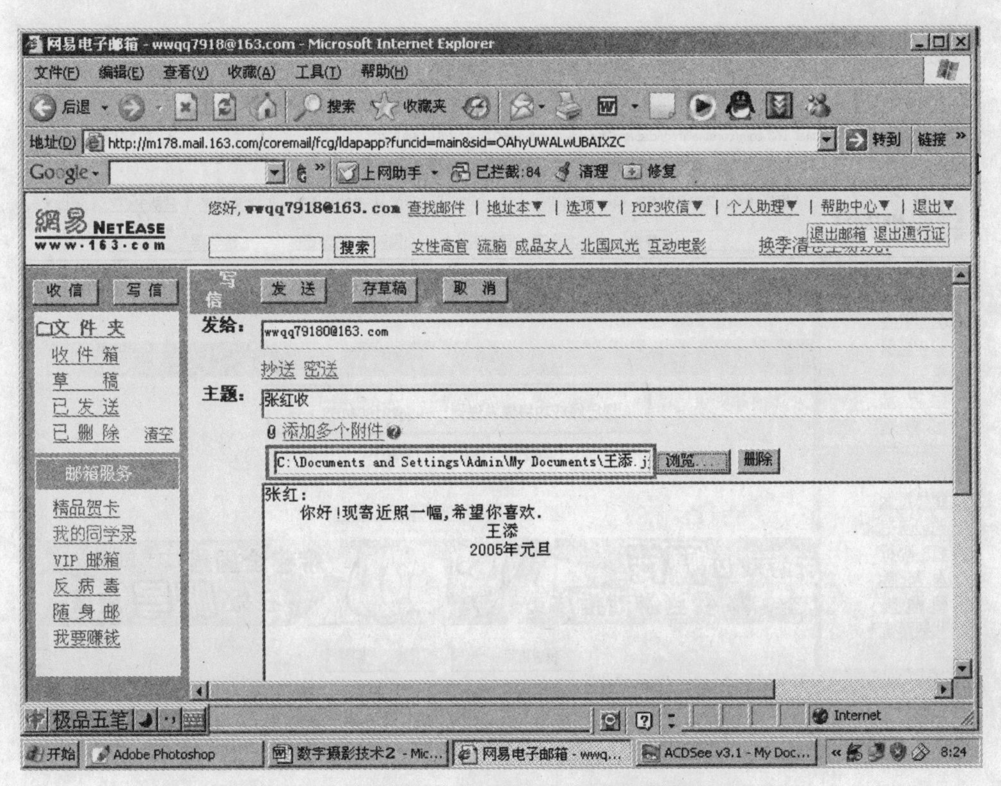

图 8–23　照片加入到邮箱的“浏览器”选项栏中

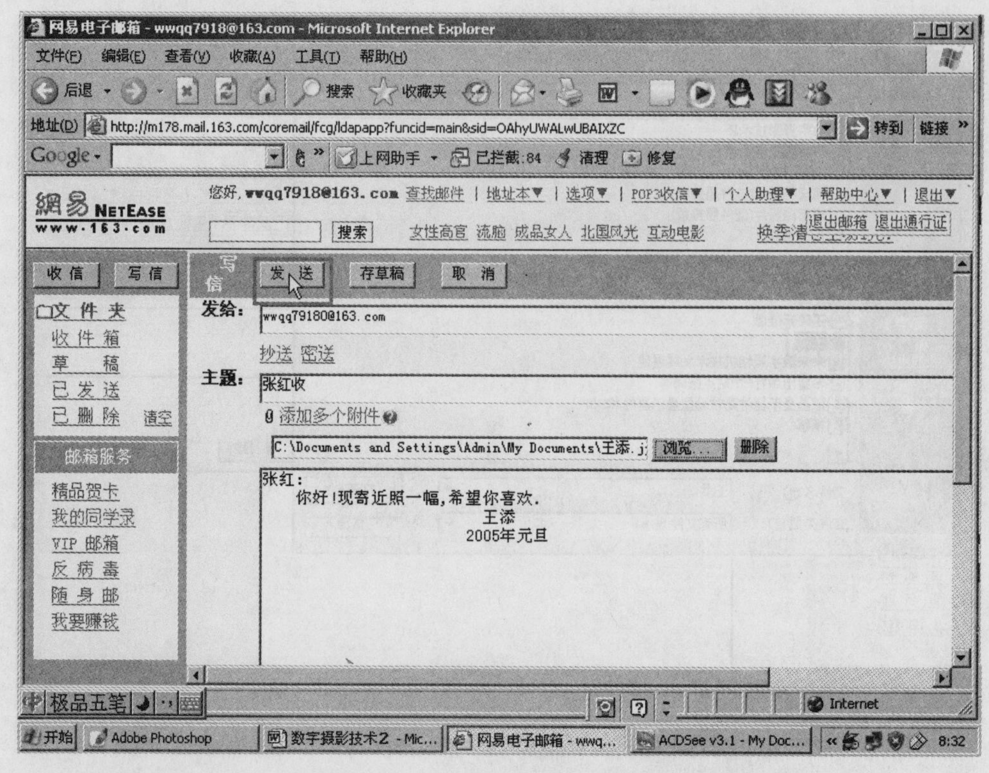

图 8-24　点击“写信”对话框中的“发信”按钮开始发信

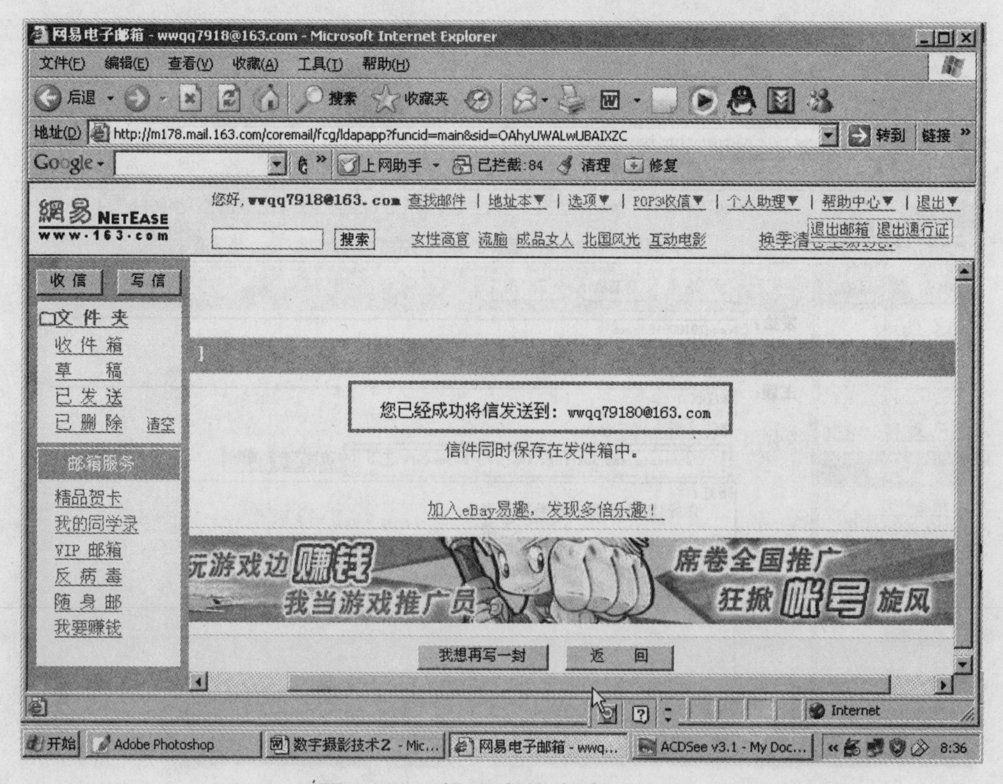

图 8-25　提示发信成功

二、接收照片

①打开你的电子邮箱，你会看到在“新邮件”选项中有一个红色的“1”，表示你有一封未读邮件，现在你可以打开看看信的内容。在电子邮箱界面中点击“收件箱”按钮，见图 8–26，打开“收件箱”对话框。

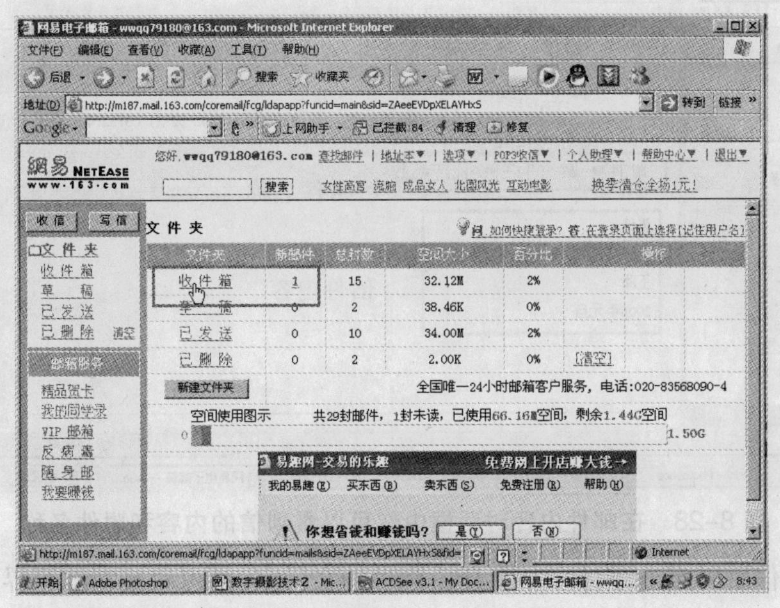

图 8–26　点击邮箱界面上的“收邮件”按钮

②在打开“收件箱”对话框后你会看到有一封张红的来信，只需点击“张红收”主题名便可打开邮件内容，见图 8–27。在邮件内容对话框中你可以看到信的内容和附件名称，见图 8–28。

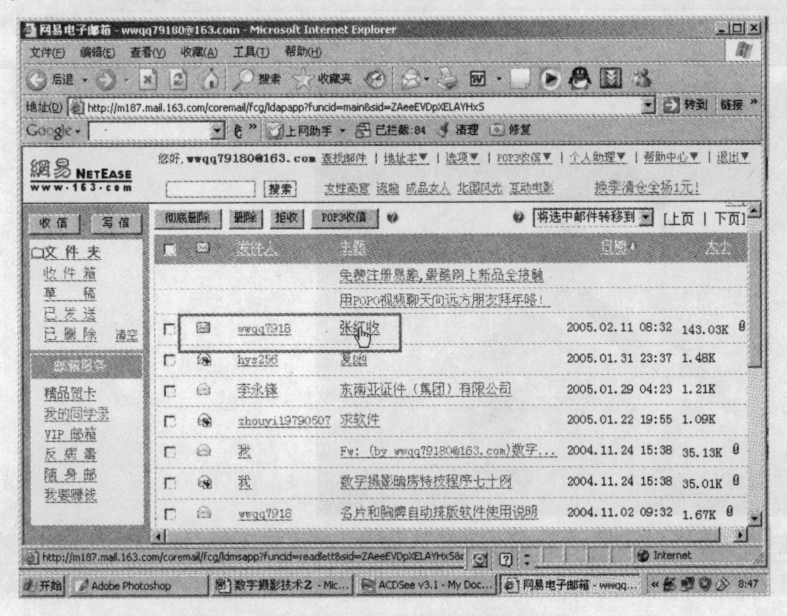

图 8–27 点击“张红收”主题名

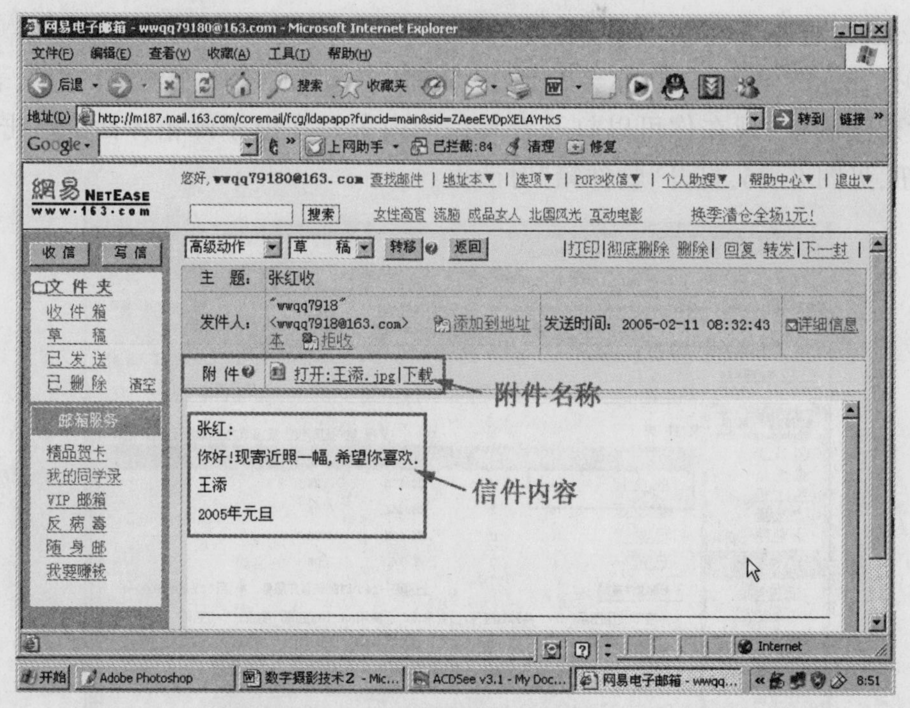

图 8–28　在邮件内容对话框中你可以看到信的内容和附件名称

③读完信后可点击“附件”中带 JPG 符号的文件名，便可直接在邮箱界面中观看朋友寄来的照片，见图 8–29。如果你需要下载图片，则可点击“下载”两字，按正常方式将图片下载到你的文件夹中保存。

图 8–29　在收件箱中打开了朋友寄来的照片

提示:如果图片较大,需拉动滚动条才能观察图片全貌。以上收发邮件的操作是以“网易”网站的邮箱为例,其它网站的操作方法大同小异。

此外,在网上发送照片的文件格式多用 JPG 压缩格式,文件大小以能满足屏幕高质量显示便可,一般为 100K 左右为宜。如有大量照片发送,则以 50K 左右为宜。因为,图像文件大于 200K,不仅会延长传送照片的时间,而且对提高屏幕显示质量也没有太大帮助。如果你传送的数字照片文件大于 200K,可用看图软件,如 Acdsee 软件的图像格式转换功能进行图像压缩。这样不仅可以提高图片在网上的传送速度,而且也不会影响图像在屏幕上的显示质量。

第四节 光盘刻录技术

数字图像文件比较大,现在的电脑硬盘虽然容量越来越大,可以海量存储大型的图片文件。但是作为一个数字摄影爱好者,随着拍摄图片增多,日积月累,会有大量重要的图片保存在电脑中。在计算机病毒肆虐的今天,这些大量重要的图像文件将面临各种危险,因此,随时将计算机中的图像文件转移存储到容量较大,成本很低的光盘中保存会更加安全。此外,我们制作的 VCD 或 DVD 电影媒体,如电子相册,家庭录像等,也需要刻录在光盘中。一张光盘可存储 700MB 的数字图像文件,而价格只有 2 元左右,因此,用光盘刻录技术保存数字图像文件是一个既经济,又安全的方法。

在上篇中介绍了数字暗房的输出设备之一光盘刻录机,将数字图像刻录到光盘中必须借助光盘刻录机来实现。下面就介绍使用光盘刻录机将数字图像文件刻录到光盘中的方法。

一、数据光盘的刻录

①打开刻录软件界面,在“你想要刻录什么”栏中选中“数据光盘”选项,见图 8-30 中红箭头所示。

② 单击“数据光盘”选项打开光盘内容对话框,再点选“添加”按钮,见图 8-31。

③在打开的“选择文件及文件夹”对话框中打开“位置”选项,从中由盘符和路径找到所需刻录的数据文件夹,并选中(点蓝)需要刻录的数据文件夹。见图 8-32。

④点击“新增”按钮,需要刻录的数据被添加进“光盘内容”对话框中的“新建”栏中,见图 8-33。

⑤点击“光盘内容”对话框中的“下一步”按钮,见图 8-33 中右下角红箭头所示。于是,进入“最终刻录设置”对话框,再点击“刻录”命令选项,刻录机便开始将新增添的数字文件刻录进光盘。进入“刻录进度”对话框,显示刻录的进度和状态,见图 8-34。

⑥刻录完成后,打开已刻录光盘,检查刻录的数据是否能打开,见图 8-35。

图 8-30　点击刻录软件主界面中的“数据光盘”选项

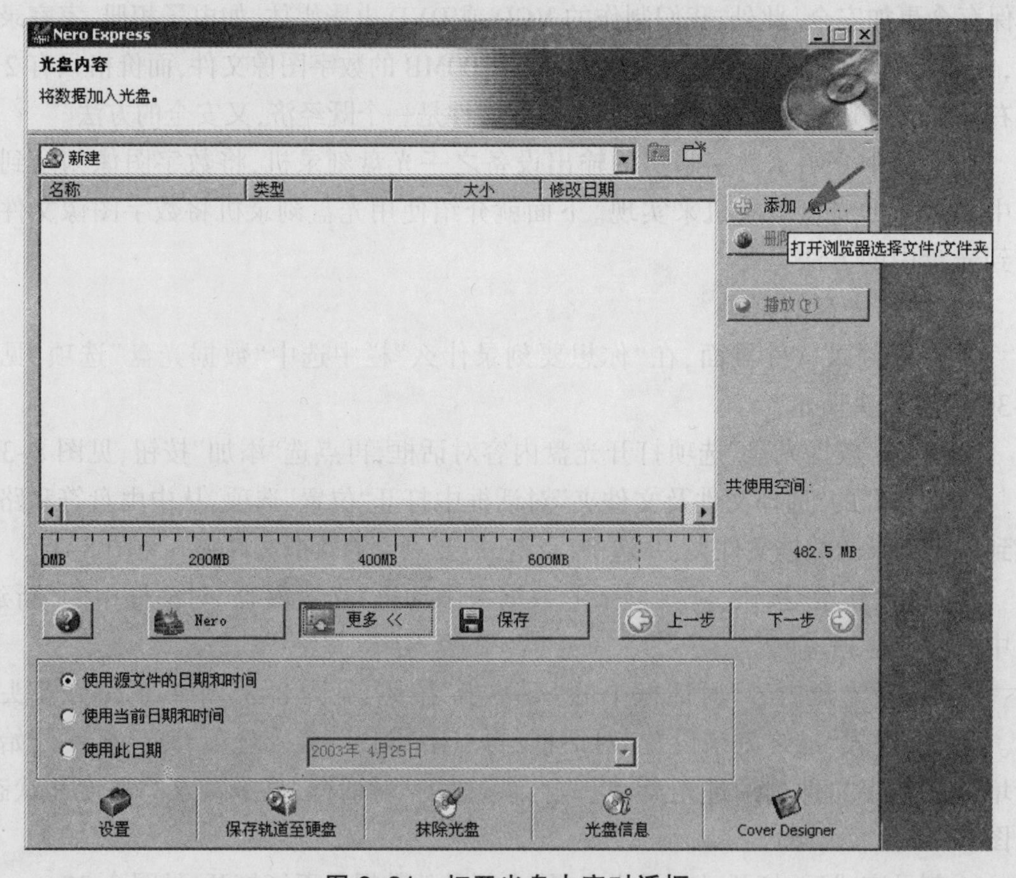

图 8-31　打开光盘内容对话框

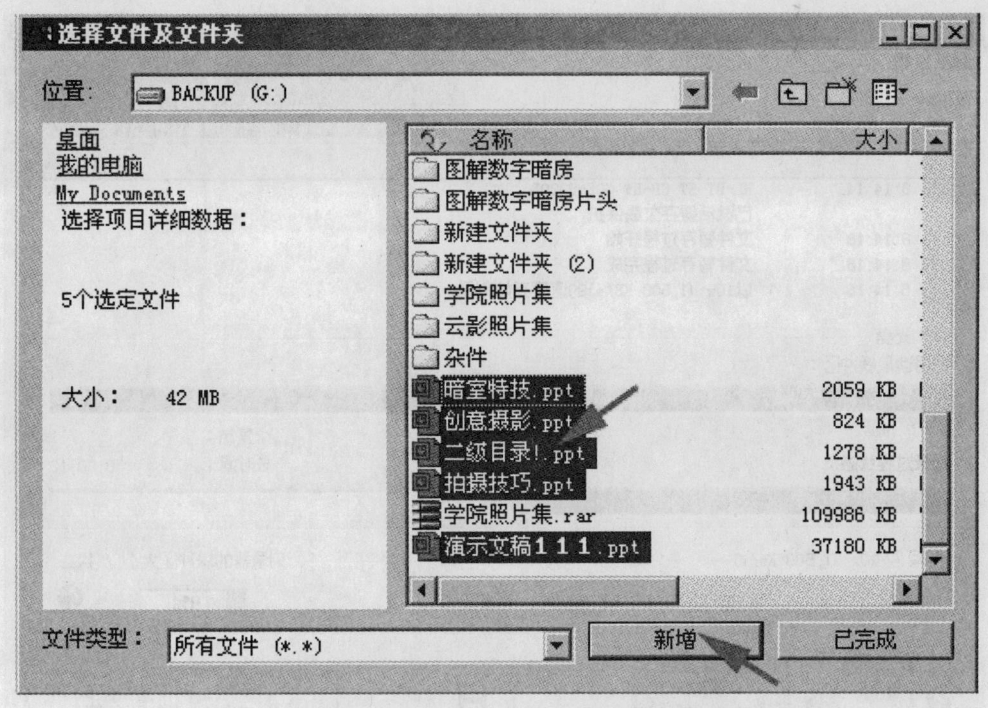

图 8–32　“选择文件及文件夹”对话框

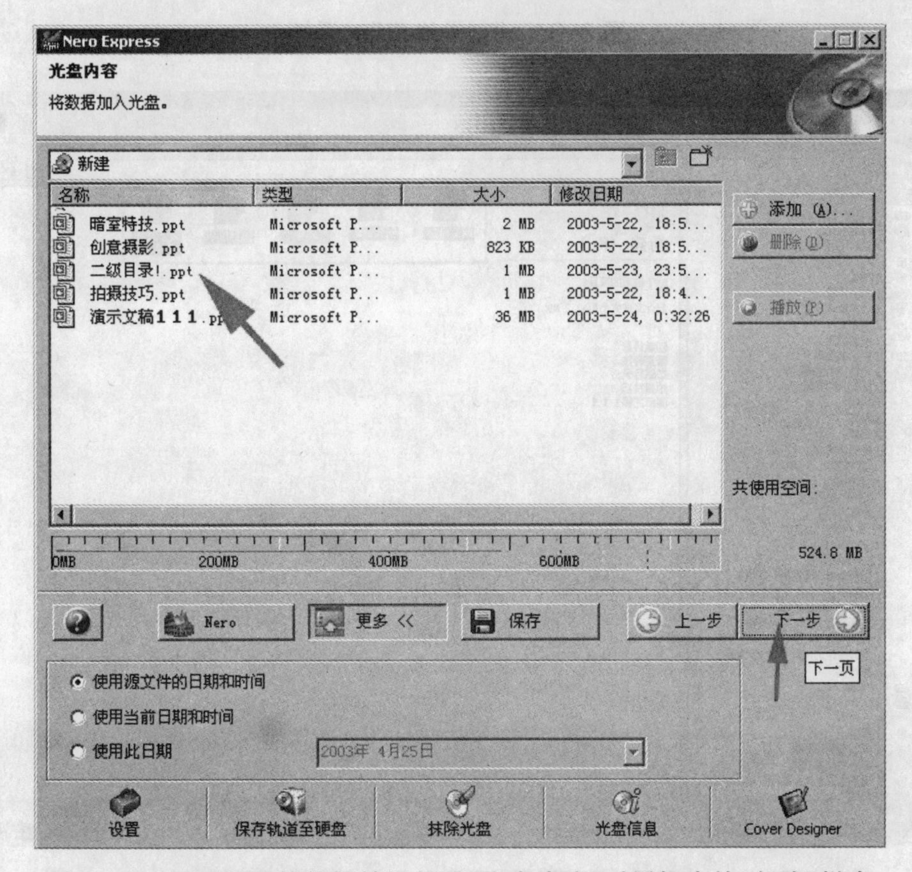

图 8–33　需要刻录的数据被添加进“光盘内容”对话框中的“新建”栏中

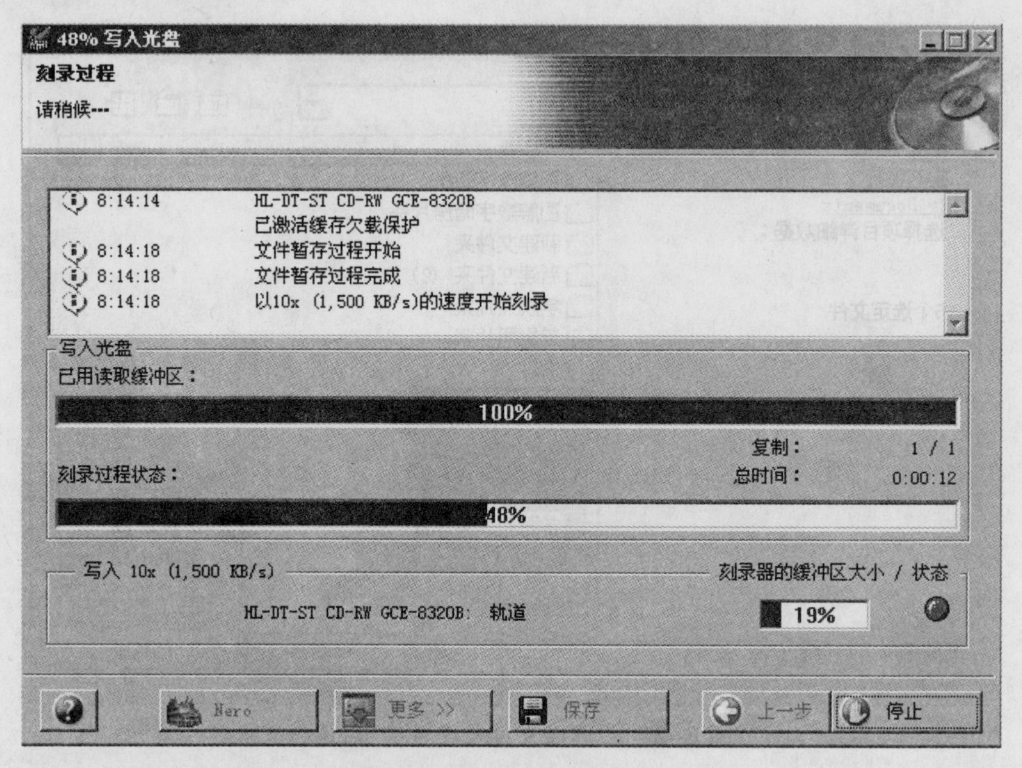

图 8–34 “刻录进度”对话框

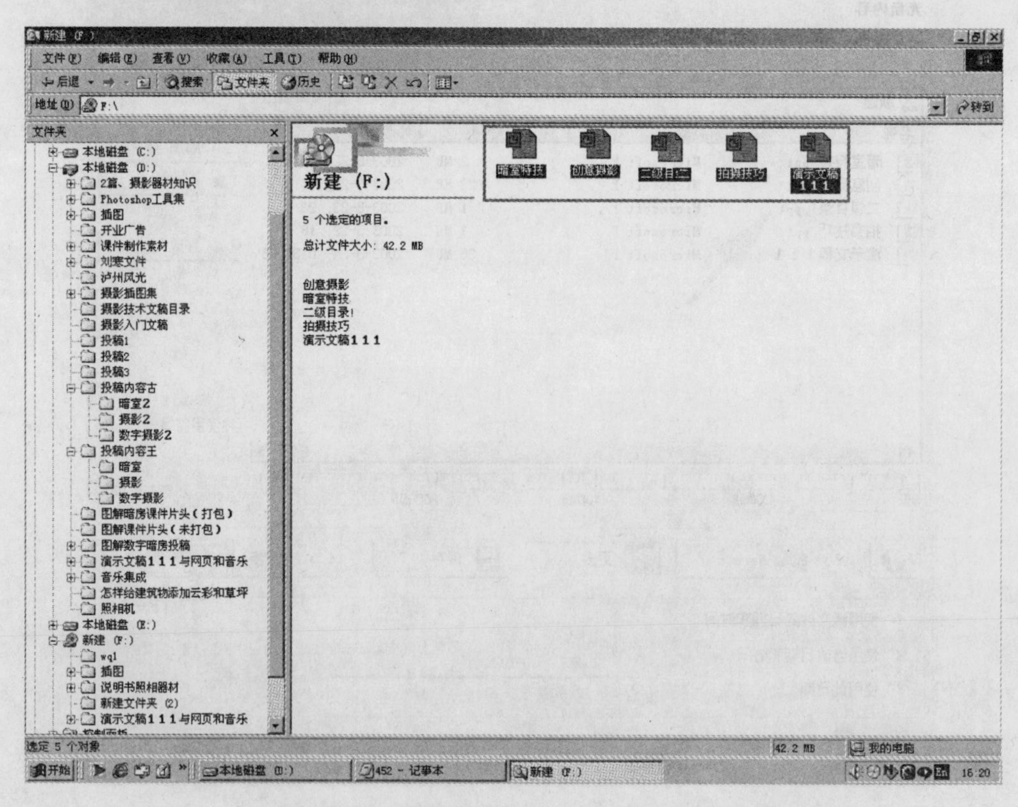

图 8–35 光驱中可看新记录的数字文件(见右上角文件夹)

二、VCD刻录

用光盘刻录机还可以将数字动态录像转刻为VCD等可在电视上播放的视屏文件，刻录软件中有专门刻录VCD的界面，只要打开“新建编译”对话框(见图8-36)，并双击对话框左侧的“VCD”图标(见方框所示)便可打开刻录VCD的界面，见图8-37。用该界面刻录MPG视屏文件前，会将电视播放时所需的引导文件刻录在MPG视屏文件前面，这样刻录在光盘上的视屏文件才能在电视机上正常播放。

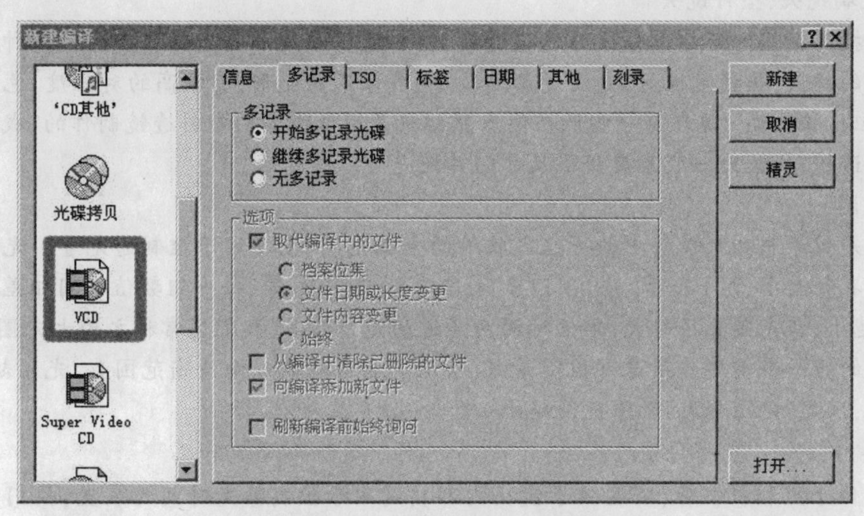

图8-36　“新建编译”对话框

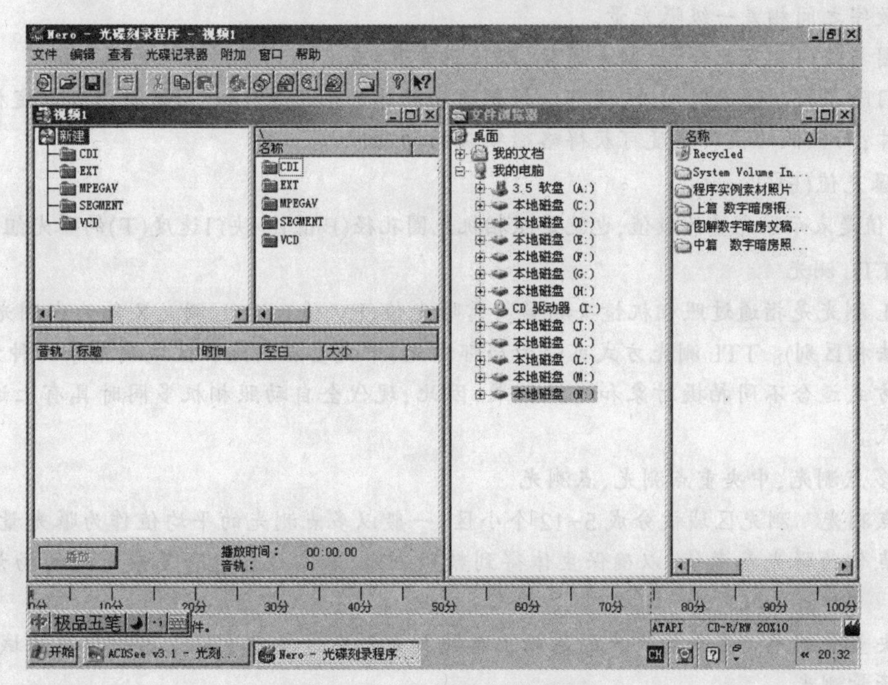

图8-37　VCD刻录界面

附录一　数字摄影常用术语词典

一、摄影基础

1. 玻璃镜头、塑料镜头

目前摄影镜头的光学部分分为玻璃透镜,塑料透镜和玻璃与塑料混合透镜三种类型。用玻璃制作的镜头,热稳定性好,受温度影响较小,成像不易变形,有较高的对比度,色彩还原真实准确,但价格较高。现在有一些低档傻瓜照相机是用低成本的塑料透镜制作的,成像效果远不如玻璃透镜,但放大一般家庭用小尺寸照片还是可以接受的。

2. 光圈

光圈是位于照相机镜头中的一组可收缩的金属光阑,主要用于控制通光量。光圈系数表示光圈的孔径大小,用 f 表示。如 f2、f2.8、f4、f5.6、f8、f11、f16 等,每一组数值之间相差一级曝光量,数值越小,其光圈孔径越大,单位时间内通过的光线越多,我们通常称之为大光圈。

光圈的另一个重要作用是可控制景深(景深是指景物的纵向清晰范围)。光圈越小,景深范围越大;反之,光圈越大,景深范围越小。

3. 快门

快门位于照相机机背(有些位于镜头内部),是用于控制曝光时间的装置,快门打开的时间,通常用秒(s)作单位,如:1s、1/2s、1/4s、1/8s、1/15s、1/30s、1/60s、1/125s、1/250s……1/2000s,每一组数字之间相差一级曝光量。

光圈与快门相互配合,控制光通量,以使感光片(或 CCD)得到准确的曝光。

快门除了控制曝光时间外,还可以控制运动物体的动感。例如,高速快门可以定格清晰的动态照片;而较低的快门速度可获得略微模糊的动感照片。

4. 曝光值(EV)

EV 值是表示曝光量的数值,也就是照相机光圈孔径(F 值)和快门速度(T)的曝光组合参数。

5. TTL 测光

TTL 测光是指通过照相机镜头测量所需曝光值(EV 值)。TTL 测光又称为内测光法(与机外测光法相区别)。TTL 测光方式可分为局部测光,中央重点测光和区域测光等三种方式。不同测光方式适合不同拍摄对象和光照效果,因此,现代全自动照相机多同时具有上述三种的测光方式。

6. 多点测光、中央重点测光、点测光

多点测光　测光区域被分成 5-12 个小区,一般以多点测光的平均值作为曝光量;也可选择某一点作为曝光参考值,以确保主体得到精确测光,非常适合包含复杂光源的场景进行精确测光。

中央重点测光　在平均测光的基础上再将测光敏感度集中于取景器的中央区域,适合绝大多数场景测光。

点测光　将测光敏感度集中于取景器的中心一个很小的区域,适合与背景反差较大(如逆光拍摄)的单一被摄主体进行测光。与测光锁定(AE锁)功能结合,可保证被测光主体准确曝光的同时,得到满意的构图效果。

7. 曝光补偿

是指拍摄者以手动方式对数码照相机选择的测光值进行修正。当照相机自动测光值不能准确表现拍摄者的意图时,就需要用照相机上的曝光补偿装置将曝光时间增加或减少,达到摄影者所需要的理想曝光效果。

8. AE锁

"AE"是照相机自动曝光控制装置的缩写,因此,AE锁就是自动曝光照相机上用于锁定某一测光值的锁定装置。当被摄对象因构图等原因偏离测光区时可以先对准主体测光,再用AE锁锁定曝光值,重新构图拍摄曝光。使画面构图完美的同时,主体也得到准确的曝光。

很多照相机将半按快门设定为AE锁,只要对某一点测光后,保持半按快门状态重新构图,就可保持原测光值不变;另一些照相机在机背上专门设置了AE锁按钮。

9. AE自动曝光

自动曝光就是照相机根据光线条件自动确定曝光量。从曝光控制过程上分类,可分为光圈优先、快门优先、程序控制、预定模式等几种。

10. 创意模式

又称为场景模式和预定模式。顾名思义,创意模式,就是生产厂家根据常见创意摄影题材的光圈快门组合特点,预设为比较合理的曝光参数组合,供拍摄时选择。一般常见的创意模式有:光圈优先、快门优先、程序控制、微距模式等。其它还有动态、夜景、风光、人像、景深等等创意模式。

11. 光圈优先(A)

光圈优先就是,当你在照相机上选择了光圈先决模式后,只要根据你的拍摄意图选定使用的光圈,相机会根据计算出的曝光量自动确定合适的快门速度,达到创意要求与准确曝光两不误。适合需要浅景深的人像摄影,静物摄影及大景深的风光摄影等。

12. 速度先决(T)

速度优先就是,当你在照相机上选择了光圈先决模式后,只要根据你的拍摄意图选定使用的快门速度,相机会根据计算出的曝光量自动确定合适的光圈大小,达到创意要求与准确曝光两不误。速度先决模式适用于拍摄动体,如舞台摄影与体育摄影等。

13. 程序曝光(P)

程序控制是让数字相机按照预先编定的"光圈/快门"组合程序控制曝光,主要用途是满足在不同光照条件下准确完成曝光,摄影者无法手动控制光圈快门组合。因此,程序曝光模式多用于袖珍式傻瓜相机,适合不懂摄影的家庭用户选用,专业摄影工作者也可以用此程序抓拍一些突发事件等。

14. 感光度(ISO值)

感光度是照相机感光胶片或感光器件对光线反应敏感度的测量值,通常以ISO值表示,如ISO100、ISO200、ISO400……ISO3200等。数值越大表示感光器材的感光性越强,每一组数值之间其感光能力相差一倍,传感器或胶卷的感光度越高,其感受光线的能力越强。

数字照相机的感光度实际上是影像传感器的感光度。而数字照相机影像传感器CCD的感光度也标注为ISO100、200、400等,以便和传统胶片的感光度一一对应起来,保持摄影习惯不变。影像传感器感光度可以通过改变电路系统的增益而进行调节,而数字相机上的ISO感光度是可变的,而胶片的感光度一般是不能改变的。

15. 光的三原色

光的三原色,有红(R)绿(G)蓝(B)三色组成。自然光的各种色彩变化以及电脑显示器等都是通过变更三种色光的平衡比例得到各种色彩。数字相机的成色原理也是基于RGB色光三原色。

16. 光的三补色

光的三补色,有黄(Y)品(M)青(C)三色组成。自然景物反射光的各种色彩变化以及打印照片的成像原理都是通过变更三种补色的平衡比例得到照片中各种景物的色彩。激光彩扩及各种打印输出的数字照片都是运用光的三补色原理产生的彩色图像。

17. 色温

色温是描述光色成分的一个基本概念,其基本定义是,一个绝对黑体发射出同样颜色光线时所需要的温度值,称为色温。在传统摄影中需要根据光源色温选择与之相同或相近色温型的彩色胶片,这样拍摄的彩色影像才能获得真实的色彩;在数字摄影中则需要在LCD显示的菜单中选择白平衡设置。数字相机在默认状态下为"自动白平衡"设置。

18. 白平衡

摄影光源种类很多,发出的光源色温不同,照射在景物上会呈现不同的色调。因此,需要在拍摄前调整数字相机的色温(WB)参数,使之与光源色温平衡,使景物的色彩真实还原,否则会偏离了真实色彩。

数字相机以白色为拍摄基准,进行色温调节,这种调整叫做白平衡调整。数字照相机拍摄时不仅具有自动白平衡功能,也有对特殊的光源(照明)进行白平衡的手动调整方法(如白炽灯,荧光灯等)。此外,有些数字相机还具有自定义白平衡功能,可对现场光的白平衡进行精确的微调。

19. 红眼现象

指在光线暗弱的室内用闪光灯拍摄人像时,由于被摄者在暗弱光线下瞳孔散大,闪光直射眼底,将眼底虹膜的反射光记录下来,使照片中人物的眼睛中出现一个红色盲点,非常难看。数字相机消除红眼的方法有多种,如:拍摄前启用消除红眼模式;也可后期用软件处理。

20. AF 自动对焦

自动对焦是半按快门时,照相机可自动测距和自动调整焦距。照相机自动调焦有几种方式,根据控制原理分为主动式和被动式两种类型。

主动式自动对焦 是通过相机发射一种射线(一般是红外线和超声波等),照相机接收反射回来的射线信号后再通过微电脑运算,从而确定被摄体的距离,再通过微型马达自动调节镜头焦距,实现自动对焦,多用于低档相机。

被动式对焦类 模拟仿生学原理,通过分析被摄体的成像是否清晰来判断是否已经聚焦,比较精确,但在低照度条件下难以准确聚焦,多用于高档专业相机。

21. 摄影变焦

数字摄影变焦可分为光学变焦和数字变焦两种。

光学变焦 是变焦镜头通过改变镜头光学镜片组的位置达到连续改变镜头焦距的目的。光学变焦不会改变CCD的实际像素数,因此,图像的分辨率不会因焦距改变而改变,图像质量可得到充分保证。

数字变焦 是在不改变光学变焦的基础上将CCD(或CMOS)上部分面积的影像放大至

全幅面,并辅以插值运算的处理过程。因此,所摄图像的分辨率虽然较高,但并非都是光学记录的真实像素,最终图像质量会有明显下降。所以,无特殊情况,一般不主张采用数码变焦放大影像。

22. 光学防抖系统和电子防抖系统

光学防抖系统　是通过改变镜片组的平移位置来达到减震防抖功能,其原理是:根据数字单反照相机摇晃的情况,调整在镜头前面三棱镜的角度(另外镜头亦可通过自行转动进行调整)。当你按下快门后,如有轻微晃动,镜头的光学防抖动系统便可以自行校正晃动,因此拍摄出来的影像便不会模糊不清了。

电子防抖系统　是指通过电路增加像素来实现防抖功能,通过内置的感应器进行调整。总之不管上下左右的抖动都可以通过总像素修正。一般微型摄录放一体则普遍采用电子防抖系统。

CCDS防抖系统　数字相机独有的防抖动系统。原理是:当拍摄抖动发生时,相机感应器会指挥感光器件CCD向与抖动相反方向平移,从而校正因抖动产生的影像模糊。CCD防抖动系统的优点是可使用任何非防抖动镜头达到防抖动目的。

23. 相当于35mm照相机镜头焦距

数字照相机的影像传感器尺寸大多数都远小于35mm胶片的面积,镜头的焦距一般比35mm传统相机短。为了拍摄时方便,常把数字照相机镜头焦距换算成相当于35mm照相机的镜头焦距,仍沿用广角镜头、中焦镜头、长焦镜头的习惯,所以仍可以按照35mm传统照相机习惯使用数字相机的变焦镜头或定焦镜头。

换算方法:

数字照相机镜头焦距×135mm照相机画幅对角线长÷CCD(或CMOC)芯片对角线长度=35mm照相机镜头焦距

数字相机感光器件常见尺寸有2/3英寸、1/1.8英寸、1/2.7英寸、APS-C尺寸等,英寸表示的数值并不是对角线长度,计算时应查询有关资料。

二、数字成像器件

1. CCD

CCD是数字相机上最早使用的一种影像传感器,利用光照与电容量的变化特性得到图像的数字信号。CCD有线形排列和面形排列两种形式。扫描仪一般使用线型排例CCD,而数字照相机一般使用面形排列的CCD,它的学名为"光电荷耦合器件"。

2. 超级CCD

日本富士写真胶片公司生产的数字照相机上用的一种CCD,像素似蜂巢形排列。拍摄的影像数据可进行插值处理,具有超过实际像素约1.6-2倍总像素数的成像记录效果。正式名称为超级CCD。富士公司已推出第四代高分辨率更大动态范围的超级CCD,广泛应用于富士数字相机上。

3. CMOS

又称互补性金属氧化物半导体器件,也用作数字相机的影像传感器。光电转换性能与CCD类同,只是结构和原理不同,信息传递形式也不一样。其成像质量比CCD略差一些,但成本较低,节省电力,是很有发展前途的数字成像感光器件。

4. CCD(CMOS)芯片尺寸

CCD芯片(或CMOS芯片)根据面积大小,常标注为2/3型、1/1.8型、1/2型、1/2.7型等,但不是真实芯片尺寸，只表示与相同尺寸的摄像管靶面的像幅相当，具体尺寸为8.8mm×6.6mm(2/3型)、6.4mm×4.8mm(1/2型)等。由于CCD芯片尺寸尚未标准化,各厂使用规格有10余种之多,其具体尺寸应查阅有关资料。用在专业单反照相机或中幅尺寸照相机后背中的CCD芯片,一般是直接标注为长×宽(mm)尺寸。

CCD(或CMOS)芯片面积越大,成像质量越好,但制造成本越高。因此,一般普及型数字相机的CCD尺寸较小，只有少数专业型数字相机的CCD尺寸达到135胶卷的长宽尺寸(24×35mm)。

5. APS-C尺寸CCD

APS相机有3种画幅尺寸，分别为C型、H型和P型，其中C型纵横比为3:2，尺寸为25.1mm×16.7mm。目前,许多单反相机使用影像传感器尺寸很接近APS-C尺寸,横纵比为3:2,常称为APS-C尺寸。

6. 4/3型CCD(4/3MOS)

指CCD的尺寸为18mm×13.5mm,画幅横纵比4:3。这种在轻便型数字相机上使用画幅比例,被首次使用在数字单反相机上。CCD面积比APS-C型略小些,仍比常用2/3英寸CCD面积大3倍,有利于数字单反相机的小型、轻量化。目前,4/3系统标准已得到很多厂商支持,有可能成为下一代135数字单反相机感光芯片的新标准。

7. 输出像素数

数字相机CCD实际用于图像记录的像素(或真正形成影像的像素数)往往低于CCD的总像素数。因此,数字相机的实际像素数应以形成数字图像文件的像素数为数字相机的实际分辨率,数字相机实际成像的像素数就是输出像素数。

8. 记录像素数

记录像素数为数字相机实际记录的像素数。记录像素数是与插值像素数相比较而言,因为数字相机拍摄后的图像数据利用软件进行插值计算,其像素数也可以大于CCD(或CMOS)芯片的总像素数。

9. “A/D”转换

“A/D”转换(“模/数”转换)是指将各种音频或视屏等模拟信号转换成数字信号的过程,以便于能在计算机上处理。在数字照相机上,则是把在CCD上接收的模拟光影信息转换成数字图像信息。比特(bit)数多的“A/D”转换器,有较优良的图像记录效果。目前家用型数字相机多使用12bit,即24位图像;而专业型数字相机也有使用14bit,即32位图像;少数达48位图像。

10. 数字引擎

又称图像处理器。在数字相机中的作用是,提高CCD记录图像的像质,提高CCD的感光范围,减少画面的噪点,更快地处理图像数据等。高性能的图像处理器还能减少电能消耗,提高电池使用的持久性。还可使开机时间、快门时滞明显缩短。因此,数字引擎在数字相机中具有非常重要的作用。

三、数字摄影技术基础

1. 图像尺寸

图像尺寸是指数字图像的分辨率。数字照相机一般会给出多个拍摄分辨率,按照使用要求(如屏幕尺寸和照片输出尺寸等)选用。以节省内存,在数字照相机上设置输出尺寸,可储存更多影像(照片),并可直接输出你所需尺寸的照片。分辨率越高,可打印照片尺寸越大。

2. 质量模式

质量模式指选择不同的图像保存格式,如不压缩格式和压缩格式等。对影像质量要求高时,应选择较小压缩比,甚至选择不压缩格式;对影像质量要求越低,可选用较高压缩比。在数码照相机上往往不直接使用压缩比,而用质量模式表示,例如最好、优良、标准、普通等。存储卡可记录画幅数既取决于拍摄分辨率,也与选择质量模式(压缩比)有关。

3. 初始模式

数字照相机中的操作系统都有"默认设定",又称为"初始模式",或"全自动模式"。通常只需把模式转盘调节在"初始模式"上,便完成拍摄准备。在全自动模式下,数字照相机可以自动完成调焦和曝光等全部拍摄工作。初始模式可保证数字相机开机后就处于基本图像质量模式和全自动拍摄状态下，使不懂数字相机的中老年人也可使用数字相机拍出高质量的生活照片。对数字相机的普及有重要意义。

4. 全景模式

数字相机的拍摄模式之一。可用这一模式拍摄制作出超镜头视场角范围的大视野全景画面,如风景及超宽的集体合影等。操作过程是:先将数字相机设置为"全景模式",再连续拍摄两个或多个需拼接的画幅,最后用专业软件进行自动拼接处理,产生可自动合成没有拼接痕迹的全景照片。全景模式也称拼接模式。

5. 格式化

存储媒体(硬盘或存储卡等)在使用前必须进行初始化处理后才能记录数字文件,常称为格式化。格式化会删除存储器中的所有资料,因此,格式化存储卡前要先将卡中的图片资料备份。数字相机的各式存储卡在使用前也需要格式化,一般存储卡在出厂前都进行了格式化,如果没有格式化则需要使用数字相机中的格式化菜单对存储卡先行格式化。

6. 图像回放

数字相机液晶显示器可以回放已拍摄图像,回放的方式有多种。主要播放方式有单幅回放与多幅回放,以及自动定时定格按幻灯播放和局部放大显示等。有些机型还可以显示图像的拍摄数据,例如文件大小、像素、像质(压缩率)、快门速度、光圈、光源色温等。

7. 声音记录

数字相机大多都有声音记录功能,可记录与图像有关的声音。记录声音可以在成像前,同步或之后进行。也称录音功能。

8. 影像编辑

数字相机具有一些初级的编辑功能,如图像旋转、全景合成、黑白和褐色画面及版画效果等。

9. 可拍摄画幅数

也称记录帧数。指一定容量的存储媒体,在不同图像尺寸、质量模式时,可拍摄画幅数。此外,因拍摄画面的色彩和影调丰富程度不同,可拍摄画幅数也会有所差异,因此实际拍摄图片数量仅是一个参考。

10. 删除图像

数字相机的操作模式,可删除部分或全部已拍摄图像,留出更多存储空间用于拍摄并保存新的图像。

11. 自动关闭电源

在拍摄过程中,数字相机常会处于待机状态,因此,待机时间一长,常会忘记切断电源而导致电池电能的消耗。因此,大部分数字相机都具有当电源处于接通状态数分钟后,便切断电源的自动关机功能。并且可在数字相机的菜单上设定自动关机时间或取消自动关机。

12. 菜单

在数字相机上打开主菜单一般使用[menu]钮,并在液晶屏上显示。选取某个主菜单能打开一个新的子菜单,用于确定需要执行的各种命令和设定不同的拍摄功能。数码相机的操作菜单几乎包括了相机的全部功能和设定,而且可以通过固件升级增加一些新的功能。

13. Pict-Bribdge

是佳能、惠普、索尼、爱普生等八家厂商共同协商实施的一个“数字相机直接打印”行业标准。使各种品牌的数字照相机与打印机之间可以互相兼容,不需要电脑和安装软件就可以直接打印照片。从而打破厂商各自为阵,互不兼容的局面。目前新推出的数字相机一般都有Pict-Bribdge 功能。可在数字相机菜单中设置打印照片的尺寸和数量,并可由数字照相机直接控制打印机输出所选择的JPEG格式的照片。

14. 图像保护

大多数数字相机都有此功能。主要是为了保护已拍摄图像不会因误删除或格式化而被破坏。此功能可以单幅或全部图像接受保护,也可以随时解除保护。

15. 驱动程序

这是一种系统软件,是 Windows 等桌面系统软件与外部设备(如数字相机、扫描仪和打印机等)之间的接口,也是用于控制“输入/输出”设备操作的程序。例如,数字相机或读卡器与电脑连接,均需使用相应的驱动程序,否则电脑无法连接数字相机或打印机等外设工作。

16. 动画

指数字相机的摄像功能,可选择有声或无声拍摄连续图像,可选15帧/秒或30帧/秒拍摄。拍摄时间受图像存储格式及存储媒体的容量限制。常用格式 AVl、MOV 或 MPEG。

四、数字摄影硬件基础

1. 影像存储时间

数字照相机完成一幅照片拍摄后,在数字影像未完全存入存储卡以前是不能再拍摄的。数字相机的图像存储时间应该越短越好。不过,存储时间的长短与数字相机图像处理系统性能、选用分辨率、质量模式及存储卡的读写速度等有关。

2. 缓存

是数字相机中的一种随机存储器,相当于电脑中的内存,用于临时存放数字影像文件。当数字影像一旦转移到存储卡上,数字照相机会立即清除缓存中的数字影像文件,以存放新拍摄的图像文件。一般专业数字相机的CCD可产生很大的图像文件,这时必须配置较大容量的缓存来缓解图像文件无法在短时间内写入存储器中的难题。因而,数字相机通过内置缓存可减少拍摄时间间隔,并可提高连拍张数和连拍速度,使相机的抓拍性能大大提高。所以,数字相机的缓存越大,摄影性能越好。

3. 开机时间

开机时间也称起动时滞,指照相机电源开启至能进入正常拍摄的时间,包括镜头调节到正常状态,进入初始状态校验等。不同数字相机具有不同的开机时间,使用不同存储卡时开机时间亦会略有变化。数字相机开机时间应该越短越好。

4. 快门时滞

指数字相机在按动快门后,要经过测光、对焦、白平衡和快门开启等过程,这个过程所需的短暂时间就称为快门时滞。快门时滞越短,相机的拍摄性能越高。不过,对于不同像素、不同性能和规格的数字相机,因使用条件不一样,不宜进行不规范的直接比较。不过,一般家用型数字照相机的“快门时滞”明显长于专业级135单反数字照相机。

5. 液晶显示器(LCD).

数字相机都有一个液晶显示器,像素数约为10~20万,既可用于浏览已拍摄图像,还可用于取景和显示菜单信息。主要规格有1.5、1.8、2、2.5英寸等。现在数字相机的监视器倾向于更大的尺寸和更高的分辨率,使图像的回放观察效果更好。

6. 视频输出

数字图像信号传递到普通电视机屏幕上,需要使用视频接口。多数数字照相机接上一条视频电缆就可以在电视机上输出和显示图像。目前使用PAL和NTSC两种制式,我国的电视制为PAL。

7. 固件

能固定程序的集成电路芯片称为固件。固件具有非易失性,当固件电路的电源切断后,固件中的程序内容并不会消失。由于固件兼有软件和硬件两方面的优点,在数字相机中应用越来越多。数字相机的固件升级是使用厂方提供的固件升级程序(一般可从厂方网站下载)完成对相机固件的升级,使相机的操作性能得到改善。

8. USB接口

是一种通用型的串行接口。支持热拔插,是现在数字照相机、扫描仪等电脑外设广泛采用的数据传输接口。USB接口有USB1.1版和USB2.0版,后者传输速度更快,为数字相机所采用。

9. IEEE1394接口

也是一种高速传送数据的串行接口,其传送数据速度优于USB2.0接口。为高像质大数据的专业数字照相机所采用。DV摄像机或移动硬盘等有高速传送数据要求的周边设备也广泛采用这种接口。

10. IrDA接口

为数字信号红外线连接接口。具有IrDA规格接口的设备之间通过发射和接受装置直接无线传送数据和图像,不需要线缆。有少数数字相机具有这种无线传输接口。但是,红外线接口连接距离较短,传送速度较慢。

11. 蓝牙接口

新型无线传输接口,是一种低成本、低能耗、短距离数据传递技术,能够对多种便携式电子产品包括数字相机、手机等进行相互识别(无需用户干预),进行无线连接和数据传输。

12. 数码伴侣

一种无需要电脑即可直接存储数字相机拍摄图像的小型移动式存储器,是外出拍摄时,数字图像(照片)的一种临时转存工具。其特点是,具有支持CF、MS、SD、MMC等多种存储媒体的插口,另一端通过USB接口与电脑联接。其内核为笔记本电脑中的硬盘,内置可充电锂电池供电,容量一般在20GB以上。高档数码伴侣还有LCD液晶显示器和音频接口,因此,具有视听等多媒体播放功能。如:可以回放或删除存储的数字照片,也可以播放音乐,观看数字电影等。

五、数字图像

1. 图像文件

数字相机CCD记录并经“模/数”转换后形成的图像数据，并以一定格式保存后称为图像文件。图像文件有静止图像文件和动态图像文件，它们又分别有多种格式的文件保存形式。高分辨率数字照相机的图像文件一般都很大。数字相机常见图像文件格式主要有JPEG、TIFF、RAW等格式。

2. 缩微图

在数字相机的液晶显示器上多幅同时显示所拍图像，以检查图像的构图等称为缩微图。常见为同时显示4幅、6幅、9幅等，适合于快速浏览所拍图像。

3. 噪声

是数字图像中出现的干扰或杂散信号。这种噪声常发生在亮度超出光电元件感光度范围以外的黑暗背景中，或深蓝天空影调中，尤其是选用高感光度拍摄，或在长时间曝光，以及后期处理时和文件压缩保存之时容易发生。因噪声造成画面出现较多的细点(噪点)，在照片放大时会明显影响图像质量。

4. 紫边

拍摄光比较大的景物时，在画面的亮部和暗部之间交界线上会出现紫色(实为洋红)。紫边，是由于高反差大背光景物的边缘产生光学衍射，再加上数字相机的CCD在色彩插值计算时固有的缺陷造成。

5. 色深度

色彩深度表示数字照相机感光器件CCD中每一个像素的色位数，它代表了数码相机所拍图像可产生的色彩范围。如24bit真彩色图像的每一个像素点的色彩用的是24位二进制数表示，共可产生2^{24}=1670万种色彩。色彩位数越多，影像越鲜艳、越真实，成像的色彩质量越高。一般普及型数码相机CCD的色深度为24位，而专业型数码相机的色深度为36位以上。

6. 动态范围

数字相机的动态范围相当于传统摄影中银盐胶片的曝光宽容度范围。指CCD（或CMOS)感受并再现从白到黑的灰色阶调范围越高。数字相机动态范围广，拍摄照片的影调越丰富。

7. 坏点

影像传感器中永远不会感光的像素点称为坏点，是CCD或CMOS本身因质量问题所引起的某些像素不能感光。在数字相机同一设置条件下，画面中杂点总是出现在某一固定位置上，那就是坏点，而不是噪点。与噪点的区别是坏点无法挽救。

8. S/N比

信号(S)和噪声(N)对比的一种表示，信噪比高，表示噪声小，即产生噪点少。

9. 备份

为预防图像文件出现误删除或损坏，而对图像文件进行复制拷贝，多保存一个或多个备份。图像数据文件遇到故障，电脑不能读取，这时保存在其它磁盘或CD盘上的备份文件就太宝贵了。

六、容量单位

1. 像素(pixel)

组成图像的一个最小点(单元)称为一个像素，像素的实质是一个能独立被赋予不同色彩和亮度的最小元素。由无数像素点(单元)集合而成为一幅完整的数字图像。一幅数字图像的像素点越多、则分辨率越高，图像越清晰，色彩越丰富。此外，每一个像素单元还有色位数多少和感光性强弱等差异。它们分别又决定了图像色彩和影调的丰富程度及感光能力强弱等。

2. ppi

ppi是指每英寸长度上的像素点数。像素点密度越大,图像质量越好。每一个像素点有色深度、灰阶、感光度、动态范围等变化。这是与每英寸点数单位dpi的最大区别。

3. dpi

指打印机在打印纸上每英寸打印的颜色点数。颜色点密度越大,图像质量越好。dpi常用于表示打印机的分辨率。不过,由于打印机的一个点只能表示一个颜色和密度相对固定的色点,而不具有像素点可表示色深度、灰阶和感光度的能力,因此,打印机的点数与数字图像的像素数无关。

4. 各式存储器的容量单位

(1) GB　千兆字节 1GB=1024MB。

(2)MB　兆字节　1MB=1024KB。

(3)KB　千字节　1KB=1024 字节。

5. 视频图形阵列

用于表示电脑显示器基本视频标准的分辨率时称为VGA级。数字照相机的图像尺寸也用这种方式表示。

(1) VGA　图像尺寸 640×480 像素时,称为VGA级

(2) QVGA　图像尺寸 320×240 像素时,称为QVGA级。

(3) XVGA　图像尺寸 1024×768 像素时,称为XVGA级。

(4)SXGA　图像尺寸 1024×960 像素时,称为SXGA级。

(5)UXGA　图像尺寸 1600×1200 像素时,称为UXGA级。

6. 数据传输速率

(1)KBps　表示每秒千字节。

(2)MBps　传输速率,表示每秒兆位。

七、存储媒体

1. 存储媒体

用来存储数字相机所拍图像数据的媒体,也称为存储器(卡),与银盐胶片固定保存影像的功能相当。数字相机的存储器有多种,如闪存卡、CF卡、MMC卡、PC、SM卡、索尼棒和微型硬盘等。每一类型存储媒体又有不同的容量和读写速度,一般低档数字相机只提供一种存储卡接口,中、高档数字相机往往会提供两种以上的存储卡接口。

2. 闪存

利用半导体元件进行数据记录。与电脑的内存卡存储不同,电源关闭时,闪存卡中记录的图像数据仍然保留。闪存卡有各种不同形状、容量和读入速度,可以随时写入或删除记录的数据。

3. CF卡

小型闪存卡的俗称,是目前数字照相机中使用最多、性价比最高的存储卡,只是体积稍大。有CFI型和CFⅡ型之分,CFⅡ型卡外形尺寸为36.4mm×42.8mm×5mm。

4. SM卡

日本东芝公司开发的小型存储卡,体形很薄,便于携带,外形尺寸为37mm×45mm×0.76mm。奥林巴斯和富士数字照相机也采用这种卡。

5. 记忆棒

日本索尼公司开发的记忆媒体,呈长条板状,体积较小,类似口香糖,标准尺寸 50mm×21.5mm×2.8mm,重 4g,主要用于索尼公司生产的数字照相机。

6. 微型硬盘

美国 IBM 公司开发的超小型硬盘,和 CFⅡ型卡大小一样,而且接口可互用。与存储卡相比,容量大价格便宜,但耐冲击性较差,使用时注意防震动。

7. SD 卡

由日本松下电器等公司共同开发的存储卡,外形尺寸仅 24mm×32mm×2.2mm,重量 2g。拥有高记忆容量,快速传递数据和优良安全保护性等优点,是很有发展前途的存储卡,使用厂家已越来越多。

8. xD 卡

奥林巴斯和富士胶片公司共同开发的新规格超小型存储卡,外形尺寸 20mm ×25mm×1.7mm,重量 2g,但目前 xD 卡容量偏低和价格较高,不过,预计不久的将来有可能实现更低的价位和更高的性能,是很有发展前途的存储器。

9. PC 卡

原是为笔记本电脑开发的标准微型大容量存储卡,以往主要用于专业数字照相机,它比 CF 卡等其他小型媒体的容量大,可直接插入笔记本电脑下载图像。

10. MMC 卡

又称多媒体卡,于 1997 年正式推出,使用很广,是当时最轻巧的闪速存储媒体,外形尺寸为 32mm×24mm×1.4mm,使用 7 针串行接口,首先使用在数字摄像机和数字照相机上。目前,MMC 卡已逐渐被容量更大、传递速率、灵活性和安全保护性更好的 SD 卡替代。

八、图像保存

1. 文件格式

文件格式是用于存储数字图像文件的一种格式标准,其目的是便于在计算机及各种多媒体数字外设中读写(识别)数字图像文件,以及在不同用户平台及软件间相互使用。

2. 压缩比

未经压缩的原始文件与经特殊编码后的压缩文件两者的长度之比称为压缩比。例如:JPEG 格式的 4:1 压缩即是原文件经压缩后文件长度只有原文件的四分之一。

3. 图像压缩

图像压缩分为无损压缩和有损压缩两种,其实质是数码图像文件的两种保存格式类型。

无损压缩　无损压缩达到压缩文件长度的目的,解压后是对图像文件的数据存储方式进行优化,采用某种算法表示重复的数据信息,文件可以完全还原,不会影响文件内容,对于数码图像而言,也就不会使图像细节有任何损失。

有损压缩　有损压缩是对图像本身的改变,在保存图像时保留了较多的亮度信息,而将色相和色纯度的信息和周围的像素进行合并。合并的比例不同,压缩的比例也不同,由于色相和纯度等信息合并后,图像信息量减少,所以压缩比可以很高,同时图像质量也会相应的下降。而且图像质量的损失无法恢复。数字摄影中最常用的有损压缩格式为 JPEG 格式。

4. 位图

即 BMP,其含意是数位图,简称位图。是 Windows 提供的用标准图像文件格式记录的图像数据,支持从 2 色到 1670 万色的图像。

5. DCF

由日本电子工业振兴协会(JEIDA)26家会员制订的,比Exif版本规格更为细微,为多数数字照相机厂家所采用。只要符合DCF规格的数字相机,即使制造厂家不同,拍摄的图像都可以互相通用。

6. EXIF

是一种可在文件头记录摄影数据及缩略图的图像数据记录格式。它能读取JPEG文件,最新第2版Exif已被多数厂家作为标准格式使用。

7. GIF

由Compu Serve信息服务中心设计的一种压缩形式,不能处理多于256色的图像,所以该格式图像没有像照片那样色彩丰富。由于文件小,主要用于英特网上动画图像的显示。

8. JPEG

摄影专家联合组制订的一种静态图像压缩保留格式。对数字相机拍摄的图像数据进行压缩保存,容量有限的存储器可以保存较多的图像。JPEG格式为有损压缩图像格式,压缩中损失的图像数据将永久丢失。JPEG格式可选择不同的压缩率,压缩率高数据量就会明显减少,像质也随之下降。几乎所有数字照相机都使用这种格式,特别适宜家庭摄影、杂志制作插图、剪辑等,使用价值颇高。

9. RAW

图像数据的一种记录形式。得到的信号不必进行变换,原封不动地记录保存,文件数据量多,但比TIFF格式小1/3,图像质量也不会降低。使用图像数据时需用专门软件转换,这是专业型数字相机普遍使用的格式之一。主要用于对印刷要求较高以及需要对图像进行加工和放大的场合。

10. TIFF

数字相机常用图像数据非压缩记录格式之一,同时支持LZW不失真压缩模式(2:1),占用空间小,不降低像质。优点是通用性好,存储信息多,保存时没有损失,基本上能保留原始图像的效果。缺点是图像文件很大,需要较大存储空间,后期处理对计算机性能要求较高。

11. MPEG

是记录动态图像的一种数据压缩记录格式, 用数字照相机拍摄的动态录像, 也多以MPEG方式保存图像文件。

九、图像处理

1. 分辨率

是表示图像数据或电脑显示器对描述画面细节的表现能力。一般情况下分辨率与像素细密度成正比,分辨率越高,其信息量就多,图像越清晰,画质越高。

2. 色彩模式

色彩模式是进行图像处理时的色彩管理系统,常见为RGB、索引、CMYK等系统。印刷业使用的是CMYK色彩管理系统。

3. 直方图显示

是表示图像数据的亮度分布图示。从白到黑用8bit表示的色阶范围为0-255阶,即256个不同阶调, 数字图像凡是在此范围内的灰阶均能很好地显现出来。中高档数码照相机的LCD上有此显示功能。右端对应影像的最亮部,左端对应影像的最暗部。在拍摄过程中,可以用数码相机上的直方图判读曝光及控制影调,以提高图像质量。

4. RGB 色彩位数

表示数字照相机显示色彩的能力。以 RGB 三原色组成的加法系统中每个像素颜色由三原色相加而成,每个像素点由三个字节表示,每个字节由 8 个二进制位组成,故能够组成的色彩有 $2^8 \times 3 \approx 1670$ 万种(专业数字相机的总色彩位数已达 36 比特,相当于 687 亿色阶)。RGB 色彩即称为 RGB24 位色彩或简称为 24 位色彩。

5. sRGB

也称“互联网标准色空间”与普通个人电脑监视器的特性相匹配,普通电脑监视器一般无法再现超越 sRGB 空间色域的图像。拍摄后的图像不进行后期处理,只是网上传递、屏幕浏览、打印输出或不需要制版印刷时,应使用 sRGB 色彩空间。

6. Adobe RGB

可以得到比 sRGB 更广的色彩空间图像,有更丰富的色再现,图像加工和编辑自由度变得更大,包含了 CMYK 色彩空间,为以后在输出及分色时留有极大空间和方便,可以更好还原原稿的色彩。适宜对图像要求较高的商业印刷等。

7. 色域

色域是指数字相机能表现的颜色范围。数字图像的色域越宽,色彩越丰富、越真实。在常见色彩模式中,Cab 的色域最大,RGB 其次,CMYK 的色域最小;在数字图像的后期处理中,不同图像处理软件所能处理的图像色域范围不同,而 Photoshop 是一个功能强大、用途广泛的图像处理软件,可以完成从 CMYK、sRGB 到 Adobe RGB 不同色域范围的数字图像处理工作,适宜专业影像处理使用。

十、电 池

1. 碱性电池

是使用氢氧化钾电解液的一次性干电池。这种电池使用寿命长,但因只能一次性使用,并不经济,且电流较小,不适宜在数字照相机上长期使用。

2. 镍镉电池

应用镍和镉材料制作的充电电池,使用的历史很长,但容量小,有明显记忆效应,电流量偏小,不适宜在数字相机上使用。而费弃物对环境影响较大

3. 镍氢电池

应用镍的氧化物和含氢的合金做成的充电电池,多为 AA 型等(5 号),容量大,通用性强,无记忆效应,可充电 500 次以上,且电流量大,适合在数字相机上使用。

4. 锂离子电池

应用锂系列材料制作的可充电电池。在传统 AF 照相机中使用较多的是不可充电锂电池。近年来笔记本电脑和专业级数字照相机也广泛使用可充电锂离子电池。这种电池具有重量轻、体积小、容量大、无记忆性。常见的锂电池有各种各样的形状。

5. 电池容量

是电池在指定的拍摄条件下,可拍摄的画幅数或连续使用时间。但不包括使用闪光灯和 LCD 液晶示器等所消耗的电量。

附录二　数码照相机与传统照相机独有的部件与功能

1. 传统相机独有的部件(即数码相机中取消的部件)

(1)卷片装置　(2)倒片装置　(3)暗盒仓

2. 数码照相机独有的部件

(1)自动感光度调节　(2)自动白平衡调节　(3)液晶显示器　(4)电子取景器

3. 传统相机独有的功能

(1)自动卷片与倒片　(2)胶片 DX 编码识别系统

4. 数码相机独有的功能

(1)影像回放　(2)影像删除　(3)数码变焦　(4)动态录像　(5)声音记录　(6)格式化处理　(7)浮动水印设定　(8)摄影参数保存与显示

附录三　数码相机与传统相机相近部件名称及功能对照表

数码照相机部件	相当于传统照相机部件(或处理)	功能及意义
影像传器(CCD 等)	感光的胶片	照相机的感光材料
数码影像处理器件	感光片的显影过程	加工采集的图像信息
模/数转换器(A/D)	感光片的定影过程	稳定图像
影像存储器(卡)	完成显影加工后的负片	长期保存影像
LCD 液晶显示器	胶片显示器	观察已拍摄图像
像素	银粒	组成影像的基本单位
分辨率	解析力(或颗粒度)	图像的清晰度和放大倍率
动态范围	灰度级(胶片特性曲线)	图像的黑白影调层次
色彩位数	色域	图像色彩的表达范围
存储格式	胶片面积大小	图像放大倍率
自动或手动感光度	选用不同感光度的胶片	感光器件对图像反射光的敏感程度
自动与手动白平衡	选用不同色温度彩色胶卷	平衡感光器件与光源的色温度
数码旁轴取景照相机	胶片旁轴取景照相机	普及家用类照相机
数码 135 单反光照相机	胶片 135 单镜头反光照相机	135 类单镜头反光照相机
数码 120 单反光照相机	胶片 120 单镜头反光照相机	120 类单镜头反光照相机
数码扫描照相机	大画幅照相机	大画幅类座机
附有全景拼接功能的数码照相机	专用全景胶片照相机	全景类照相机
水下数码照相机	水下胶片照相机	水下拍摄类照相机
数码镜头	普通镜头	由于数码相机的CCD面积普遍小于35毫米变胶片面积,故相同视角的数码镜头焦距小于传统胶片照相机镜头。
计算机+图像处理软件	放大机+化学试剂	图像后期加工方式
数码影像的一般处理	照片后期加工中的影调和色彩处理	图像的影调和色彩处理
数码影像的特技效果处理	传统暗房特技照片效果加工	图像的后期特技画面效果加工
数码影像的显示器播放和投影播放	胶片影像的幻灯播放	图像的屏幕显示
数码影像的激光洗印和打印轮输出	胶片影像的传统光化学洗印	图像的照片显示

图6-11　对背景进行图案填充

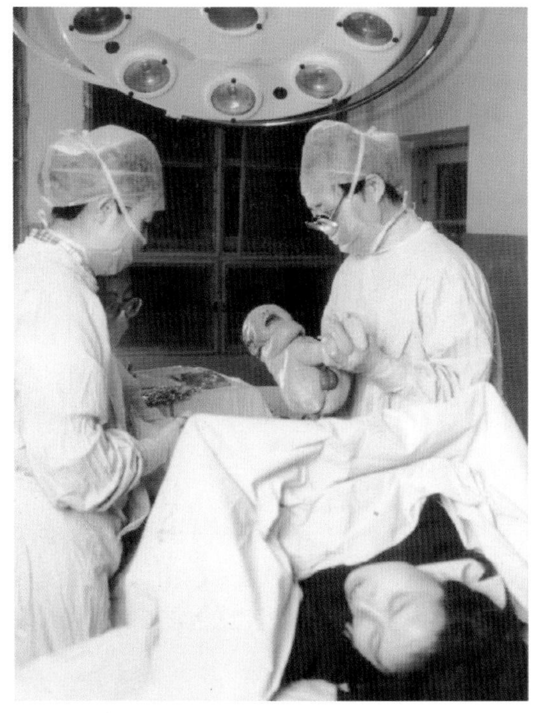

图6-20　原照片偏黄绿色调

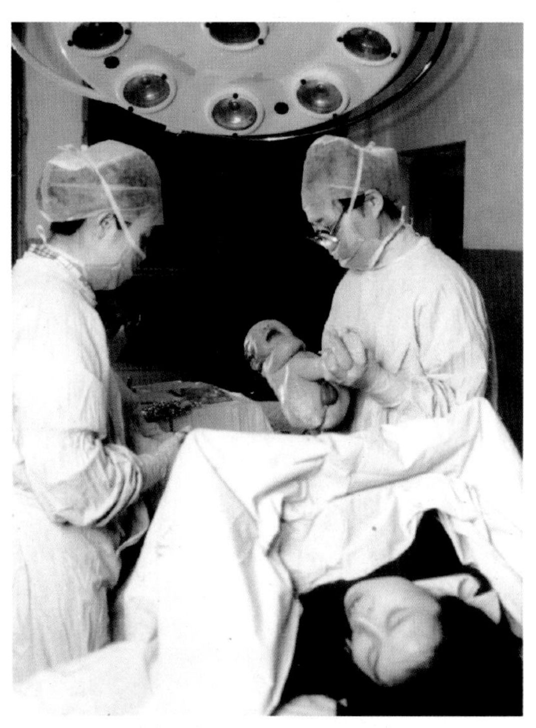

图6-21　原照片的偏色基本恢复

色彩平衡

色彩平衡

色阶(L): +24 +17 0

青色 红色

洋红 绿色

黄色 蓝色

色调平衡

暗调(S) 中间调(D) 高光(H)

保持亮度(V)

好

取消

预览(P)

图6-22 色彩平衡对话框及参数设置

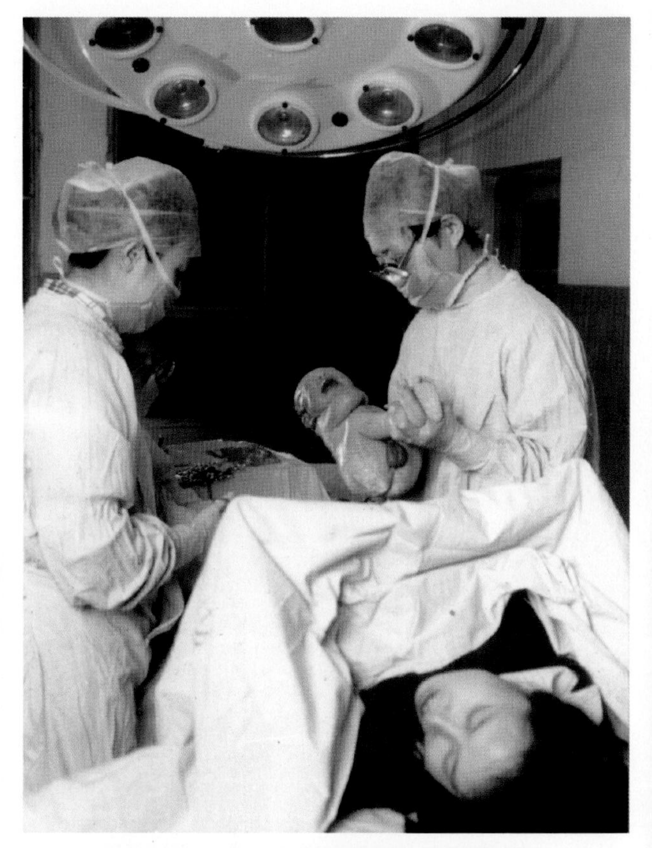

图6-23 照片的偏色得到了准确校正

图6-34 对图层1作透明度调整及经柔化处理后的人像照片效果

图6-35　需要翻新的老照片（偏黄）

图6-42　退色发黄照片修复后的效果

图6-61　原照片上添加“金秋时节”

恰同学少年

投影效果

恰同学少年

内阴影效果

恰同学少年

混合模式:溶解效果

恰同学少年

混合模式:强光效果

恰同学少年

图案叠加效果

恰同学少年

描边效果

图6-62　用“图层样式”对话框制作的几种特效字体

图6-68　给人物纪念照更换背景后的完成效果

图6-75　原照片添加了有云的效果

投影画框

浪花形画框

图6-78　完成效果

木质画框

无光铝画框

天然材质画框

图6-82　由“画框动作”命令制作的五种边框效果

图6-105　制作完成的生日卡

图7-1　广角镜透视变形效果

图7-5 大光圈背景虚化效果

图7-10　变焦拍摄照片效果

图7-14　渐变镜拍摄效果

图7-17　线性渐变任务栏及其设置

图7-35 彩色三色调分离效果

图7-34　给浮雕效果照片添加一个画框

图7-47 局部彩色效果